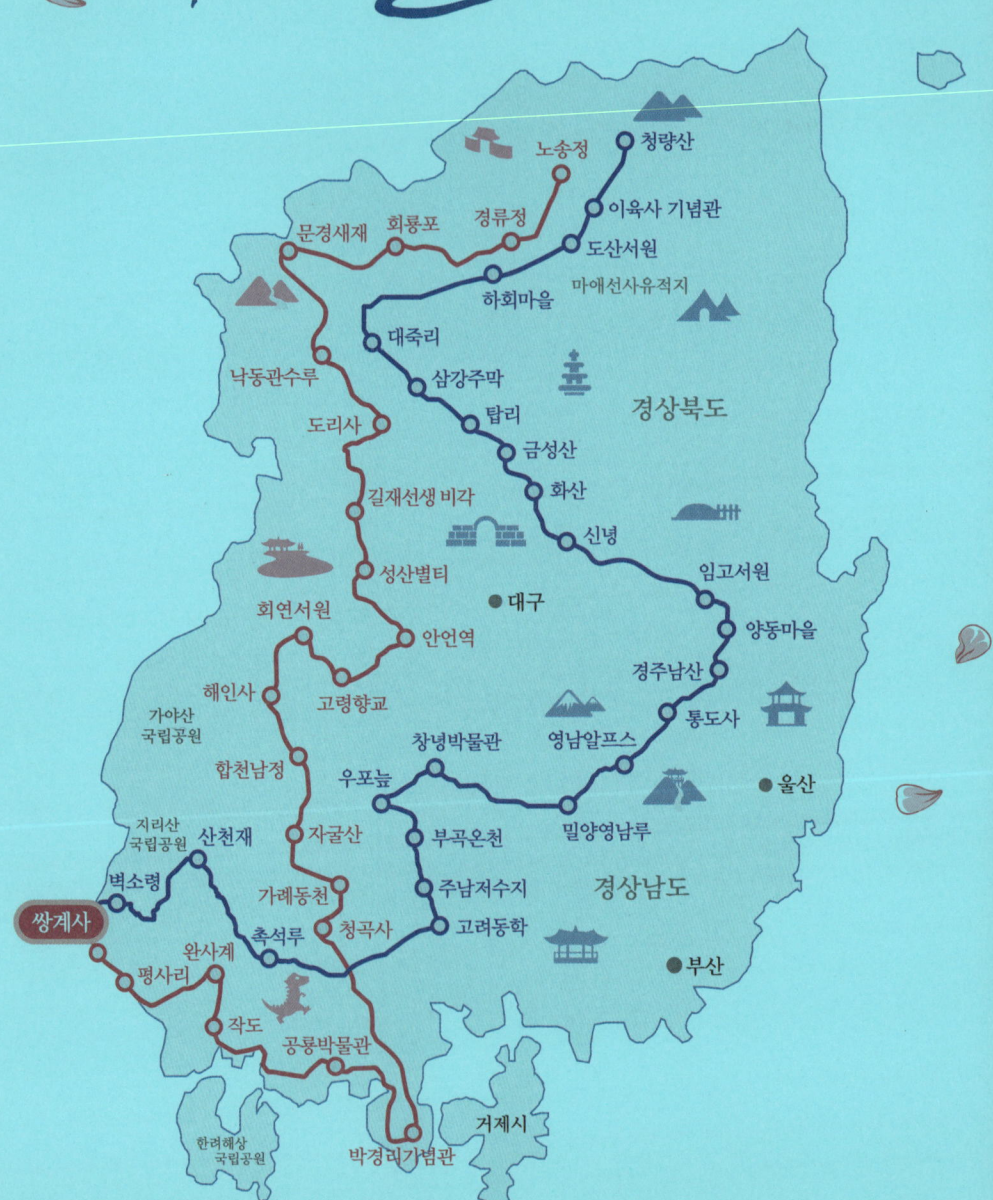

'쌍계사 가는 길' 따라걷기

우리가 이 길을 걸으면 세계인도 따라 걷습니다

남행경로

노송정(퇴계 태실) ⇨ 녹전(녹전로) ⇨ 사신 ⇨ 명계 ⇨ 경류정종택 ⇨ 제비원 미륵 ⇨ 이송천(아랫태장길) ⇨ 봉정사(봉림사지길) ⇨ 학봉 종택(금계리) ⇨ 송야사거리 (풍산태사로) ⇨ 수동 ⇨ 풍산 ⇨ 호명 ⇨ 개포(용개로) ⇨ 회룡교 ⇨ 회룡포 ⇨ 점촌역 ⇨ 문경새재 ⇨ 신흥·신덕·금곡·예술촌(어풍로·상풍로·경천로) ⇨ 사벌묵하 ⇨ 경천대(용마로) ⇨ 낙단교 ⇨ 낙동관수루(도안로) ⇨ 일선리 고택(강동로) ⇨ 도리사 ⇨ 숭선대교(숭선로) ⇨ 길재선생비(선산대로) ⇨ 금오산(금오대로) ⇨ 성주(순환로·성밖숲길) ⇨ 성산동고분 ⇨ 성산별티 ⇨ 장학리 ⇨ 두리티재 ⇨ 안언역(운용로) ⇨ 운수면 ⇨ 고령향교 ⇨ 회연서원 ⇨ 해인사 ⇨ 합천남정 ⇨ 칠곡 ⇨ 자굴산 ⇨ 의령 가례동천 ⇨ 덕곡서원 ⇨ 지수(재벌생가) ⇨ 청곡사 ⇨ 고성 ⇨ 통영 ⇨ 미륵섬 박경리기념관 ⇨ 고성 ⇨ 공룡박물관 ⇨ 사천대교 ⇨ 작도(곤양) ⇨ 완사계(곤명 완사촌) ⇨ 하동 ⇨ 평사리 ⇨ 화개장터 ⇨ 쌍계사 (⇨ 불일암 ⇨ 의신마을(지리산 역사관) ⇨ 삼정마을)

북행경로

벽소령 ⇨ 마천 ⇨ 유림 ⇨ 산천재 ⇨ 진양호·촉석루 ⇨ 진성(사군로) ⇨ 군북(함마대로) ⇨ 산인 ⇨ 모곡 고려동학 ⇨ 동읍 주남저수지(구산학포로) ⇨ 부곡온천 ⇨ 영산(영산장마로) ⇨ 우포늪 ⇨ 창녕박물관 ⇨ 화왕산성 ⇨ 청도면(창밀로) ⇨ 밀양 영남루(밀양대로) ⇨ 얼음골(산내로) ⇨ 영남알프스 ⇨ 배내골삼거리 ⇨ 간월재 ⇨ 작천정 ⇨ 통도사 ⇨ 반구대 ⇨ 용장 ⇨ 경주남산(칠불암) ⇨ 화랑교육원 ⇨ 양동마을(호국로) ⇨ 임고서원(포은로) ⇨ 신녕(갑티로) ⇨ 봉림 ⇨ 산성(철길로) ⇨ 우보(동부로) ⇨ 금성 ⇨ 금성산둘레길 ⇨ 탑리경덕왕릉(조문로) ⇨ 봉양(서부로) ⇨ 안계 ⇨ 풍양 ⇨ 삼강주막 ⇨ 대죽리 ⇨ 가곡시습제 ⇨ 하회마을 ⇨ 병산서원 ⇨ 풍산들 ⇨ 하리리 ⇨ 마애선사유적지 ⇨ 영호루 ⇨ 유교문화단지 ⇨ 민속촌 ⇨ 민속박물관, 안동댐 ⇨ 중앙선(터널) ⇨ 서갓길 ⇨ 와룡(퇴계로) ⇨ 군자마을 ⇨ 월천서당 ⇨ 도산서원 ⇨ 퇴계종택 ⇨ 이육사기념관 ⇨ 농암종택 ⇨ 청량산

쌍계사 가는 길

박대우 역사인물소설 / 오용길 실경산수화

明文堂

발간사

여행을 '독만권서 행만리로 讀萬卷書 行萬里路'라고도 합니다. 사마천司馬遷은 전국을 두루 여행하였습니다. 그의 문장은 책에서 배운 것이 아니라 여행에서 배운 것입니다. 그의 여행은 단지 경물을 그냥 보는 것이 아니라, 만학萬壑의 웅심을 보기도 하고, 전쟁터의 전율戰慄을 생생하게 문장으로 옮기기도 하였습니다. 《사기史記》가 바로 그것입니다.

여행의 진수眞髓는 자유롭게 행동하는 데 있다고 합니다. 여정旅程의 시공간을 마음 내키는 대로 완상玩賞하되, 마음의 문을 활짝 열고 사색으로 윤색潤色하는 것입니다. 선비의 수양이 자기중심에서 벗어나 개방적 생명 정신(덕성)의 함양에 있듯이, 시인의 남행南行은 천하의 대관大觀을 통해 장차 호연지기를 길러 자유의지와 정의로운 품성을 닦는 데 있습니다.

파울로 코엘료의 소설 《연금술사》의 양치기 산티아고는 스페인 안달루시아에서 출발하여 지중해를 건너고 사막을 횡단하여 이집

트의 기자 피라미드(Giza Pyramid)까지 여행하면서 양치기에서 장사꾼으로, 사막을 횡단하는 대상에서 전사로, 매번 자신을 둘러싼 상황에 따라 변신하지만, 꿈을 포기하지 않음으로써 우주의 신비인 연금술의 원리를 찾을 수 있게 됩니다.

《쌍계사 가는 길》은 한 무명의 시인이 자신의 꿈을 찾아 눈 덮인 도산 골짜기를 떠나 강물이 풀리는 관수루에 오르고, 산수유 꽃 피는 가야산을 돌아 곤양까지 여행하면서 만나는 민초들의 가난한 삶을 애통해하고, 선인들의 충절에 감동하며 불의의 권력에 분노하고, 존망이합存亡離合에 가슴 아파하면서, 산티아고가 우주의 신비인 연금술의 원리를 찾게 되듯이, 시인도 수많은 시를 읊고 성리의 원리를 찾게 됩니다.

시인은 시 짓기를 여사로 하여, 3,560수의 시를 지었습니다. 그 가운데 그 해 봄 쌍계사로의 여행에서 지은 시의 대부분이 국역이 되지 않았으나, 이번에 그의 최초의 매화 시 〈梅花〉를 비롯하여 남행 시들을 국역하여 소설 속에 녹여 들였습니다.

　명문당이 창사 95주년을 맞아, 오용길의 그림과 퇴계의 詩를 조형적으로 조합한 소설 《쌍계사 가는 길》을 기획 출판하게 되었습니다.

　이 책은 소설의 옷을 입었으나 영혼은 詩입니다. 시는 순간의 기록이긴 하나 시인의 사상과 정서는 물론 그의 직각적 매커니즘을 포착한 것이므로 행간行間에 감추어진 의미를 읽는 것이 중요합니다. 따라서 한번에 끝까지 읽지 않아도 오래 두고 보면 뜻과 맛이 없지도 않을 것입니다.

2017년 봄　金東求

작가의 말

꿈(Vision)을 꾸는 사람은 단 하나의 가능성을 위해 지도에도 없는 곳을 향해 예측할 수 없는 여행을 떠납니다.

밥 딜런(Bob Dylan)은 〈바람에 실려서(Blowin in The Wind)〉라는 그의 노래에서 "얼마나 많은 길을 걸어야 진정한 인생을 깨닫게 될까?(How many roads must a man walk down Before you call him a man?)"를 노래하면서, 통기타를 둘러메고 길을 떠났습니다.

《쌍계사 가는 길》은 왕권중심 사회에서 백성을 위한 정치를 고민했던 젊은 날의 시인이 사유와 통찰의 길을 찾아 떠난 고독한 여행이었으며, 그 길 위에서 별처럼 빛나는 詩를 읊었습니다. 그는 별이 빛나는 성산星山의 별티를 넘었고, 가야의 고분에서 꿈을 꾸면서 낙동강 상류의 도산에서 땅 끝 곤양까지 천릿길을 여행하였습니다.

저는 그 시인의 입장에서 당시의 여행경로를 따라가 보았습니다. 시인이 여행한 500년 전으로 거슬러 가는 시간여행은, 예상했던 대로, 그가 당시에 겪었던 경물들 대다수가 원형이 훼손되거나 상

전벽해桑田碧海가 되어 있었습니다.

  시간은 절대적으로 불가역성입니다. 그러나 퇴계의 숙부 송재공의 직계 종가宗家인 이창동의 영화 〈박하사탕〉은 향수가 남아 있는 과거로 거슬러 가는 역방향 기차여행입니다.

  다행히, 시인의 여정에서 〈박하사탕〉 같은 향수가 곳곳에 남아 있었습니다. 도산의 노송정 종택에는 어머니 춘천 박씨가 '공자가 대문으로 들어오는 꿈'을 꾸고 퇴계를 출산했다는 〈성림문聖臨門〉과 아기 퇴계의 〈태실胎室〉이 보존되어 있어, 전통문화 체험장 역할을 하고 있습니다.

  청량산의 산운山韻과 와룡 주촌 경류정의 뚝향나무는 오늘날까지 만고상청하고, 제비원 미륵은 지금도 명상 중에 있으며, 마애 마을은 선사 유적지로 보존되고, 병산서원 만대루는 자연과 건축의 조화가 빼어나며, 하회탈춤은 무형문화재로 상설 공연되고 있습니다.

  낙동 관수루는 예 그대로이나, 공사 도중 마애 보살의 만류에도 불구하고 이락지천利樂之天의 개발 논리를 앞세워 낙단보洛丹洑를 건

설하여 유유히 흐르는 낙동강 물을 가로막았습니다.

그러나 25개 속역을 거느렸던 성주 용암면 상언리의 안언 역은 역사驛舍와 말목장의 흔적을 찾을 수 없으며, 협천 대야산성의 남정 누각 뒤 암벽에 송시열의 '함벽루涵碧樓'각자刻字가 선명하고, 퇴계의 詩판이 걸린 누정樓亭은 500년의 타임캡슐이었습니다.

가례의 백암천은 가례천으로 물길이 바뀌었으나, 퇴계의 '가례동천嘉禮洞天'암각 유묵은 세월의 검버섯을 덮었고, 마을 앞 박천 냇가 절벽의 백암정은 태풍 매미로 2003년에 유실되었으며, 백암촌은 230호이던 마을 전체가 1942년의 대화재로 소실燒失되었으나 '매화' 있던 그 자리에 의령여자고등학교로 다시 피어났으며, 가례 이웃 도산마을에 예촌 허원보의 맏아들 허수許琇의 재실인 존저암存箸庵과 허원보의 후손들이 가문을 이어가고 있습니다.

정암교(丹岩津)를 건너서 국도로 모곡리에 들어가니, 오석복의 죽재 터에 퇴도의 방문을 기념하는 경도단景陶壇 표지석이 억새에 덮였고, '퇴도가 유남遊南 중에 오석복의 모곡을 방문했다.'라는 경도단비景陶壇碑가 그를 경모하는 유림들에 의해 모은茅隱 이오李午 선생

의 고려동高麗洞 유적지 앞에 세워져 있었습니다.

퇴계가 혜충과 밤을 새웠던 법륜사 가는 길은 퇴계의 위패를 모신 의령 덕곡서원에서 국도로 지수면 승산리의 지수초등학교(삼성·LG·GS·효성 창업주 배움터) 앞을 지나서 금산면 월아산 청곡사에 들렀다가 고절한 분위기의 법륜사 터에서 기와 몇 조각을 발견하고는, 시인의 존망이합存亡離合의 심정을 알 듯했습니다.

통영대로가 끝나는 바닷가 통영에서 내친걸음에 연육교를 건너 섬을 돌아 산양읍에 들러, 다도해의 푸른 바다를 굽어보는 미륵산 기슭에 설악의 한계령 휴게소와 상암 월드컵경기장을 설계한 류춘수 건축사의 특별한 걸작傑作 〈박경리 기념관〉을 둘러보고, 고성의 공룡해변을 굽이굽이 돌아 석양에 눈이 부신 사천대교를 건너서, 시인이 어관포와 조석潮汐을 논하던 곤양의 작도에 올랐습니다.

1938년 외구리 간척干拓으로 작도는 뭍으로 나온 거북처럼 들판 가운데 오도카니 앉아 있었으며, 어관포가 전별연을 베풀었던 곤명 덕천강변의 완사계 숲은 금성교 아래로 수몰되어, 이 지역 주민들의 기억에서조차 사라졌습니다.

　〈산티아고 순례길〉은 남프랑스의 생 장 피드포르(St Jean Pied d' Port)에서 시작되어 스페인 북서쪽 산티아고 데 콤포스텔라(Santiago de Compostela) 대성당 야곱의 무덤에 이르는 약 700km의 길입니다.
　청량산에서 벚꽃 피는 쌍계사까지의 〈퇴계의 녀던 길〉은 서른세 살의 무관無冠의 처지에 한 무명시인으로서 그의 생애에서 가장 자유로운 여행이었습니다. 이 길은 낙동강을 따라서 걷다가 옛 가야의 땅으로 들어가 통영대로를 거치는, 퇴계의 詩 흔적을 찾아서 걷는 우리의 문화유산 순례길입니다.

　곤명의 완사계에서 하동을 지나 섬진강을 따라 가다가 화개장터에서 '쌍계사 가는 길'은 해마다 봄이면 화사한 벚꽃이 바람에 꽃잎을 하르르 날리며 지리산 품속으로 뻗어 있어, 누구나 걷고 싶은 길입니다.
　그러나 시인은 예측할 수 없는 사정으로, 꿈에 그리던 쌍계사 유람을 중지하고 발길을 돌렸습니다.

　프란츠 카프카의 소설 《성城》의 주인공 K는 성에 들어가기 위해 갖은 고투를 벌이지만, 결국 그는 성에 들어가지 못한 채 소설은 미완으로 끝났습니다. 소설 속의 성城은 권력의 상징이기도 하고, 독자에 따라서 다양하게 해석되고 있는데, 인생의 본질이 그 성에 도달하려는 과정이라는 것을 암시하고 있습니다.

　시인은 어관포에게 보낸 여행의 소회所懷를 밝힌 편지에서,

　"집 떠날 땐 목말라 맑은 얼음 깨진 걸 찾았더니, 돌아올 땐 말안장 위에서 詩 읊으며 푸른 보리 이랑 건넜네."라고 읊었습니다.

　만약, 여행을 떠나지 않았다면 지산와사芝山蝸舍의 삶에 만족했을 것이며, 쌍계사까지 갔다면 시인에 그쳤을 것이지만, 반궁泮宮을 선택한 것은 백성을 위해 '나'를 버린 획기적인 변신變身이었습니다.

　풍기 군수를 사임한 49세 이후 21년 동안 53회의 사퇴원을 내면서 조석潮汐을 거듭한 것은 도학자로서 과욕寡慾을 넘어 무욕無慾을 지향한 것입니다.

    퇴계는 당시의 주자학을 우주론적 이기론에 중점을 둔 성리학으로 발전시켰으며, 그의 학문을 집대성한 《성학십도聖學十圖》는 임금이 '백성을 위한 도학정치'를 펼칠 수 있도록 하기 위해 시인 자신의 진보적 정치 소신을 우회적으로 관철한 것입니다.

    퇴계의 민본사상은 성호 이익을 비롯한 실학자들로 이어지면서 진보적 정치사상으로 발전하였으며, 일제에 항거하다 단식 순국한 향산 이만도李晩燾 선생, 저항시인 이육사도 퇴계의 직계손입니다.

    퇴계는 성리학자로 널리 알려져 있으나, 시인이기도 합니다. 그는 3,500여 수首의 詩를 말 위에서, 길거리에서, 시공간을 불문하고 여사餘事로 지어서 읊었습니다.

    일반적으로 시인은 그가 자란 향토의 문화와 무관할 수 없음을 릴케(Rainer Maria Rilke)의 〈소네트〉와 퇴계의 〈매화〉를 비교해 보면 그 이유를 알 수 있습니다.

    퇴계가 어관포의 초청으로 떠났던 계사년 남행처럼, 릴케도 두 번의 러시아 여행과 탁시스 후작부인의 초대로 아드리아 해변의 두

노이 城에 여행한 것이 새로운 詩의 세계를 열어가게 된 계기가 되었습니다.

릴케의 〈오르페우스에게 바치는 소네트〉는 19세 무용수의 고통스러운 죽음을 어머니로부터 듣고 제3자의 입장에서 그녀의 묘비명으로 쓴 詩인 데 비하여, 퇴계의 〈매화〉는 자신의 영혼의 반쪽을 상실한 고통에서 한 번이라도 만나고 싶었던 아내의 영상映像을 우연히 맞게 된 감흥을 시로 읊었다는 점에서 두 시인의 원형적인 차이를 발견할 수 있습니다.

육감적 애정표현과 작품 발표를 목적으로 쓴 릴케의 시작詩作 의도에 비해서, 도학자의 입장에서 관념적 애정표현까지도 금기禁忌로 여겼던 퇴계는 〈매화〉詩를 자신만 와유할 뿐, 죽는 순간까지도 제자들에게조차 원고를 넘겨주지 않았습니다.

퇴계는 조선 최고의 페미니스트였습니다. 그는 남녀가 유별하고 정실과 측실, 속현이 엄격히 다른 세상에서 세 여인과의 운명적인 삶을 살면서, 초배初配 허씨 부인을 평생토록 잊지 못하면서도 사리

분별이 온전치 못한 권씨 부인을 사려 깊게 보살폈으며, 측실 항아와 그의 소생 적寂을 서얼 차별 없이 너그럽게 품었습니다. 이 소설 《쌍계사 가는 길》은 퇴계 이황의 지고지순至高至純한 러브 스토리입니다.

계사년(1533)에 퇴계가 남행하면서 쓴 148수의 詩 가운데 단 몇 수만 국역이 되었을 뿐입니다. 지금껏 국역이 되지 않은 것은 몇 가지 사정이 있기도 하지만, 《남행록》의 詩 대부분이 《퇴계선생 문집退溪先生文集》에 실리지 않고 그의 《유집遺集》이나 《별집別集》 등에 흩어져 있었기 때문이라고 합니다.

정석태의 《퇴계선생 연월일조록》 전 4권에는 시의 제목만 있고 원문이 없는 경우가 많았고, 《퇴계 시 풀이》 전 6권과 《국역 퇴계전서》 전 27권, 고전 번역원의 퇴계 시 국역본을 탐색하였으나, 〈매화〉 詩를 비롯해서 남행 詩 가운데 대부분이 국역이 되지 않았습니다.

중국 도서 번역 작가에게 퇴계 詩 국역을 의논했더니,

"퇴계 시 번역은 분야가 다를 뿐 아니라, 도문학적道問學的 철학이어서 한문을 안다고 누구나 번역할 수 없다."라고 하였습니다.

난관에 부딪쳐 고민하던 중 필자의 고등학교 후배인 장광수 선생과 연락이 닿았습니다. 장선생은 대학과 대학원에서는 현대시를 전공하였지만, 집안의 장손이니 한문부터 배워야 한다는 부친의 권고에 따라 일곱 살부터 한문을 배우고 열 살이 되어서야 초등학교에 입학하였습니다. 장선생의 조부 경산처사景山處士님은 대산大山 이상정李象靖 선생의 6세손에게 부급종사負芨從師하여 13세에 사자四子는 물론 십구사十九史까지 독파하신 분이며, 부친은 일람첩기一覽輒記의 대성공大成公이고, 장선생도 고등학교를 수석으로 졸업하였습니다.

장 선생은 가학家學으로 부친 대성공大成公에게 한문을 배우고 이후에도 틈틈이 한문공부를 하였으며, 교육 현장에서는 한문 과목을 가르치기도 하였습니다.

이런 사실을 알고 장선생에게 퇴계의 〈매화〉詩를 보였더니, 매끄럽게 번역해 주었습니다. 이어서 〈예천 가는 길에서二十九日襄陽道

中〉,〈낙동강을 지나며行過洛東江〉,〈상주관수루에 올라登尙州觀水樓〉, 〈상산낙동강商山洛東江〉,〈그믐날 관수루에 올라晦日登觀水樓〉,〈삼일 가천을 건너다三日渡伽川〉,〈협천 남정에 걸려 있는 시를 차운하다次陜 川南亭韻〉,〈협천남정〉,〈협천남정운〉,〈완사계 전별浣紗溪餞渡〉, 〈안언역에서 일어나宿安彦驛曉起次板上韻〉,〈차오의령견기次吳宜寧見寄〉, 〈어관포님에게寄魚灌圃〉,〈붉은바위나루十一日渡丹巖津時將訪仁遠〉,〈전 의령오공죽재前宜寧吳公竹齊〉,〈모곡오의령죽재〉,〈백암동헌탁영김 공운白巖東軒濯纓金公韻〉,〈십팔일모곡차오의령운十八日茅谷次吳宜寧韻〉, 〈이십일일차인원二十一日次仁遠〉,〈법륜사에서三月二十六日訪姜晦叔姜奎之 (名·應全)同寓法輪寺路上作〉,〈까치섬昆陽陪魚灌圃遊鵲島是日論潮汐〉,〈次鄭舍 人遊山後贈同遊韻 是時 舍人遊智異初還〉 등 나머지 남행 詩들을 모두 국역하게 되었습니다.

　한시를 국역할 때, 원문을 직역하거나 시조체나 현대 자유시체 로 번역하거나 산문 투로 번역하는 등 세 가지 중 어느 한 가지를 따르려다 보면, 원문과 다르거나 의미 전달이 소홀해질 우려가 있 어서, 한시의 국역은 관점에 따라 논란의 여지가 있을 수 있습니

다만, 장차 퇴계 시의 원문 발굴과 국역 작업의 단초가 되기를 기대합니다.

오늘날 실경 산수화의 대표적 화가 오용길은 '쌍계사 벚꽃 길'을 즐겨 그렸습니다. 실경보다 더 화사한 봄 풍경은 순수한 먹빛과 신선한 담채가 화가의 치밀한 용필을 만나서 수묵이 생동하는 생명을 얻게 된 것입니다.

누구나 그의 그림 앞에 서면 고향마을의 서정을 느낍니다. 미국의 힐러리 클린턴이 국무장관 시절, 오용길의 그림에서 한국의 봄 정취에 흠뻑 취했다고 합니다.

詩와 그림의 만남은 한국화의 전통입니다. 추사의 세한도는 싱겁고 엉성한 그림이지만, 추사체의 발문跋文과 '청유 십육가淸儒十六家'의 제찬題讚이 받쳐주고 있습니다.

한시와 한국화의 조형적 조합을 통해 詩의 효과를 창출하고자 하는 필자의 의도를 이해하고, 오용길 교수(이화여대 명예교수)가 화사한 봄 그림들을 시화로 제공해 주었습니다.

    영남 퇴계학 연구원 김영숙 원장의 《퇴계 시 넓혀 읽고 깊은 맛 보기》와 정석태의 《퇴계선생 연월일조록》 전 4권, 이장우, 장세후의 《퇴계 시 풀이》 전 6권을 참고하였으며, 표지 제자題字는 원광대학교에서 서예를 전공한 영주 삼어당 연서회 과정果丁 김동진 회장의 글씨이고, 한문漢文 및 고증考證은 〈한국 국학진흥원〉 임노직 자료부장의 도움을 받았습니다.

    퇴계의 詩에 대해서, 처음에는 시와 인간이 만났으나, 다음에는 시와 인격이 만났으며, 예문일치의 예술 의식은 도문일치의 인간 의식으로 승화되어 갔다고 합니다.

    시인의 입장에서 여행 경로를 따라가 보았다고 하나, 그의 도문학을 모르니 시를 알 수 없고, 시를 알 수 없으니 시인은 어디로 가고 없고, 법륜사 절터에 기와 몇 조각만 어지러이 흩어진 형국입니다.

    천학비재淺學菲才의 주제를 알면서도 술이부작述而不作을 어기고 화사첨족畵蛇添足하여, 퇴계선생께 누累가 되지 않을까 걱정됩니다.

작가의 말 17

"요즘 사람 어찌 모자라는가(今人那欠)?"

태백성(Venus)의 일갈一喝은 바로 저를 꾸짖음입니다.

그럼에도 불구하고 졸고를 발간해 주신 명문당을 비롯해서 도움을 주신 모든 분들의 기대에 부응하는 길은 엄중히 성찰하여 와신상담臥薪嘗膽의 자세로 더 좋은 작품을 쓰라는 주마가편走馬加鞭으로 새기겠습니다.

2017년 3월 박대우

올봄 정처 없이 이리저리 떠돌아다녔으니,
사방팔방 몇 번이나 길을 물었던고.
집 떠날 땐 목말라 맑은 얼음 깨진 걸 찾았더니,
돌아올 땐 말안장 위에서 시 읊으며 푸른 보리 이랑 건넜네.

一春行止任飄零　南北東西幾問程
去路渴尋氷鏡破　歸鞍吟度麥波靑

차 례

작가의 말 5

1. 서시 序詩   21
2. 곤양 昆陽의 봄   45
3. 나비의 꿈 夢中蝴蝶   177
4. 詩人의 길   227
5. 도산십이곡 陶山十二曲 279
6. 매화 梅花   317

1. 서시
序詩

　시인詩人은 삼우제를 지낸 후 도산으로 돌아왔으나, 며칠 후 굴건제복屈巾祭服에 대지팡이를 짚고 다시 아내의 묘소를 찾아 나섰다. 주자가례朱子家禮에 철저한데다가 침식을 겨우 연명하는 자학적自虐的 복상服喪으로 초췌한 얼굴은 쓰러질 듯 지쳐 있었다.

　아내의 묘소는 고향 도산에서 영주로 통하는 도중途中에 있다. 상주의 애곡哀哭도 걸쭉한 상엿소리까지도 죄다 묻어버린 듯, 서늘한 솔바람 소리만 이따금 몰려왔다 회오리쳐 흩어질 뿐, 산 꿩도 알을 품은 채 새내기 무덤을 조심스레 힐끗거린다. 스물일곱 해를 살다 간 여인이 흙내가 알싸한 황토 이불을 덮어쓴 채 깊은 잠에 빠져들어 있었다.

　피어오르는 향연香煙을 망연히 바라보다가 아내의 머릿결 같다는 생각이 미치자, 참았던 울분이 원망으로 터져 나왔다.
　'하필, 왜? 우리가……'
　가슴속에 가뒀던 슬픔을 애곡으로 토해 내며 무덤을 빙빙 돌았다. 만남이 있어 이별이 있고, 산다는 것은 떠난다는 것이라지만, 너무 짧은 만남, 너무 빠른 이별이었다.
　한편, 아내와의 삶에서 인생의 참된 의미를 미처 알지 못하고 방만했던 자신의 삶을 자책하는 순간, 원망이 회한으로 바뀌면서 슬픔이 폭포수같이 쏟아져 내렸다.

'그래도, 외롭지는 않을까?'

부질없는 생각에 주위를 둘러보니, 아내의 무덤 바로 아래쪽에 처외조부 창계의 묘소가 보였고, 시선을 더 먼 곳으로 돌리니 황금빛 들녘이 펼쳐지고, 들녘을 가로지르는 내성천이 햇빛에 눈부시게 반짝였다.

묘소 초입에 오래된 마애삼존불상이 모여 불경을 합창하며, 좌청룡 우백호 형상의 산울타리 낮게 둘러쳐진 그 가운데 오도카니 솟은 동산에 자리한 망자의 음택陰宅이 산 자의 재사齋舍같이 아늑하였다. 하늘에 솔개 날고 강에 물고기 뛰는 '연비어약鳶飛魚躍' 형상으로 망자의 공간이 활기차고 조화롭다는 느낌이 들었다.

天理生生未可名 하늘 이치 생생하여 이름할 수 없으니,
幽居觀物樂襟靈 그윽이 만물 관조 즐거움이 깊어라.
請君來看東流水 그대 이리 와서 동쪽으로 흐르는 물을 보시오.
晝夜如斯不暫停 밤낮으로 이와 같아 잠시도 그치지 않는다오.

'땅의 영기靈氣가 살아있는 생물을 진화·쇠퇴·소멸할 수 있듯이, 생명이 다한 것에도 땅과 화합하게 할 수 있을까?'

명당名堂은 산천의 형세로, 길흉화복을 설명하는 〈설심부雪心賦〉에서, "평탄한 것은 기울게 되고, 가는 것은 돌아오지 않는 것이 없다."라는 물극필반物極必返의 현상을 인간 사회 현상으로 유추 해석

한 것일 뿐이라는 생각이 들었다.

  내성천 건너 동산골로 들어서면 봉화 황전마을로 통하고, 산을 오른쪽으로 돌아서 구천을 지나면 도산으로 가는 길……, 시인의 시선이 멈춘 곳은 강가 언덕의 버들과 모래톱이었다. 도산과 영주를 오가면서 지친 발을 강물에 담그던 하얀 모래톱, 버드나무 그늘에 앉아 흐르는 강물처럼 도란도란 얘기꽃을 피우던 강가 언덕, 바지를 둥둥 걷어 올리고 아내를 업어서 강을 건너던 내성천 맑은 물은 햇살에 반짝이며 쉼 없이 흐르는데……

  어느 무더운 여름날, 시원한 강물에 멱 감고 아이들처럼 송사리 떼를 쫓아다니다가 물속에 엎어지던 그를 보고 까르르 웃던 아내,
  '수물총새와 암물총새가 어울려서 시끄럽게 날갯짓하는(翠羽刺嘈感師雄)' 장면을 연상하면서 무심코 아내를 돌아보았다. 그러나 아내가 늘 앉았던 그의 옆자리는 허탕이었다.
  '아, 아내가……'
  아내의 빈자리를 확인하는 순간, 아내의 존재가 한없이 깊고 넓게 허허로웠다. 자신과 아내가 '삶과 죽음', '이승과 저승'이란 서로 다른 공간에 존재한다는 현실을 처음으로 깨닫는 순간이었다. 생명은 유한하고 쉼 없이 흐르니 죽음은 결코 두렵지 않으나, 단독자의 고독과 상실감이 뼛속까지 시리고 아려 왔다.
  깎은 듯 빼어난 얼굴에 사슴처럼 순한 눈, 수줍은 목소리에 가지

런한 이빨을 드러내던 그 웃음도 더 이상 들을 수 없다. 아내의 미소가 떠올라서 정신을 가다듬어 간절히 읊조렸다.

 風吹齊發玉齒粲 바람 불어 고운 이 가지런히 빛나고,
 雨洗渾添銀海渙 흐렸던 눈은 비에 씻겨 빛나네.

 수줍음은 한낱 예의의 표현일 뿐, 그녀는 그저 순하고 미련한 양羊이 아니라, 장차 가문을 새롭게 열어 갈 종부宗婦로서의 소명召命의식과 자존감이 지극히 높았다.

 아내가 그에게 와서 7년, 처음과 마지막이 한결같았으니, 비록 하인에게까지 기쁨을 주면서도 정작 자신에게는 엄격했다. 마지막 날도 아내는 부축을 받아 가며 대문 밖까지 나와 서서, 과거장으로 가는 남편의 뒷모습이 사라질 때까지 바라보았다.

 죽어가는 아내를 지켜만 보았던 무기력한 자신이 미웠고, 아내가 고통스러울 때 과장科場에 나갔던 자신이 미안하였다.
 '내가 죽고 그대 산다면, 기꺼이 황령을 넘고 열수를 건너리.'
 아내의 무덤 위에 풀썩 엎어져 흐느끼는 어깨가 들먹였고, 지는 해의 산그늘이 서늘한 바람을 타고 시인을 덮어 왔다.

하늘을 나는 신선과 만나 놀며
저 밝은 달을 품고 오래도록 머물고 싶은데
얻을 수 없음을 홀연히 깨닫고
그저 소리를 슬픈 바람결에 보낸다네.

挾飛仙以遨遊　抱明月而長終
知不可乎驟得　托遺響於悲風

"천지에 기대어 하루살이로 살아가는 우리의 삶이 그저 잠깐임을 슬퍼한다."라는 소식蘇軾의 〈적벽부赤壁賦〉를 읊으니, 온 산천이 숙연해졌다.

아내를 하계下界로 떠나보낸 후는 시름에 젖는 나날이었다. 방문을 열고 들어서면 반기던 그 목소리 그 자태가 그립고, 철새가 떠난 둥지마냥 싸늘하기만 하였다.

어미 잃은 새가 "지지배배" 짖어대듯이 제 어미를 찾았다. 큰아들 준寯은 따뜻한 어미 품이 그리워 밤마다 보채고, 작은아들 채寀는 배가 차지 않아 밤낮으로 울었다. 시인에게는 자신의 아픔보다 젖먹이 아들의 생명줄이 현실이었다.

연로하신 어머니가 손자들의 젖동냥을 다닐 수도 없었고, 아기는 울고 보채더니 설사와 영양실조로 여위어 갔다. 어머니는 수소문하여 가난한 반가班家의 처녀를 유모로 들였다. 부모의 강요가 아니라

그녀가 스스로 선택한 인연이었다. 유모는 친모와 다름없이 사랑과 정성으로 아이들을 보살폈고, 반가의 여인답게 행동이 조신하고 예의범절이 발랐다.

　시인은 아내를 여의고 눈물을 보이지 않았다. 그럴수록 어머니는 젊은 아들과 손자들의 처지가 안타까웠다. 시인의 어머니 박씨 부인은 유모의 행동거지를 면밀히 살펴, 젖동냥이 아니라 친모의 사랑을 궁리하게 되었다.
　어머니의 속내는, '아들을 안정시켜서 학문에 전념할 수 있게 하고, 손자에게 어미의 젖을 먹일 수 있게…….'였다.

　시인은 청량산 백운암에서 글을 읽고 있었다. 문밖에서 들리는 인기척에 방문을 열었다. 한 여인이 어둠 속에 비를 맞고 서 있었다. 불빛에 비친 그녀는 분명 집에 있어야 할 유모였다.
　"이 밤에 어인 일이오?"
　"마님의 심부름으로……."
　비에 흠뻑 젖은 옷이 몸에 붙은 채 추위에 떨고 있었다.
　"일단, 안으로 들어오시오."
　고개 숙인 유모의 얼굴이 붉어지면서, 입술에 경련이 일었다. 유모가 풀어놓은 대바구니에는 함지와 합식기가 들어 있었다. 목함지에는 시인이 갈아입을 옷가지가 들어 있었고, 합식기는 헝겊으로

몇 겹을 싸서 아직도 온기溫氣가 남아 있었다.

그녀는 합식기 뚜껑을 열어서 백설기와 식혜를 내어놓았다. 삼십 리 길을 오는 동안 그녀 자신은 온통 비를 맞아 가면서도, 옷가지와 백설기는 비에 젖지 않았다.

암자는 단칸방이었고 청량사까지는 암벽을 더듬어 빗속을 헤쳐 가야 하는데, 초행길의 여인에게는 쉽지 않은 일이었다. 그렇다고, 산중 암자에 여인을 혼자 두고 갈 수도 없었다. 시인은 자신의 옷 한 벌을 꺼내어 젖은 옷을 갈아입게 하고, 그녀가 옷을 갈아입는 동안 아궁이에 불을 지펴 방을 데우는 한편, 그녀의 젖은 옷을 말렸다. 그녀를 따뜻한 이불 속에 눕히고 시인은 돌아앉아 밤새워 책을 읽었다.

어머니는 암자에서 글을 읽고 있는 아들을 불러들였다.

"속현(續絃 끊어진 거문고 줄을 새로 잇다. 재혼)은 절차와 시간이 걸리지만, 아이들에게 당장 어미가 있어야 한다."

유모를 암자에 보내 하룻밤을 묵게 한 것도 어머니였다. 시인은 어머니의 제안에 고민하지 않을 수 없었다. 시인은 먼저 허씨 부인의 모습이 떠올랐다.

'그럴 수 없다…… 절대로…… 그러나……'

'효도는 자식으로서 마땅한 도리가 아닌가?'

　죽은 아내에 대한 절의와 효도 사이에 갈등이 일었다. 부모의 마음을 편안케 하는 것이 효도의 근본이라면,
　'아들로서 상처喪妻한 것도 불효가 아닌가?'

　사랑은 이성이나 의지로 되는 것이 아니다. 시인은 측실과 속현이 다른 세상에 살고 있었다.
　"낮추면 높아지고, 비우면 채워지느니라. 할 수 있겠느냐?"
　첫날밤에 옥비녀를 꽂아 주면서, '항아姮娥'라고 불러 주었다. '월명의 피리가 밝은 달을 움직여 항아가 머물게 하였다.'라는 《삼국유사》 소재 향가 〈제망매가祭亡妹歌〉에서 '항아姮娥'는 달의 여신으로 일컫는다.

　경인년(1530), 시인은 녹전 성천사에서 글을 읽고 있었다. 유모를 측실로 들인 것을 알게 된 문중 어른들이 놀랐다.
　"출생에 귀천이 있고 신분에 위계가 있는 법, 너는 종문宗門의 가례嘉禮를 무너뜨리는구나."
　시인은 침묵했으나, 어머니는 당당했다.
　"속현續絃이 아니라, 측실側室일 뿐입니다."
　속현과 측실은 해와 달이었다.
　신묘년(1531) 6월, '항아姮娥'에게서 아들 적寂이 태어났다.

어느 날, 예안에 귀양 온 권질權礩이 시인을 조용히 불렀다. 권질은 잠시 귀양 온 처지이긴 하지만, 그의 집안은 당시로서는 안동 지역에서 명문가名文家로 꼽힌다.

한참 침묵이 흐른 뒤,
"부인의 삼년상을 지냈지 않은가?"
권질은 시인의 속마음을 떠 보았다.
"자네 알다시피, 우리 집안이 말이 아닐세."
시인은 말없이 듣고만 있었다.
"자네가 미더워서 하는 말인데, 내 여식이 성혼할 때가 됐는데, 어디 믿고 맡길 데가 없을까?"
시인은 말없이 듣고만 있었다. 시인은 참으로 어려운 결정을 내려야 했다.

신묘년(1531)에 권씨 부인과 혼례를 올렸다. 권씨 부인은 눈매가 서글서글하고 선량한 인상이 말해주듯, 성정性情이 양처럼 온순하며, 자신의 생각을 내색하지 않고, 상대가 누구든지 언제나 밝은 미소로 상냥하게 대했다.

시인은 노송정 종가가 건너다보이는 영지산 기슭의 양지 바른 곳에 작은 집을 새로 지었다. 달팽이처럼 생긴 집이라 하여 '지산와

사芝山蝸舍'라 불렀다.

권씨 부인과의 삶은 예사롭지 않았다. 조부 제삿날에 온 문중의 친척들이 노송정 종택에 모였다. 노송정 대청마루에 높다란 제사상이 차려졌다. 모든 제관이 둘러서서 제사상을 지켜보고 있는 가운데, 한 제관의 옷소매에 걸려 배 한 개가 바닥으로 굴러 떨어졌다.

'아뿔싸!'

모든 제관의 시선이 그 배에 집중되었다. 그 배를 누군가 주워서 제자리에 올려놓을 것이라고 여겼다. 그 배가 마침 권씨 부인 앞으로 굴러갔다. 그녀는 그 배를 자신의 치마 속으로 슬쩍 넣었다. 이를 지켜보던 시인의 큰형수가 귓속말로 잘못을 지적했다.

"이보게, 동서! 그 배는 조상님께 올리는 제사 음식일세."

바깥에 있던 남편이 자초지종을 듣고 서둘러 들어와서,

"새아주머님, 죄송합니다. 제가 바르게 가르치겠습니다."

시인은 형수님께 다시 머리를 굽혀 용서를 빌었다.

머쓱해 서 있는 권씨 부인을 따뜻한 미소로 바라보며,

"왜, 그랬어요?"

남편이 조용히 묻자, 권씨 부인은 조금도 숨김없이

"배가 먹고 싶어서요."

껍질을 벗겨서 아내에게 잘라 주었다.

1. 서시序詩 31

신미년(1512), 시인이 열두 살 때, 숙부가 강원도 관찰사를 마치고 고향으로 돌아왔다. 보리피리 불며 들판을 쏘다니던 어린 시절은 끝났다. 숙부는 조카에게 《대학》과 《논어》를 가르치면서, 자질子姪들을 산사山寺에 보내 하과夏課를 시키는 한편, 詩를 짓게 하고 도연명을 평생의 친구로 맺어 주었다. 숙부는 배움의 길을 몰랐던 그에게 닮고 싶은 스승이었고, 부성父性에 목말랐던 시인에게 자상한 아버지가 되었다.

정축년(1517), 시인이 열일곱 살 때, 숙부가 돌아가셨다. 숙부는 조카에게 장차 넘어야 할 학문의 길을 일러 주었다. 숙부의 장례를 마치자, 시인은 세상과 결별하고 청량산에 들어갔다. 청량산은 아버지와 숙부가 십여 년간 학문을 닦던 곳이다.

학문의 세계는 넓고, 올라야 할 산정山頂은 구름 속에 아득했다. 학문의 산정을 혼자서 오르기에는 고행苦行이었고, 《주역周易》의 망망한 우주의 성하星河를 건너야 했다.

그러나 밤새워 책을 읽고 육신을 학대虐待하니, 영혼이 드높아졌다. 청량산에서 2년 동안 스승도 없이 혼자서 독파하였다.

시인은 예안을 벗어나 굉대宏大한 세상에 눈뜨기 시작했다.

 기묘년(1519), 열아홉 살의 시인은 영주 의원에서 공부하였다. 그때 만났던 진사 박승건(朴承建, 소고嘯皐 박승임朴承任의 둘째형)이 시인의 몸가짐을 살피더니, 자신이 읽고 있는 《소학》과 합치하므로 감읍하여 물었다.
 "공은 일찍이 《소학》을 읽은 일이 있습니까?"
 "아직 어리석고 불민不敏합니다. 가르쳐 주시옵소서."
 시인은 겸손하게 대답하였다.
 시인이 공부하러 갔던 영주의 의원은 의학 강습 기관이었다. 1452년(단종 즉위년)부터 계수관(界首官, 국도변의 큰 고을)마다 지방 의원을 설치하여, 각 도에서 교수관을 파견하고 양반 자제들을 선발하여 의서醫書를 교육하던 제민루濟民樓이다.

 시인은 활인심방活人心方을 개선하여 건강을 스스로 조섭하였다. 이때부터 아침 잠자리에서 일어나면, 신체 부위를 문지르고 두드리고 비틀고 심호흡을 하는 등의 동작으로 온몸에 활기를 돋우고 유연하게 함으로써 쇠약한 체질을 개선하였다. 활인심방으로 몸을 이완시킨 후 면벽한 자세로 명상에 들어간다.
 명상은 가부좌 자세로 양손을 무릎 위에 얹고, 코끝에 드나드는 호呼·흡吸에만 집중함으로써, 자신을 현상 세계로부터 떨어지게 하여 통찰과 집중으로 내적 자아를 찾는 것이다.

1. 서시序詩

그 해(1519년), 시인은 과거 준비를 위하여 성균관에 갔다. 시인은 산속 옹달샘을 벗어난 가재(石蟹)와 같았다. 게걸음에 방향도 모르고 이리저리 헤매는 청맹과니처럼, 하늘에 떠있는 무지개가 허상임을 모르고 감동하였다.

성균관은 문묘에 제향祭享하는 것이 한 임무였다. 춘추 2회 석전제釋奠祭를 지내고, 매월 초하룻날마다 유생들을 참배시켰다. 조광조趙光祖, 곤룡포에 서대犀帶를 차고 패옥佩玉을 늘어뜨리고, 익선관에 홀笏을 잡은 그가 중종과 함께 문묘에 알성하던 위엄은 19세 청년 시인에게는 하늘 높이 떠있는 봉황鳳凰이었다.

백성을 덕과 예로 다스려야 한다는 조광조의 왕도정치,
"하늘의 밝은 명을 따라 윤리와 기강을 세워야 한다."
그가 강조한 천하위공天下爲公 의미는 구악을 일소하되, 자연 질서 속에서의 인간 존엄성에 대한 확신이었다. 이는 그의 사마시司馬試 답안지 〈춘부 春賦〉에 잘 나타나 있다.

춘부 春賦

샘물이 흘러서 끝까지 가려 하나,
흙탕물이 섞여 맑을 수 없도다.
위로 하늘의 밝은 명을 더럽힘이여,
아래로 사람의 윤리와 기강에 게으르도다.
즐거이 아래로 흐르면서 깨닫지 못함이여,
수많은 악이 쌓이는 바로다.

泉渭渭而欲達兮　被黃流而不淸
上褻天之明命兮　下慢人之倫紀
甘下流而不悟兮　羌衆惡之所委

　조광조는 아녀자들에게 《내훈內訓》을 언문으로 번역 보급했고, 과거제도를 현량과로 보완해 대신들이 천거한 선비를 왕이 직접 뽑는 천거시취제薦擧試取制를 실시해, 윗사람을 농락하고 권력을 휘두르는 지록위마指鹿爲馬의 훈구 공신들을 퇴출시키려 했다.

　사림파의 학문적 연원은 관학적官學的 성리학을 실천한 유숭조柳崇祖의 도학정치론인데, 그에 감화된 신동神童 조광조는 김굉필金宏弼의 제자였으며, 김굉필은 사림파의 종주 김종직金宗直의 문인이다. 시인은 《화도집》에서 성리학의 연원을 시로 읊었다.

　예부터 우리나라는 동방의 추로鄒魯라 불렀으니,
　선비들은 모두 6경經을 외었네.
　어찌 알지 못하고 그리하였으리.
　우뚝 솟았구나, 정포은이여.
　절개를 지켜 끝내 바꾸지 않았도다.
　김점필재는 글월을 일으켜
　어느 누가 성취해 내었는가.
　도를 구하는 선비들 그 문정에 가득하네.
　문하에는 훌륭한 제자들로 가득하였네.
　김훤당 정일두 이어져 소리치네.
　그들 문하에 들지 못함이여,
　앎을 쫓아 헤매는 나의 애달픈 마음이여.

　기묘년(1519) 11월 15일 밤 10시경, 기묘사화가 터졌다. 벌레 파먹은 '走肖爲王주초위왕'의 파자破字로 용의 눈을 가리고, 눈먼 군주는 정正과 사似를 가리지 못했으며, 충성스런 신하의 가슴에 비수匕首를 휘두르자, 사림의 면류관은 가을바람에 낙엽이 되었다.

　눈보라 치던 날, 조광조는 능성綾城으로 귀양 갔는데, 죽음을 앞에 두고 도사都事에게 간절히 말하기를,
　"청하건대, 죄명을 공손히 듣고 죽겠노라."
　도사의 대답이 없었다.
　"임금 사랑하기를 아비와 같이 하였으니, 하늘의 해가 나의 속마음을 비출 것이다."
　능성綾城의 해는 구름 속으로 숨어버렸다.

　기묘사화의 광풍은 봉황의 비상을 막았으나, 황혼을 준비하는 올빼미들까지 멈추게 할 수는 없었다. 도학 정치 실현의 꿈에 부풀었던 열아홉 살의 시인은 정신적 공황 상태로 학문을 접었다.
　'무엇을 위해 학문을 하며, 어떻게 살아야 할지······.'
　시인의 행동을 눈치 챈 어머니가 그를 방 밖으로 끌어내었다.
　"송당골 숙모님은 뵈었느냐?"
　이날, 송당골의 숙부님 댁에 들렀다가 송재공의 서가書架에서 《성리대전性理大全》 수미본首尾本을 운명과도 같이 만나게 되는데,

1. 서시序詩

이 책은 1415년 편찬된 70권의 총서로서, 이기理氣·귀신·성리·도통 등 우주·인생·자연·역사의 전체적 이해의 틀이나 종합적, 직관적 통찰을 암시하는 성리학의 백과전서이다.

시인은 이 책에서 성리학의 체단體段이 특수함을 알게 되었다. '체단'은 학문의 체계와 구성을 의미하는데, 하나의 체계를 갖춘 사상은 중심이 되는 관념을 가진다. 학문의 체계가 방대해질수록 중심이 되는 관념으로부터 지엽말절에 이르는 부분 간의 조직과 연결의 맥락이 더욱 복잡해져서, 그 조리를 찾기가 힘들어진다.

시인은 성리학의 체단을 알고 그 원두처(源頭處 중심관념)에 도달하려면 《태극도설》, 《서명》, 《역학계몽》을 읽어야 함을 깨닫고, 청량산에 들어가 백운암에 틀어박혀 성리의 황홀경에 빠져들었다.

유학에서 지적 학습은 '지엽技葉'이며 이를 '하학下學'이라 하고, 개개 사물이 존재하는 까닭과 원리와 법칙을 찾아 원두처(본질)에 도달하는 것이 '상달上達'이다.

산속에서 책 읽기 獨愛林廬萬卷書

산림 속 초당에서 만권의 책 홀로 즐기며,
다름없는 한 생각에 십 년이 넘었도다.
요즘 와서야 근원과 마주친 듯,
도 틀어잡고 내 마음 휘어잡아 태허를 알아본다.

       獨愛林廬萬卷書　一般心事十年餘
       邇來似與原頭會　道把吾心看太虛

　시인은 조광조가 이루지 못한 '천하위공天下爲公'의 실현을 자신의 책무로 여기고, 성리의 원두처(본질)를 찾는 데 몰입하였다. 특히 《역학계몽》의 오묘한 세계에 빠져들어 침식을 잊고 몰두한 탓에, 몸이 여위는 이췌증贏萃症에 시달리게 되었다.

　비가 억수같이 쏟아지는 것은 천지에 음의 기운이 성하여 양의 기운을 이길 때 나타나는 현상이며, 서리가 밟히면 장차 단단한 얼음이 어는 시절이 온다는 뜻이다. 자연의 변화는 예측 가능하지만, 홍범(洪範 사회의 법)에서 다루는 천기天機의 문제나 《주역周易》에서 다루는 천명天命의 문제는 자신이 감당할 수 없어, '심우유감甚雨有感'이라 하였다.

　　도산 사는 촌부는 천인 이치 측량 못해,
　　주역이니 홍범이니 뉘가 잘 알겠는고..
　　태양에 얻는 재앙 응당 까닭 있거니와,
　　건곤의 운행은 판명하기 어렵도다.
　　예로부터 하늘의 경고 소소히 밝으니,
　　큰 호령으로 만물을 흩음에 무슨 어려움 있으랴.
　　음이 강하고 정이 엷으면 양기가 쇠진하니,
　　정녕코 옛 성현이 이 어려움에 처하였다.
　　가령 양기를 성케 하여 음기를 이길 수 있다 해도
　　이 이치는 이윤·주공 도움을 기다리련다.

 우주 만물의 생성과 소멸의 원리, 즉 '원元·형亨·이利·정貞'의 덕德이 4계절이 순환하듯, 씨 뿌리고 자라고 익고 거두는 '시始·통通·수遂·성成'으로 순환한다. 쉼 없이 순환하는 이(理, 생성 변화의 원리)를 사람에게 적용하면, 인간의 본질(생성 변화)은 우주의 본질(생성 변화)과 같다.

 사람의 확대가 우주이며 우주의 축소가 곧 사람이라는 성리의 본질을 '천인합일天人合一'의 사상에서 찾게 되는데, 사람은 천지의 기氣를 받아서 체體로 삼고, 천지의 이理를 받아서 성性으로 하는데, 이 이理와 기氣가 합치면 '마음'이 된다. '천지는 마음의 근원이니, 곧 인간과 하늘은 같다.'라는 생각에, 하늘의 뜻(天命)을 여기에서 찾았다.
 시인은 천명을 성性이라 하고, 性을 따르는 솔성率性을 道라 하였다. '천명天命은 곧 자연의 섭리이며, 인간의 본성 또한 선천적으로 선하다.'라는 생각에 미치게 되었다.
 인간이 선한 본성을 따르는 道는 '사랑仁과 의로움義과 예의禮와 지혜智'의 인의예지仁義禮智의 덕목은 측은지심惻隱之心·수오지심羞惡之心·사양지심辭讓之心·시비지심是非之心의 단초端初로서, 오늘날에도 윤리의 준거가 되고 있다.
 천명에 순응하는 삶은 선한 본성에 충실한 삶이며, 이를 실천하는 방식은 '존천리알인욕存天理遏人慾'이니, 즉 하늘의 뜻에 순응하고 개인의 탐욕을 막는 것이다.

　무오·기묘의 사화가 사림을 황폐화시킨 후, 현실적으로 성리를 바탕으로 한 도학 정치를 펼칠 수 없게 된 사림士林들이 산속으로 들어가 은둔하였다. 시인은 도학 정치 실현의 꿈이 컸던 만큼 실망도 컸다.
　'무엇을 위해 학문을 하며, 어떻게 살아야 할지……'

　서른한 살의 시인은 영지산 기슭에 달팽이같이 작은 지산와사를 지어, 권씨 부인과 함께 두 사람만 따로 나와서 살게 되었다. 〈달팽이집芝山蝸舍〉에서, 비록 달팽이 같은 작은 집이지만,

　但得朝昏宜遠近　어머님 거처와 가까워 문안드리기에 좋고,
　己成看月看山計　달 보고 산 바라보는 꿈 이뤘다고 했다.

　이는 공자의 제자 안회의 생각과 일맥상통하는 것으로 볼 수 있다.
　"저는 벼슬하지 않겠습니다. 저에게는 성 밖 밭 오십 이랑이 있어 죽을 공급하기에 충분하고, 성 안 밭 열 이랑이 있어 명주와 삼베를 만들기에 충분하며, 거문고를 타고 즐기기에 충분하고, 선생님께 배운 도는 자신을 즐겁게 하기에 충분합니다."
　공자는 이런 안회가 어리석지 않았다고 했다.

달팽이집 芝山蝸舍

영지산 끊어진 기슭에 새 집 지었는데,
달팽이 같아도 몸은 감출 수 있네.
북쪽 낭떠러지 마음에 들지 않아도,
남으로 안개 노을 운치가 넘치고,
아침저녁 문안인사 드리기 가까우니,
뒷산은 둘러앉아 춥고 더움 다 가리랴.
달 보고 산 바라보는 꿈 다 이뤘으니,
이 밖에 또 무엇을 이에 비할까.

卜築芝山斷麓傍
形如蝸角祇身藏
北臨墟落心非適
南挹烟霞趣自長
但得朝昏宜遠近
那因向背辨炎凉
已成看月看山計
此外何須更較量

    현실에서 도학정치를 펼칠 수 없을 바에는 차라리 '달 보고 산 바라보며 산속에 묻혀 살겠다.'라는 태도를 소극적으로 볼 수 있지만, 보다 적극적인 관점에서는, 성리학의 오묘한 세계에서 그 원두처가 '존천리알인욕存天理遏人慾'의 삶이라는 것을 깨닫게 된 것으로 볼 수도 있다.

    '존천리알인욕存天理遏人慾'의 삶을 현대적으로 해석하면,

    죽는 날까지 하늘을 우러러
    한 점 부끄럼이 없기를,
    잎새에 이는 바람에도
    나는 괴로워했다.

    솔로몬왕은 그의 전도서(3 : 12)에서,
"사람들이 사는 동안에 기뻐하며 선善을 행하는 것보다 더 나은 것이 없는 줄을 내가 알았다."고 하였다.

    시인은 "달 보고 산 바라보는 꿈 다 이뤘다. 己成看月看山計"라고 기뻐하였다.

2. 곤양의 봄
昆陽

임진년(1532) 가을, 곤양군수 관포 어득강의 편지를 받았다.

"그대, 내년 산 벚꽃 피는 계절에 삼신산 쌍계사를 나와 함께 유람하시기를 바라고 바랍니다."

시인은 어관포를 만나러 곤양으로 달려가고 싶었다. 쌍계사를 유람하며 청학동의 자연에 빠져들고 싶기도 하지만, 15세 때 산속 옹달샘의 한 마리 가재를 보고 시를 지으면서부터 여사로 시를 쓰기 시작하였다.

혈기왕성한 청년기가 되면서 도연명의 〈귀거래사歸去來辭〉를 읊었고 소동파의 〈적벽가赤壁歌〉를 소리 높여 노래했던 시인은 무엇보다 어관포의 詩에 관심이 있었다.

대사간을 지낸 63세의 현직 군수가 30세 차이의 자신을 초청한데다, 아직 급제도 하지 못한 자신에게 관심을 가진 것에 호기심이 발동하기 시작했다.

어관포가 청도 청덕루에서 시원試員들에게 하과夏課를 하였고, 흥해 관아官衙에 동주도원을 설치하여 군민을 교화한 것이 당시 젊은 선비들에게 화제가 되었다. 그러나 무엇보다 어관포와 시를 주고받는 수창酬唱이 그의 시벽詩癖을 자극한 것이다.

시인은 곤양까지 먼 길을 여행할 처지가 못 되었다. 서른세 살인데도 아직 대과에 급제하지 못했으며, 측실을 들이고 속현으로 권씨 부인을 맞이하여 형님 댁에 어머니와 아이들을 두고 지산와사에 따로 나왔고, 셋째형 언장 형이 별세하여 아직 상喪 중인 데다가, 장수희를 비롯해서 조카들을 가르치고 있었다.

어머니 춘천 박씨는 넷째형의 삼백당三柏堂에 계셨다. 어머니가 아들을 불러 앉혔다.

"우물 안 개구리는 바다를 알지 못하느니라."

시인은 아직 바다의 아득한 수평선을 모른다.

"때가 아닌 듯합니다."

"기회는 새와 같으니라."

"아직, 글을 더 읽어야 합니다."

"'독만권서 행만리로讀萬卷書 行萬里路'라 하지 않느냐, 여행도 공부니라, 네 어찌 백면서생白面書生만 할 것이냐?"

여행은 목적지에 도착하는 것만 목적이 아니다. 만남과 헤어짐이 있고, 보고 듣고 생각이 깊어질 것이다.

"버리고 떠나야 채울 수 있느니라."

"……."

장인 허찬은 딸이 죽은 후 의령 백암촌으로 돌아갔고, 영주 초곡

의 문전文田은 그의 아들 허사렴이 맡았다.

'의령 처가에 가서 준寯이 외조부도 뵙고…….'

어머니는 아들의 마음을 꿰뚫고 있었다.

시인은 고행苦行을 결심했다. 원효는 화쟁和爭의 종체宗體를 찾아서 고행한 끝에 무량무변無量無邊의 대승大乘에 도달할 수 있었듯이, 그는 성리의 원두처를 앉아서 찾을 수 없음을 깨닫게 되었다. 자만自滿에 사로잡혀 견강부회牽强附會하여 원천을 두고 지류에서 방황하고 있는 것은 아닌지 확인하기 위해서는 고행苦行을 통한 깊은 성찰이 필요했다. 그리하여 시인은 사유와 통찰의 길을 고독한 여행에서 찾기로 했다.

시인은 계사년(1533) 1월부터 4월까지 여행할 예정이었다. 그해 정월正月, 연시제年始祭를 지내고 세배를 서둘러 다니면서, 여행을 위한 준비에 바빴다.

맏형 잠潛에게 어머니를 부탁하고 남행南行 길에 오르기로 했다.

노정路程은 도산에서 의령, 곤양 그리고 쌍계사까지 천릿길이다. 여행은 기동성이 있어야 하고 자유로워야 하지만, 동절기의 여행은 얼음 붙은 길에 예측할 수 없는 위험도 있기 마련이다. 안전한 여행을 위해서 젊은 말구종(驅從, 말고삐 잡는 하인)을 데리고 길을 나섰다.

　1월 27일, 지산와사를 나와서 새벽길에 토계로 들어가니, 하얗게 서리 맞은 배롱나무의 앙상한 가지가 떨고 있었다. 토계를 나와 강변에 나서니 시야가 광대무변으로 넓어지면서, 광목을 펼쳐놓은 듯 낙동강이 하얗게 얼어붙어 있었다. 정월正月의 세찬 강바람이 앞을 가로막고 옷자락을 붙잡지만, 마음은 삼신산 청학동 쌍계사 불일암의 꽃 피는 봄날이었다.

　낙동강 강변 농암 언덕의 애일당愛日堂에 들어갔다. 농암 이현보는 그의 고향 부내(汾川)의 커다란 바위 위에 애일당을 지어 부모를 뫼시고, '농암聾巖'이라 하였다.
　농암은 성품이 고상하고 실천에 과감하고 결단력이 있으며, 어리석고 천한 자라도 차별하지 않고 따뜻하게 대했다.
　임술년(1502)에 농암이 사관史官으로서 연산에게 아뢰기를,
　"사관은 임금의 언동言動을 기록하는데, 탑하榻下에서 멀리 떨어져 엎드려 있습니다. 청컨대, 탑전榻前 가까이 엎드려 기주(記注기록)에 소루(疏漏 소홀히)함이 없게 하소서."
　폭군 연산은 거슬렸지만 허락한 것은 농암의 진정성이 통했기 때문이다.

　농암은 신묘년(1531)에 부친 상喪으로 여묘廬墓살이를 끝낸 후, 계사년(1533) 당시, 복服을 벗고 부제학으로서 경주 부윤으로 나가는 도중

2. 곤양의 봄 49

途中에 고향에서 근친親親하고 있었다.

농암은 향리의 어른이며 시인의 숙부와 식년 문과 동년이고, 정축년(1517)에 숙부 송재공의 후임으로 안동 부사가 되어 젊은 선비들을 안동 향교에서 교화할 때 시인도 참가했다.

농암은 추위에 달아오른 얼굴로 들어서는 시인을 반겼다. 훈훈한 방 안에서 따끈한 녹차를 훌훌 마시며 몸을 녹였다.

"바깥에서 진정한 '나'를 찾고자 합니다."

농암은 시인의 남행 계획을 듣고 이에 감탄하였다.

"자신이 보고 싶은 것만 찾으면 참 나를 발견할 수 없느니."

시인이 자유를 위해 혼자서 떠나는 것에 감동하였다.

"무릇 자유는 원하는 자만이 진정한 자유를 가질 수 있느니."

시인은 머뭇거리다가 자신의 문제를 털어놓았다.

"과거科擧에 얽매여 학문에 자유로울 수 없습니다."

"과거 준비를 그만두겠다고? 생각은 옳으나 쉬운 일은 아니니. 나는 과거를 권하지만, 마땅하지 않음을 잘 알고 있다네."

또, 출사와 진퇴에 대하여 물었다. 농암은 단호하게 말했다.

"반드시 벼슬을 그만두고자 마음먹을 필요가 없느니. 벼슬하되, 벼슬에 빠지지는 말라는 것일세."

눈길 雪徑

한 오솔길 강가 끼고서,
높았다 낮았다 끊어졌다가는 다시 돌아가네.
눈 쌓여 사람 자취 없는데,
한 중이 저 구름 너머에서 오네.

　　　　　　一徑傍江潯　高低斷復遶
　　　　　　積雪無人蹤　僧來自雲表

　농암의 애일당을 나와 부내마을 뒷산 송티재에 올랐다. 눈 쌓인 영지산 송티재는 말을 끌고 오르기에는 힘에 겨웠다. 얼음 붙은 응달은 말고삐를 잡고 끌어야 했고, 솔바람이 토끼털 귀마개를 뚫고 몸속까지 한기가 파고들었다. 양지 녘 빈 밭에서 놀란 장끼가 화들짝 날아올랐다. 송티재를 오르면서 숨이 턱에 찼지만, 길 위에 추억을 깔아 간다는 생각에 모두가 새로웠다.

　예안에서 안동으로 통하는 관도에서 한 중을 만났을 뿐, 설편雪片이 흩날리더니 지나온 발자국을 지우듯 쌓여 갔다. 감애마을에서 작은 고개를 넘어 명계明溪로 내려갔다. 명계마을이 지붕마다 눈을 덮고 추위에 떨고 있었다. 신붓골을 돌아나가면 와룡 두루마을(周村)에 닿게 되고, 뚝향나무가 마당을 덮고 있는 경류정慶流亭이 시인의 큰댁이다. 시인의 조부 진성眞城공은 경류정에서 부라촌으로 분가했다가, 계유정난에 수양首陽의 간신들과 해 아래 함께 살 수 없어서, 부라촌을 떠나 영지산 한티 너머 온계에 터를 잡았다.

　청용등 아래 경류정慶流亭은 반달형 안산을 품은 길지吉地이다. 사당祠堂에 배알하고 재종형 이연李演의 부탁으로 경류정 편액을 쓰고 詩를 지어, 뚝향나무가 만고상청하기를 빌었다.

소나무 松

승천하는 용인 양 삿갓머리 소나무 늙어 더욱 기이한데,
선인께서 손수 심은 지 언제인지 알 수 없네.
오직 여러 후손 뽕나무와 가래나무처럼 공경심 느끼게 하니,
천추에 학 깃들임 마땅히 까닭 있음을 알겠네.

騰龍偃蓋老逾奇　不見先人手植時
獨有諸孫桑梓感　千秋巢鶴故應知

　경류정 거북바위 아래 청정한 만년향(뚝향나무) 한 그루, 세종世宗 대에 정주 판관이던 시인의 증조曾祖 이정李禎 공이 평안도 약산 산성 축조를 마치고 세 그루를 가져와서, 도산 노송정과 그의 외손 선산 박씨에게 주었는데, 그 두 그루는 뿌리가 활착하지 못하고 시들었으나, 경류정의 뚝향나무는 가지와 잎이 벌어서 마당을 덮었다.
　시인은 〈소나무松〉 시를 지어, 나무를 승천하는 용으로 비유하여 후손으로서 공경심을 나타내면서, 천추千秋에 학이 둥지를 틀어 깃들기를 빌었다.

　1월 28일, 새벽안개 걷히기 전에 경류정을 나와 두루마을에서 제비원 방향의 관도로 말을 몰았다. 커다란 바위 위에 반듯하게 앉은 제비원 석조 불상은 전설을 품은 채 서방정토를 향해 명상에 잠겨 있었다. 석조 불상을 힐끔거리며, 하인이 제비원의 전설을 물었다.
　제비원의 전설은 이러하니, 남을 도울 줄 모르는 총각이 죽었다. 염라대왕이 그 총각에게 일러주었다.
　"다음 생에는 소로 태어날 것이나, 연燕이의 창고에서 선행을 꿔서 쓰면 살아 돌아갈 수가 있다."
　부모를 여의고 제비원에서 일하는 연燕이 처녀는 착한 일을 많이 쌓아서 생긴 자신의 재물 쿠폰으로 되살아난 총각에게서 받은 큰 재물로 부처님을 위해 법당을 지었는데, 마지막 기와를 덮던 와공이 지붕에서 떨어지는 순간 제비가 되어 날았다고 해서 암자는 '제비

원'이요, 연燕이가 죽던 날 천지가 진동하면서 큰 바위가 갈라지고 나타난 석불은 연燕이가 환생한 '미륵불'이라 하였다.

공덕을 쌓은 연이가 부처로 태어났기에, 사람들은 이 부처를 미륵불로 여기고 치성을 드린다는 이야기가 전해지고 있다.

〈성주풀이〉의 한 대목에 제비원은 성주의 근본이라 하였다.

…… 성주 근본이 어디메뇨.
경상도 안동 땅의 제비원이 본이 돼야
제비원에다 솔 씨 받아 동문 산에다 던졌더니,
그 솔이 점점 자라나 밤이면 이슬 맞고
낮이면 볕에 쐬어 청장목 황장목……

제비원에서 자란 소나무 재목을 베어다가 집을 짓고 아들을 낳아 길러 과거에 급제한다는 내용이다.

제비원 미륵불의 시선視線은 서방정토를 향하고 있으니, 제비원에서 서방은 송야천을 따라가는 검제(금계 金溪) 쪽이다. 검제를 지나면 송현으로 갈 수 있어, 〈제비원에서 소현으로 향하다 自燕子院向所峴〉라는 시를 지었다.

제비원에서 소현으로 향하다 自燕子院向所峴

푸른 풀에 봄바람 불고 해는 기울려 하는데,
들쑥날쑥한 산, 곳에 따라 인가 드러나네.
누구라서 능히 그려낼까, 도화원의 경치를.
흐드러져 무르익은 붉은색 온 나무에 꽃 피었네.

碧草東風日欲斜　亂山隨處著人家
誰能畫出桃源景　爛熳蒸紅樹樹花

검제로 들어서니 군계일학群鷄一鶴 학가산이 우뚝 솟았다. 태백산에서 뻗어 내린 학가산은 안동의 서쪽, 예천 동쪽에 우뚝 웅장하게 솟아 있으며, 북쪽은 영주까지 다다르고, 남쪽으로는 풍산을 끌어당긴다. 뭇 산들 가운데 여러 고을의 경계에 흩어져 있는 것들은 모두가 야트막한 언덕배기와 같다.

시인은 평소에 여러 경계를 두루 돌아다녀 보았는데, 이르는 곳마다 이 산이 문득 바라다보여, 그때마다 가슴이 출렁이고 눈결에 와 닿는 흥취를 이기지 못했다.

시인이 열여섯 살 때 학가산 봉정사에서 종제 수령과 공생貢生 권민의權敏義와 강한姜翰이 함께 책을 읽었다. 그때 친구들과 봉정사 입구의 낙수대에서 놀았다.

누각에는 이조정랑 배강裵杠의 시가 있었고, 신라 때 대덕 능인이 창건할 때, 천등天燈이 앞에 내려와 있어 천등산이라 하였다. 부처가 천등산에 내렸다는 전설은 허황된 이야기일 뿐이나, 태장이란 지명은 어느 왕의 태를 묻은 곳이라 하였다.

수년이 경과한 뒤에 이곳에 다시 들르게 되었을 때, 옛날 그들과 함께 놀던 봉정사 입구의 '낙수대'를 '명옥대'로 개명하고, 詩를 지어 지난 일을 추억하였다.

봉정사 서루 鳳停寺西樓

산 내리려는 비 머금어 그늘 색 짙어지고,
새 꽃다운 봄 보내며 울부짖는 소리 탄식스럽네.
어릴 때 깃들었던 곳 세상 떠돌다 다시 와 보니,
흰 머리에 헛된 명예 얽힘 탄식할 만하네.

山含欲雨濃陰色　鳥送芳春款喚聲
漂到弱齡栖息處　白頭堪歎坐虛名

검제 골짜기를 빠져나오면, 소나무가 울창한 소현이다. 포석정에 순배주循盃酒 그치고 마의태자 개골산 입산하니, 왕건과 견훤이 무주공산 땅따먹기 벌일 때, 마지막 승부수를 디케(Dike)의 천칭天秤에 걸었다. 안동의 삼태사(三太師 고려의 개국공신 김선평, 권행, 장정필)가 왕건 쪽에 분동分銅 하나 올려놓자, 견훤이 울고 간 곳이 바로 이 소현이다.

소현所峴에서 송야천이 낙동강으로 흘러든다. 소현을 뒤로하고 낙동강 강변길을 따라갔다. 낙동강이 두 번 굽이쳐서 돌면, 선사유적지 마애마을이다. 이미 석기시대부터 사람이 살았던 곳으로, 시인의 선조는 진보에서 마애로 옮겨와 살았고, 송안군 이자수는 마애에서 두루마을로 옮겨 갔다. 송안군의 증손 흥양興陽이 산수정山水亭을 짓고 정착하였다.

강 건너 깎아지른 적벽赤壁 세 봉우리 중 가운데 한 봉우리, 작지만 곧고 가파르게 서 있어서 옥루봉玉樓峯이라 하였다. 봉의 서쪽 골짜기 정사亭舍에 깊은 못이 있고, 하얀 모래를 금대金帶같이 두른 숲은 경치가 빼어났다. 아름드리 소나무가 우거진 솔숲 팔각연화대좌에 결가부좌하고 외로이 앉은 비로자나불상이 염불을 그치지 않는다.

넓은 평야에서 _{平蕪散牧}

봄 불 다 없어지고 봄풀 푸른데,
넓고 기름진 성 밖 들 멀리 바라보는 눈에 가득하네.
말 몰아 재촉해도 마을의 들판 가운데 이르지 못했으나,
태평한 시절이라 유목 볼 수 있네.

春燒沒盡春草綠　膴膴郊原盈遠目
驅催不到村野間　太平氣象看遊牧

마애마을의 서쪽은 낙동강이 만들어 놓은 풍산 들이다. 낙동강이 화산花山에 막혀 강물이 급하게 굽이쳐 돌 때, 강물에 실려온 기름진 흙을 내려놓아 생긴 들판이다. 씨를 뿌리기만 하면 갯무가 쑥쑥 자라고 벼이삭이 여무는 곳, 지금은 보리이삭이 파란 들판 위로 북풍이 차지만, 이삭이 영그는 5월이면 사람들의 성정을 풍성하게 한다.

풍산 들을 지나 낙동강을 따라 화산을 돌아 나가면, 병풍屛風 산이 적벽 밑으로 흐르는 강물에 그림자를 드리운다. 훗날, 서애 유성룡이 풍악서당을 옮겨 병산서원을 지으면서 만대루晩對樓가 세워지게 된다.

입교당에서 바라보면 만대루 7칸 기둥 사이로 펼쳐지는 강물과 병산屛山과 하늘의 조화는 살아서 꿈틀거리는 그림이다. 만대루의 '만대晩對'는 두보杜甫의 시 〈백제성루百濟城樓〉의 '취병의만대翠屛宜晩對'에서 따온 것으로, 그 의미는 "병산의 푸른 절벽은 늦은 오후에야 대할 만하다."이다.

화산을 남으로 돌아 나가면, 물이 굽이도는 하외촌河隈村이다. 남쪽으로 흐르던 강물이 부용대에 이르러 동으로 급선회하여 산을 휘감아 안고 산은 물을 얼싸안은 곳이다.

꽃뫼(花山)가 뒤를 받치고 꽃내(花川)가 마을을 휘감아, 거센 물줄기

가 주춤하며 잠시 쉬어 가는 곳이 하외다. 산과 물이 어우러진 산태극수태극山太極水太極 형국을 물이 돌아 나가는 '물돌이동'이라 하여 '하외河隈'라 하였다.

하외마을에는 오래전부터 전해 오는 〈하외 별신굿 탈놀이〉와 〈부용대 불줄놀이〉가 있다.

〈별신굿 탈놀이〉는 보통 10년 또는 7년에 한 번씩 보름 남짓한 기간 동안 열리는데, 민중들이 주축이 되어 서낭신을 앞세운 풍물패와 탈춤패들이 어울려 마을의 구석구석을 누비면서, 평소에는 불가침 지역으로 조신하게 드나들었던 양반집 마당이나 대청마루에도 거침없이 오르고, 양반과 선비를 무능하고 위선적인 존재로 그려서 그들의 체면을 구겨 놓는다.

〈부용대 불줄놀이〉는 오늘날 불꽃놀이와 같다. 양반들은 민중들의 탈놀이를 용인하는 대신 〈부용대 불줄놀이〉에서 신분 질서에 입각해 양반들은 배 위에서 선유船遊와 불줄놀이, 낙화놀이, 달걀불놀이 등 가무악을 즐기되, 민중은 놀이에 필요한 제반 준비를 담당하여 놀이가 원만하게 이루어질 수 있도록 도왔다.

산태극수태극山太極水太極형의 '물돌이동'이란 '하외河隈'의 이름처럼, 양반과 민중의 신분이 밤과 낮으로 번갈아 태극형으로 돌아가는 형국이다.

시인은 한때 조광조의 도학정치에 고무되었던 젊은 날, 종제 수령과 김택경金澤卿, 남경중南敬仲과 어울려 하외에서 별신굿을 감명 깊게 보았던 적이 있다. 시인의 사상에는 산태극수태극山太極水太極에서 자연스럽게 발생한 〈하외별신굿탈놀이〉의 자유분방하고 너그러운 품성이 스며들어, 도학정치 실현의 바탕에 잠재적으로 작용하게 된다.

별신굿은 정월 초이튿날 꽃뫼의 서낭당 신 내림대의 당방울을 서낭대에 옮겨 달고 하산하면서부터 시작된다. 춤마당에 서낭대를 중심으로 모여든 마을 사람들 앞에서 농악을 울리며 한바탕 놀이를 벌인다.

강신降神, 무동마당, 주지마당, 백정마당, 할미마당, 파계승마당, 양반·선비마당, 당제堂祭, 혼례마당, 신방마당, 헛천거리굿 등의 순서로 어우러지게 된다.

인물들이 몽두리춤이나 오금춤을 추면서 등장할 때는 훈련굿거리를 치고, 춤출 때는 자진굿거리를 쳐서 흥을 돋웠다.

사뿐사뿐 각시걸음, 능청맞다 중의 걸음.
황새걸음 양반걸음, 황새걸음 선비걸음.
방정맞다 초랭이걸음, 바쁘다 초랭이걸음.
비틀비틀 이매걸음, 맵시 있다 부네小室 걸음.
심술궂다 백정걸음, 엉덩이 추는 할미걸음.

첫째 마당, 각시광대가 무동을 타고 꽹과리를 들고 구경꾼들 앞을 돌면서 걸립(乞粒)한다.

둘째 마당, 주지가 등장하여 악귀를 몰아내는 의식을 한다.

셋째 마당, 백정(白丁)이 춤을 추다가 소를 잡아서 우낭(牛囊)을 꺼내 각설하면서 구경꾼들에게 판다.

넷째 마당, 쪽박을 찬 할미 광대가 등장하여 베를 짜면서 〈베틀가〉를 부르고, 춤을 추다가 쪽박을 들고 걸립한다.

다섯째 마당, 부네(小室)가 오금 춤을 추다가 치마를 들고 오줌 누는 장면을 중이 엿보다가 부네 옆구리 차고 도망간다.

여섯째 마당, '양반과 선비' 마당으로, 양반이 하인인 초랭이를 데리고 나오고, 선비는 소첩인 부네를 데리고 나온다. 초랭이가 양반과 선비 사이를 왔다 갔다 하며 서로 인사를 시키고는 자기가 뛰어들어 양반 대신 선비 인사를 받는다. 초랭이는 계속해서 양반을 풍자하고 골려 준다. 양반과 선비는 서로 문자를 써 가며 지체와 학식을 자랑한다.

선비: 여보게 양반, 자네가 감히 내 앞에서 이럴 수 있나?
양반: 무엇이 어째? 그대는 나한테 이럴 수 있단 말인가?
선비: 아니, 그라마 그대는 진정 나한테 그럴 수가 있는가?
양반: 뭣이 어째? 그러면, 자네 지체가 나만 하단 말인가?
선비: 아니 그래, 그대 지체가 내보다 낫단 말인가?

양반: 암, 낫고말고.

선비: 그래, 낫긴 뭐가 나아.

양반: 나는 사대부 자손일세.

선비: 아니 뭐라꼬, 사대부? 나는 팔대부 자손일세.

양반: 아니, 팔대부? 그래, 팔대부는 뭐로?

선비: 팔대부는 사대부의 갑절이지.

양반: 뭐가 어째, 우리 할뱀은 문하시중을 지내셨거든.

선비: 아, 문하시중. 그까지꺼. 우리 할뱀은 문상시대인걸.

양반: 아니 뭐, 문상시대? 그건 또 뭐로?

선비: 문하보다 문상이 높고, 시중보다 시대가 더 크지.

양반: 허허, 빌 꼬라지 다 보겠네. 지체만 높으면 제일인가?

선비: 에헴, 그라믄, 또 뭐가 있단 말인가?

양반: 학식이 있어야지, 나는 사서삼경을 다 읽었다.

선비: 뭐 그까짓 사서삼경? 나는 팔서육경을 다 읽었네.

양반: 아니, 뭐? 팔서육경? 도대체 팔서는 어데 있고, 육경은 또 뭔가?

초랭이는 두 사람의 얘기를 듣다가 잽싸게 끼어든다.

초랭이: 헤헤헤, 나도 아는 육경, 그것도 모르니꺼. 팔만대장경, 중의 바라경, 봉사의 앤경, 약국의 길경桔梗, 처녀 월경, 머슴의 새경 말이시더.

선비: 그래, 양반이라카는 자네가 육경을 모른단 말인가?

양반: 여보게 선비, 우리 싸워 봤자 피장파장이네. 부네나 불러 춤

　　이나 추고 노시더.
　선비: (잠시 생각하다가) 암, 그거 좋지 좋아.

　여섯째 마당, 별채(別差 세리) 역인 이매가 나와 관청에서 꿔준 환재(還子) 바치라고 외치면 모두 깜짝 놀라 도망간다. 관리가 마을 사람들에게 곡식을 거두면서 중간착취하는 횡포를 풍자하고 있다.

　하외 별신굿 탈놀이는 혈연적 지연적 공동체의 안녕과 친목을 기원하는 굿과 놀이로서, 탈의 익살성, 마당극의 개방성, 계층의 평등성이 융합된 굿(무속) 형식의 축제이다. 고려 중기부터 시작한 하외 별신굿 탈놀이는 해마다 당제를 올리되, 대개 10년 간격으로 별신굿을 벌여 왔다.

　탈놀이에서 탈의 구조적 기능과 양반과 상민의 대립·반목을 마당극의 해학과 익살, 풍자의 탈놀이가 관객과 함께 어우러지면서 갈등을 해소하는 스토리가 가능한 것은 유교사회가 내포하고 있는 천인합일의 평등사상 덕분이다. 밤새워 술 마시고 노래하며 춤출 수 있는 보름이라는 짧은 축제 기간만이라도 자유로운 평등세상인 것이다.

　꿈에 마을의 수호신으로부터 신탁을 받은 허도령이 금줄을 치고 전심전력으로 가면 제작에 몰두하던 중, 허도령을 연모하는 처녀가 금기의 백 일을 하루 앞둔 날, 처녀가 창에 구멍을 뚫어 엿보고 말았다. 결국, 허도령은 그 자리에서 피를 토하고 숨을 거두었으며,

마지막으로 만들던 이매탈은 턱이 없이 남게 되었다.

양반들의 뱃놀이는 부용대에서 낙동강을 가로질러 줄을 걸고 뽕나무 숯봉지를 매단 뒤 불을 붙여 올리는 것이다. 달걀불을 만들어 띄우고 양반들의 신호에 맞추어 부용대에서 소깝단을 떨어뜨리는 부용대 불줄놀이에서 민중들은 놀이에 필요한 궂은일을 감당하였지만, 놀이의 주체로 참여할 수는 없었다. 양반들은 별신굿을 용인하였지만 뱃놀이를 통해 민중에 대한 양반들의 지배를 분명히 보여줌으로써, 놀이의 반상班常 차별을 제도화하였다.

유응현柳應見은 서애 유성룡의 형 겸암 유운룡(字 應見)이다. 병인년(1566)에 유성룡이 대과에 급제하자, 유응현이 시인에게 보낸 편지에서 "아우 이현(서애 유성룡)이 아직 관직을 갖지 않았을 때 행동거지를 뜻대로 하고 싶다."라고 말했다.

서애 유성룡은 하외마을 출신으로, 약관의 나이에 시인의 문하에 들었으며, 선생이 그를 한 번 보고는 "이 사람은 하늘이 내렸다."라고 하였다.

시인은 다음 詩에서 "만사 곧 얽힐 것이니 얽힘에서 벗어나고자 한다는 것이네."라고 정치판을 예상하여, 얽힘을 조심하라고 경고하였다.

유응헌에게 답하다 答柳應見

해 밝은 창에 비치고 향로의 연기는 하늘하늘 피어오르는데,
편지 보내와 같은 병 지고 있음 안타까워하네.
더욱 어여쁘신 어진 아우 갓 계수나무 잡았는데,
만사 곧 얽힐 것이니 얽힘에서 벗어나고자 한다는 것이네.

日照明窓裊篆烟　書來同病荷相憐
更憐賢弟初攀桂　萬事將纏欲脫纏

하외마을에서 배에 오르면 곤양 앞바다까지 갈 수 있지만, 지금은 광목을 펼쳐놓은 듯 하얗게 얼어붙어 있다. 넓은 풍산 들을 품은 가일佳日 마을이 정산鼎山 뒤에 숙연하다. 시인의 장인 사락정 권질權礩의 고향마을이다.

권질은 안동 권씨 화산花山 권주權柱의 장남이다. 권주는 대과급제하여 참판까지 올랐으나, 성종의 처방전에 따라 폐비 윤씨에게 사약을 내릴 때, 그는 단지 주서注書로서 약사(승지)가 조제한 사약을 약국에서 가지고 왔을 뿐이었다. 그런데 폐비의 복권이 사헌부·사간원·홍문관 삼사三司에 견제당하자, 연산燕山은 왕도를 일탈逸脫하여 전횡과 보복의 칼을 휘둘렀다.

"그때 내 나이 일곱 살이었으니, 신하들이 옳지 않다고 굳이 간쟁諫諍하였더라면, 어찌 회천回天할 도리가 없었겠느냐? 오늘날에는 작은 일에도 합문閤門에 엎드려 해를 넘기거늘, 하물며 이런 큰일로도 굳이 간쟁하지 못하였느냐? 주柱는 살더라도 내가 부릴 수 없으며, 주도 나를 섬길 수 없으니, 율문律文에 따라 시행하고, 그 자식은 해외海外에 위리안치圍籬安置하도록 하라."

권주權柱의 형제자매를 모두 외방으로 귀양 보내고, 그의 가산家産을 적몰籍沒하되 그의 집을 남천군南川君 이쟁李崝에게 주었는데, 연산이 쟁崝의 아내 최씨崔氏와 통간通奸한 대가로 주어졌다. 폐비 윤씨의

아들 연산은 그 앙갚음을 사약으로 되갚았으나, 권주는 연산이 내린 사약을 마시느니 누각에서 뛰어내렸다. 권질의 어머니 고성 이씨도 순절殉節을 택했다.

중종반정으로 권질은 복권되었다가 권전權磌의 사건에 연루되어 예안으로 유배당하고 그의 아우 권전은 장살杖殺당했는데, 이는 송사련宋祀連이 조작한 신사무옥의 희생자가 되었다. 그러니 역사(轢死 억압받아 죽음)는, "그때는 맞았고, 지금은 틀리다."

시인의 처조부 화산 권주 부부는 가일마을 뒷산에 묻혔다. 500여 년이 지난 오늘날, 경상북도 도청이 이곳에 이전되면서 권주 부부의 묘소가 도청 신도시 역사공원 안에 위치하게 되자, 옛 경상도 관찰사가 경상북도 지하도지사地下道知事로 복권되니, 추중追重의 빛남 황천에 떨어졌다네. 13세 소년의 〈선악도〉(仙嶽圖, 권주가 13세 때, 안동부의 백일장에서 장원한 글)가 상제上帝의 천기天機를 울렸으니, 역사歷史는 "그때는 틀리고 지금은 맞다."

겨울을 견디는 보리는 종달새의 봄노래를 들을 수 있다. 사화의 노도怒濤가 가일마을을 휩쓸고 지나간 뒤, 권문의 솟을대문은 굳게 입을 닫고 명예를 팔지 않았다. 아무리 세찬 바람도 지나갈 뿐 억새는 다시 일어난다.

숙부가 장살당하고 아버지가 귀양 가는데, 어느 누군들 편할까?

권소저는 혼절하여 숙맥菽麥이 되었다. 마음(心)이 버금(亞) 자를 품으면 '악할 惡' 자가 된다. 마음에서 亞 자를 빼고 善만 남은 사람이 숙맥이다.

권씨 부인은 시인의 찢어진 도포를 예쁘게 기우고 싶어 하얀 도포에 빨간 천을 덧대어 꿰맸는데, 시인은 군소리 없이 입고 다녔다. 착한 사람 둘이 만나면, 인仁이 된다.

시인은 장인 권질의 본가에서 하룻밤을 묵었다. 명문거족 처가 권속들은 억울한 속내 안 보이니, 주인 없는 흉가라도 백년손에겐 안식처가安息妻家이었다.

이튿날, 처조부 내외분 묘소에 참배하고 애도했다. 눈 덮인 산소에 엎드린 젊은 선비가 사랑스런 손녀의 지아비임을 아는지 모르는지 죽은 자는 말이 없으나, 무남독녀 손녀의 슬픈 노래를 바람이 전해왔다. 드넓은 풍산 들을 거침없이 불어온 바람이 휘파람으로 애도하였다.

애도 挽

몸은 상류에 죄 없이 유배된 이의 아버지,
상수에 얽매인 이 성스러운 때 만났다네.
은혜 일으켜 휘장 친 자리 잇고,
돌아가 봉양하라 지방장관 허락하셨네.
옥부절 받고 지금 임금님 하직하는데,
서릿바람 갑자기 춘당 흔들었다네.
유자 그르친 한(儒誤恨) 가슴 아파할 만하지만,
추중追重의 빛남 황천에 떨어졌다네.

　　　　　　身是湘纍父　湘纍遇聖辰　起恩承幄座　歸養許藩臣
　　　　　　玉節方辭陛　霜風遽撼椿　痛將儒誤恨　追賁落泉塵

1월 29일, 가일마을 뒷산에서 처조부의 산소를 배알한 후, 예천으로 곧장 향했다.

지나온 풍산 들의 마을들이 부유하고 가축들까지 살이 쪘으나, 예천에 가까워질수록 가뭄으로 폐농한 마을이 눈 속에 떨고 있었다. 추위에 얼어 죽고, 굶주림에 처자식조차 내다버렸다.

한 해 전(1532) 5월 1일 중종이 관찰사들에게 기우제를 명령한 것으로 보아, 가뭄이 얼마나 극심했는지를 짐작할 수 있다.

"근래 해마다 가뭄이 들어 백성들이 쌀밥을 먹지 못하는데, 금년도 초여름부터 볕만 내리쬐고 비는 오지 않아 밭두둑이 갈라져 농작물이 말라죽고 있다. 각 고을 수령에게 정결하게 제물을 준비하고 깨끗이 훈목薰沐하고서, 힘써 정성을 다해 영검 있는 곳에 치제致祭케 하라."

강물이 말라서 모래만 수북한 내성천 강마을 고자평에 시인의 누님(신담의 처)이 계신다. 누님 뵙고 싶은 마음 간절했으나,

'흉년에 어딘들 고생이 없겠나.'

먼발치서 고자평 마을을 바라만 보고 돌아서 갔다. 그날 저녁, 양양(襄陽, 예천)의 한 민가에서 잤는데, 흉년 때문에 비참한 백성들이 불쌍해서 쉬 잠을 이룰 수 없었다. 〈예천 가는 길에서二十九日襄陽道中〉라는 시를 지었다.

2. 곤양의 봄 73

예천 가는 길에서 二十九日襄陽道中

모래가 많은 내는 멀어서 희미하게 보이고,
해 질 무렵에 바람은 다시 불어오는구나.
나그네 되면 위태로운 처지인 줄은 알지만,
다리를 건너며 위태로움 막을 방도를 생각하네.

沙川遠以微 落日風更吹
作客知處困 渡橋思防危

내 예천의 길을 지나가는데,
때는 초봄의 하순이어서
봄바람에 관아의 버들이 흔들리고
거위와 오리는 시내와 못에 흩어져 있구나.

예천 관아 성곽은 높이가 아득하고,
누각은 빽빽하고 들쭉날쭉한 나무에 둘러싸여 있구나.
집집마다 고쳐 정돈하기를 좋아해,
발과 장막은 반공半空에 겹으로 쳐 있구나.

이곳은 꼭 이렇게 화려함만 추구하지만,
흉년에 오히려 이렇게 화려함만 추구하다니…….
말 타는 재주 익힌 저 사람은 어느 집 사내인고?
말을 타고 몸을 자유자재로 뒤집었다가 또 달리는구나.

방탕하게 노는 젊은 계집애,
환대하며 웃는 모습 구불거리는 뱀 같구나.
너희들은 헛웃음으로 남을 속이는 것을 삼가야 하지만,
하늘의 재앙(흉년)을 어찌 모른단 말이냐.
(살년殺年에 나그네를 헛웃음으로 유혹해서 될 말이냐.)

부자들도 끼니를 겨우 때우고,
가난한 자들은 이미 떠돌이가 되었네.
길 가운데 엎어 넘어진 사내,
처자식을 구원하지 못하는구나.

예천 군수가 이런 것을 어찌 걱정 않을까만,
곳간이 비었으니 어찌할 줄을 알랴.
보는 것마다 마음만 아파,
우두커니 서서 오래도록 탄식하네.

내 이미 갖출 것 못 갖추고 초라하게 지나가다 보니
말은 고달프고 마부 애는 굶주리는데,
황혼에 쉬며 애오라지 스스로 위로하는구나,
역정驛亭에 와서 시를 살펴보며.

모래가 많은 내는 멀어서 희미하게 보이고,
해 질 무렵에 바람은 다시 불어오는구나.
나그네 되면 위태로운 처지인 줄은 알지만,
다리를 건너며 위태로움 막을 방도를 생각하네.

골짜기로 들어가 인가에 몸을 의탁하니,
오히려 능히 저녁밥을 지어 올리누나.

〈예천 가는 길에서〉

1월 30일 예천에서 남행을 시작했다. 용궁을 지나면서 어릴 때 어머니를 따라서 대죽리에 있는 외가에 갔던 기억을 떠올렸다.

어머니 춘천 박씨는 대죽리 박치朴緇의 딸로서, 박치는 충재 권벌의 증조부 권계경의 사위 경주 이씨 시민의 맏사위이고, 이우李堣는 셋째 사위로서 동서간이니, 시인의 어머니 박씨는 송재 이우李堣 공의 이질녀이다.

박치는 예천 금당실 입향조 박종린朴從鱗과 내외종간이며, 청백리 보백당 김계행의 큰사위가 박종린의 아버지 박눌이다.

시인의 할아비지 계양에게는 식埴과 우堣 두 아들이 있었다. 식埴은 초취初娶 의성 김씨가 3남매를 낳고 죽자, 아우 우堣의 이질녀인 춘천 박씨를 계실로 맞아 4형제를 낳아 7남매를 길렀다.

이식은 마흔 해의 생애를 살면서 지아비의 의를 다했다. 공·맹의 道를 읽어 바른길 넓은 길을 찾았고, 주경야독으로 향시에 일등하고 진사시에 급제하여, 곳간이 늘 때마다 이웃에 베풀고 비복에게 관대하였다.

아버지 이식李埴이 아들에게 마지막 남긴 말,
"내 아들아, 내 가업을 이을 아들아……."
영재를 모아 가르치려던 아버지의 소망을 강보襁褓에 싸인 아들

2. 곤양의 봄 77

은 알아듣질 못했다.

시인은 어릴 때 '서홍瑞鴻'으로 불리었으나, 어머니는 언제나 그를 '황滉'이라고 불렀다. 어머니는 그가 말을 채 알아듣기도 전부터 어르고 노래했다.

아들아, 나의 아들아,
하늘에 빌어 낳은 아들아.
저 대문은 뉘 대문인고,
성인聖人이 들어온 성림문이지.

아들아, 나의 아들아,
하늘에 빌어 낳은 아들아.
어사화에 홍패 두르고,
성림문 들어오소.

어머니는 공자가 대문으로 들어오는 꿈을 꾸고 시인을 낳았다. 노송정의 대문에 성림문聖臨門 현판이 걸렸으며, 시인이 태어난 태실도 정결하게 보존되고 있다.

서홍은 여섯 살이 되어서 비로소 글을 배우기 시작했다. 이웃에 《천자문》을 가르치는 박씨 노인이 있어 형님들과 함께 배웠으나, 형들이 숙부를 따라 진주로 간 후 혼자가 되었다.

시제時祭에 거르고 잔칫날 취흥에 젖는 그 노인에게서 가뭄에 콩 나듯 글을 배웠으나, 아침에는 참새보다 일찍 일어나서 세수하고 몸을 단정히 한 후 책을 끼고 집을 나섰다.

어제 배운 것을 스승의 집 울 밖에 서서 외어 본 뒤 집 안으로 들어가, 장죽을 문 스승께 공손히 문안인사를 올렸다. 글을 배울 때에는 엄숙하고 진지한 모습이 영락없는 선비였다. 《천자문》을 넘어서니 《명심보감》이었다.

"서홍아, 외어보련?"
"예, 스승님."
서홍은 좌우로 몸을 흔들면서 외우기 시작했다.

시비종일유是非終日有 라도,
불청자연무不聽自然無 니라.

낭랑한 목소리가 울타리 너머 고샅으로 퍼져 나갔다. 베틀에 앉은 어머니의 귀에는 미풍을 타고 노래가 되었다.
"오늘은 무엇을 배웠느냐?"
어머니는 언제나 그날 배운 것을 물어보았다. 서홍은 몸을 좌우로 흔들면서 외었다.

是非終日有 옳고 그름을 따지는 일이 종일 있더라도,
不聽自然無 듣지 않으면 저절로 없어지니라.

2. 곤양의 봄

"남의 말을 듣고도 시비를 말하지 않는 이유는 무엇이냐?"
"서로가 자기 생각이 옳다고만 하면 말싸움이 됩니다."

어머니는 친정 마을의 '말 무덤' 이야기를 해주었다. 대죽리(한대마을)에는 '말 무덤'이 있는데, 말(馬) 무덤이 아니라, 말(言)을 묻어둔 무덤이란다. 김씨, 박씨, 유씨, 최씨, 채씨가 대를 이어 살았는데, 사소한 말 한 마디가 씨앗이 되어 싸움이 그칠 날이 없었다. 그러던 어느 날, "말 무덤(言塚)을 만드시오."라는 과객의 말을 듣고, 시비의 단초가 된 말을 그릇에 담아 깊이 묻으니, 마을이 평온해지고 두터운 정을 나누게 되었단다.

서홍은 어머니의 이야기를 듣고 나서, "말을 삼가서 해야 하는 뜻을 알겠습니다."라고 하자, 어머니는 준엄하게 일렀다.

"혀는 불이니 조심하지 않으면 삶의 수레바퀴를 불사르니라. 함께 있을 땐 존경하고, 없을 땐 칭찬하여야 하느니라."

그러나 서홍의 배움은 그리 길게 가지 않았다. 《천자문》, 《동몽선습》, 《명심보감》, 《통감》을 겨우 넘어서자, 기침소리 그친 날, 스승이 상여를 타고 북망산천으로 떠났다.

배움의 바다에서 항로를 잃어버린 서홍은 영지산에 두견화가 피어도 봄날이 기쁘지 않았고, 은하수 흐르는 하늘에 반딧불이 별처럼 반짝여도 즐겁지 않았으며, 만추에 풀벌레 소리 소슬한

바람은 서홍을 더욱 쓸쓸하게 했다.

서홍에게 어머니는 생명줄이요 스승이며 우주宇宙 전체였다. 어머니의 말씀이 道가 되고, 어머니의 노래는 詩가 되었다. 대죽리는 시인의 외가가 있는 곳이기도 하지만, 숙부 송재공과 이자, 권벌 세 분이 만나던 곳이었으며, 외손봉사하던 셋째 언장 형이 작년에 작고한 곳이기도 하였다.

유곡(점촌)에서 통영대로를 따라 솔티(松峴)를 넘고 사벌 들녘을 지나 부치당고개(佛峴)를 넘어 낙동에서 강 건너 관수루에 올랐다.

군위에서 시작한 위천渭川이 쌍계에서 의성천과 만나서 안계의 너른 들판을 적시며 흐르다가 단밀에서 낙동강으로 흘러든다.

낙동 관수루에 올라서니, 얼었던 강물이 풀리면서 철새들이 떼를 지어 날고 물고기가 몰려다니는 연비어약鳶飛魚躍이었다.

관수루에 걸린 이규보李奎報의 시와 안축安軸의 시를 차운하였다.

 산승이 달빛을 탐하여
 병 속에 물과 함께 길어 담았네.
 절에 다다르면 바야흐로 깨달으리라,
 병 기울이면 달빛 또한 텅 비는 것을.

         山僧貪月光 瓶汲一壺中
         到寺方應覺 瓶傾月亦空

달빛조차 색色으로 보고, 병 속의 물을 쏟아내면 달빛 또한 사라지니 공空이라고 하였다.

이규보는 〈시에서 마땅하지 않은 아홉 가지(九不宜體)〉에서, 고인古人의 이름을 들먹이지 말고, 남의 글을 표절하지 말며, 어렵게 쓰려고 애쓰지 말고, 일상어를 잘 활용하라고 하였다.

자칭 백운거사白雲居士 이규보는 결국 무신정권에 참여하였다. 그의 처세가 대의大義를 위한 것이었는지, 출사出仕에 갈등하는 시인에게 현실적인 문제로 다가왔다.

이규보의 〈동명왕편〉은 주몽 곧 동명성왕의 고구려 건국신화로서, 병서幷序와 오언고율五言古律 詩로 쓴 영웅서사시이다. 그 시에서 하느님의 아들 해모수는 주몽의 아버지다. 그의 하강은 이규보의 문학적 감수성에 의해 환상적인 신화로 탄생하였다.

처음 공중에서 내릴 때에는
오룡거五龍車에 몸을 싣고,
종자從者 백여 사람은
고니 타고 우의羽衣 휘날려,
맑은 음악소리 퍼져 가고
구름은 뭉게뭉게.

주몽은 준마를 여위게 한 뒤 그 말을 타고 탈출하는데, 큰 강가에서 절명의 순간에 자라와 물고기가 다리를 만들어 주었고, 어머니

가 보낸 오곡 종자를 심고 졸본에 고구려를 세웠으며, 유리는 아버지 주몽을 찾아가서 부러진 칼 조각을 맞추었다.

이규보의 문학적 상상력은 환상적이면서도 역사적 사실처럼 설득력 있었다. 신성한 왕위의 보존과 백성을 위한 왕도정치를 바라는 마음에서 성인이 다시 나타나기를 기원하고 있다.

이규보는 관수루에 올라 낙동강 물을 내려다보면서, "가을 물은 청둥오리 머리같이 푸르고, 아침노을은 성성이 핏빛처럼 붉어라."라며, 〈낙동강을 지나며〉라는 시를 읊었다.

百轉靑山裏　청산 속 돌고 돌아,
閒行過洛東　한가로이 낙동강을 지나노라.
草深猶有露　풀이 깊어도 길은 나 있고,
松靜自無風　솔밭 고요터니 바람 없어라.
秋水鴨頭綠　가을 강물은 청둥오리 머리같이 푸르고,
曉霞猩血紅　아침노을은 성성이 핏빛처럼 붉어라.
誰知倦遊客　뉘 알랴? 유람에 지친 나그네,
四海一詩翁　온 세상 떠도는 시 쓰는 한 늙은이인 줄을.

시인은 이규보의 "가을 강물은 청둥오리 머리같이 푸르고"를 차운하여, "갈매기 떼 지어 날아 푸른 바탕에 흰 점이며, 낙동강의 풍광은 채색구름 병풍을 마주하는 듯하구나."라는 〈그믐날 관수

루에 올라〉라는 시를 지어서 읊었다.

낙동강 위에 갈매기 떼 지어 날아 푸른 바탕에 흰 점이며,
봄의 풍광은 채색 구름 병풍을 마주하는 듯하구나.
관수루 난간에 기대어 머리 돌려 석양 속 주위를 둘러보니,
크고 작은 정자 여럿이 잔잔히 흩어져 있구나.

萬傾鷗波白點靑　春風如對彩雲屛
倚欄回首斜陽裏　默數長亭與短亭

예천을 지나오면서 추위에 굶주린 백성이 가슴 아파 견딜 수 없었으나, 이곳에 걸린 점필재 김종직金宗直의 〈관수루〉 詩를 읊으며 '내 몸의 거울로 삼고 싶다 持以津吾身'를 마음에 새겼다.

津吏非瀧吏　뱃사공은 이곳 사람 아닌데,
官人卽邑人　관리는 이 고을 사람이네.
三章辭聖主　삼장의 글월로 성주에게 사례하고,
五馬慰慈親　좋은 말로 자친을 위로하네.
白鳥如迎棹　하얀 새는 돛단배를 맞이하고,
靑山慣送賓　청산은 너그러이 손님을 보내주네.
澄江無點綴　맑은 강 한점의 흐림도 없으니,
持以津吾身　이로써 내 몸의 거울을 삼고 싶네.

안축安軸은 풍기 죽계竹溪에서 중앙에 진출한 신흥 사대부의 한 사람이다. 당시의 집권자들이 유가儒家를 좋아하지 않았기 때문에 파직되기도 하였으나, 그는 네 번 사사上師가 되어, 백성 가운데 억울하게 노비가 된 자는 반드시 조사해 양민으로 되돌려주었다.

안축은 이두로 된 경기체가景幾體歌 형식의 〈관동별곡關東別曲〉과 〈죽계별곡竹溪別曲〉을 지었다. 안축은 관수루에 올라 〈상산낙동강商山洛東江〉을 읊었다.

雨餘江色染藍靑 　비 갠 뒤 강은 쪽빛처럼 푸르고,
十里奇巖水墨屛 　십 리 기암은 수묵화 병풍.
刺史歡迎新按部 　자사는 새 안렴사를 기쁘게 맞아,
木蘭舟上構茅亭 　목란배 위에 띠 정자를 엮었네.

시인은 안축의 詩를 차운하여, 〈상주관수루에 올라 登尙州觀水樓〉를 읊었다.

길 뚫으며 벼랑 따라 북쪽으로 오르자,
나는 듯한 다락이 언덕 동쪽에 나래를 폈네.
배를 타고 은하수에 오른 듯
오래 섰노라니 겨드랑이에서 바람이 이네.

들판은 아지랑이가 아른거려 멀어 뵈고,
강물은 저녁놀 머금어 붉게 물들었네.
티끌세상 괴로움을 드디어 알겠기에
머리 돌려 고기 잡는 늙은이를 부러워하네.

鑿道緣崖北 飛樓翼岸東 試登槎上漢 久立腋生風
野帶浮嵐迴 江含落照紅 方知塵世缺 回首羨漁翁

시인은 2년 뒤 을미년(1535) 일본 사신을 호송하는 도중에 이 곳에 올라서, 〈낙동관수루 洛東觀水樓〉를 읊었다.

洛水吾南國　낙동강은 우리나라 남쪽에서,
尊爲衆水君　뭇 강물의 으뜸이라네.
樓名知妙悟　누각 이름 오묘함을 알겠으니,
地勢見雄分　지세는 웅대하게 나뉘었네.
野濶煙凝樹　들판은 넓게 트였는데 안개가 나무에 서려 있고,
江淸雨捲雲　강물은 맑아 비온 뒤 구름이 걷히었네.
忽忽催馹騎　총총히 역마를 재촉해 달리니,
要爲趁公文　공문을 진달하기 때문일세.

2월 1일 경, 야은冶隱 길재가 살았던 선산 봉계리(고아면 봉한리)를 지나게 되었다. 선산 해평의 들판에 우뚝 솟은 태조산이 있다. 이 산

에 절을 지을 때 그 산허리에 복숭아꽃과 배꽃이 만발한 것을 보고, 절 이름을 도리사桃李寺라고 불렀다.

길재는 도리사에서 처음 글을 배웠고, 개경에서 이색李穡·정몽주鄭夢周·권근權近 등의 문하에서 학문을 연마한 후, 김숙자金叔滋 등 많은 학자를 배출하여 사림파의 학통으로 이어지게 했다. 그는 고려가 망한 후 고려의 옛 도읍지 개성을 돌아보며, 고려 멸망에 대한 안타까운 심정과 인간사의 무상함을 노래했다.

오백년 도읍지를 필마로 돌아드니,
산천은 의구하되 인걸은 간데없네.
어즈버, 태평연월이 꿈이런가 하노라.

길재는 조선이 세워진 후 이곳에 내려와 띳집을 짓고 가난하게 살았다. 그가 사는 곳이 외지고 농토가 척박해 살기에 마땅하지 못하다 하여, 오동동의 전원으로 옮겨 풍부한 생활을 누리도록 하였다. 그러나 그는 필요한 만큼만 남겨두고 나머지는 모두 돌려보냈다.

길재는 선산 봉계 시냇가에 띳집을 짓고 살아가는 은둔자로서 자신의 삶을 시로 썼다.

시냇가 띳집에 한가롭게 홀로 사니,
밝은 달 맑은 바람 흥취가 넉넉하다.

바깥손님 오지 않고 산새만 지저귀니,
대숲으로 상을 옮겨 누워 책을 읽는다.

시인은 그가 은거한 것이 현실을 도피한 것이 아니라, 자신의 대의大義를 지키고자 했기 때문이라고 하고, 길재를 엄자릉嚴子陵의 기풍氣風에 빗대고 있다.

장자릉莊子陵은 젊어서 유수劉秀와 함께 공부했으나, 유수劉秀가 후한의 광무제光武帝로서 왕위에 오르자, 자신의 성姓을 엄嚴으로 개성改姓하여 엄자릉嚴子陵으로 부춘산富春山에 들어가 은거하였다는 고사가 있다.

길재를 엄자릉에 비한 것은 길재의 대절大節이 매우 귀한 것임을 말하고, 아울러 높은 벼슬에 대한 경계의 뜻을 함께 언급한 것이다. 특히, "지닌 것 없지만, 달은 희고 바람이 맑아 좋다."라는 시구詩句에서 자신의 〈달팽이집芝山蝸舍〉을 생각했다.

시냇가에 띳집을 짓고 살면서, 지닌 것 없지만 달은 희고 바람이 맑아 좋다는 길재의 높은 인격과 삶의 자세를 숭모하는 마음과 벼슬살이를 경계하는 뜻을 피력한 〈길재 선생의 마을을 지나며 過吉先生閭〉를 지었다.

길재 선생의 마을을 지나며 過吉先生閭

아침에 낙동강을 지나자니,
낙동강 물은 얼마나 끝없이 흐르는가.
낮에는 쉬면서 금오산을 바라보니,
금오산 숲은 울창하게 얽혀 있구나.

朝行過洛水　洛水何漫漫
午憩望鰲山　鰲山鬱盤盤

아침에 낙동강을 지나자니,
낙동강 물은 얼마나 끝없이 흐르는가.
낮에는 쉬면서 금오산을 바라보니,
금오산 숲은 울창하게 얽혀 있구나.

맑은 물살은 두터운 땅을 뚫고 나와
가파른 강 언덕은 높고 찬 하늘에
치봉계라 이르는 마을 하나 있는데,
그곳은 산과 강물 사이에 있었구나.

선생께서 그 마을에서 숨어서 지냈으니,
그 집 앞에 조정에서 정려를 세우라 명하셨다.
대의는 굽히지를 못하는 것이나니,
어찌 속된 세상인들 마다고 하리오.

천 년 전 부춘산에서 낚시하던 기풍이
다시금 우리 동방의 선비들을 감격하게 하셨다.
나라를 부지하기는 이미 미칠 방법이 없었으나,
선생의 곧은 충절은 영원히 굳어라.

대장부는 큰 절개를 귀히 여기나니,
평상시에 이를 알기는 어렵다네.
아아, 이 세상 사람들이여 조심하여
고관대작 집착하지 마라.

2월 2일, 선산에서 금오산을 비켜서 성주 땅으로 들어섰다. 별티(星峙)를 넘고 두리티재를 또 넘어야 안언 역이다. 안언 역 가는 길에 성산 고분星山古墳 억새밭에 지친 몸을 뉘었다.

원효가 고분古墳 속에서 화쟁和爭의 종체宗體를 깨달았다고 한다. 크다고 하자니 극히 좁은 것(無內 가장 작은 것)에 들어가도 남김이 없고, 작다고 하자니 무한히 넓은 것(無外 가장 큰 것)을 감싸고도 남음이 있다. 그것을 유有라 하자니 공空하고, 무無라고 하자니 만물이 그것을 타고 생겨난다. 그것을 대승(大乘 큰 수레)이라 하였다.

미풍에 억새의 사각거림뿐 적요寂寥 속에 스르르 잠이 들었다. 꿈 속에 길을 잃고 헤매다가 날이 저물어 고분 속에서 잤다. 목이 말라 머리맡 바가지에 담긴 물을 마시려는데……. "히이잉!" 말 울음소리에 깨어 보니, 바지런한 태백성(Venus)이 바람에게 전하는 말,

"요즘 사람 어찌 모자라는가?今人那欠"

옛 도道 없어지지 않았으니 타고난 성품 똑같을 것인데,
요즘 사람 어찌 모자라는가? 유독 뛰어난 정만은.
성산星山은 본래부터 영웅의 덤불이라 불렀으니,
저버리지 말자, 뭇 생물들 중 우리네가 가장 영험스러움을.

별티(星峴)를 넘어 안언 역으로 가는 길, 초이틀 밤하늘에 달은 지고, 별인 양 반짝이는 장학리 주막의 등불이 반가웠다.

삼일 가천을 건너다 三日渡伽川

사방이 아득하고 비가 오려는 날씨인데도,
남행이 이제 시작되니 가천을 건너는도다.
땅의 신령스런 기운은 날씨에 비하면 오히려 선경仙境인데,
날은 더워 일찍 가뭄이 드는 해인 줄 차라리 알겠노라.
먼 데서 밀려오는 비의 기운은 물가 모래밭에 서려 있고,
평지는 들판 가운데 안개 속에 막막하게 펼쳐져 있도다.
말이 히힝 울어대는 기세에 향림을 뚫고 지나가니,
물총새 날갯짓하고 울며 숲으로 물러가는구나.
가천 서쪽 언덕에 숲이 있으니, 이름하여 '향림'일러라.

四野滄茫欲雨天 南行今始渡伽川 地靈猶是神仙境 歲熱寧知早魃年
遠勢依依汀水際 平分漠漠野中烟 馬啼穿得香林過 翠羽飛鳴却自然
加川西岸有林名香林

2월 3일, 성주에서 고령을 향했다. 가천을 건너서 고령으로 들어서면 남행의 여정이 가야산의 지경 내로 들어가게 된 기쁨을 노래하여 〈삼일도가천 三日渡伽川〉이라 하였다.

가천을 건너면서, 이제부터 행방을 남쪽으로 돌린다고 생각하며, 〈남행금시도가천 南行今始渡伽川〉이라 하였다.

고령 땅에 들어서면서 산천이 잠에서 기지개를 켜는 듯 가야산 무흘구곡 골짜기마다 봄풀이 파르라니 생기가 돌았다.

대가야의 성지聖地 고령 향교에 오르니, 맞은편 주산主山 능선에 신령스런 고분들이 올록볼록 엎드려 길손을 헤아린다.

'왕과 함께 묻힌 순장자들의 천년 한이 지금쯤 삭아졌을까?'
고분은 왕국의 부침浮沈을 표상하는 시간의 상징이다.
가실왕嘉實王이 만든 가야금 12줄이 천년을 울리고 있으니,
왕국과 인걸은 간데없으나 예술은 땅위에 영원히 전승된다.

시인은 가야산을 바라보며 최치원 신선이 생각났다.
당나라에서 큰 포부를 품고 고국으로 돌아온 최치원,
도학정치 펼치려 했으나 시무책時務策은 골품제에 밀리고,
《계원필경桂苑筆耕》한 권 남긴 채, 아찬阿湌 벼슬 벗어던지고,
월영대·해운대·쌍계사 세상 떠돌다 가야산 신선 되었다.
시인은 〈가야산을 바라보며 望伽倻山〉에서 최치원 떠난 지 천년이 지났는데, 신선은 보이지 않고 흰 구름만 떠돈다고 읊었다.

가야산을 바라보며 _{望伽倻山}

내 남쪽으로 삼신산 찾아 지극한 도를 묻고,
돌아올 때는 산도화 볼 수 있었으면 하네.
홍류동 속의 푸른 대나무 지팡이로,
최치원 신선 불러 일으켜 항아 따르게 하리.

我欲南尋智異問至道　歸來及見山桃花
紅流洞裏靑竹杖喚起　崔仙從以萬素娥

가야산 옛 가야 땅에 있는데,
봉우리 이어지고 산 포개져 높고도 험하다네.
푸르른 기운 넓고 아득히 자줏빛 하늘에 닿으니,
이는 아마 성모께서 파란 하늘에 오르는 것이리.

신령스럽고 기이한 자취 남겨진 옛 풍습에서 찾아보니,
옛 기록에 전하는 것 진실과 거짓 알 수 없네.
산속에는 들자 하니 해인사 있다 하니,
금당과 옥실 실로 신선의 집이라네.

최치원 신선 떠난 뒤 일천 년이 지났는데,
흰 구름만 외롭고 쓸쓸하게 산굽이에 남겨놓았네.
옛 누각엔 전적 감춘 것 아직도 남아 있으나,
도사들 집에서는 더 이상 영지靈芝와 단사丹砂 만들지 않네.

지금은 원숭이와 새들만이 현란하게 울부짖고,
돌 오솔길은 파묻히고 푸른 이끼만 무성하구나.
내 남쪽으로 삼신산 찾아 지극한 도를 묻고,
돌아올 때는 산도화 볼 수 있었으면 하네.

홍류동 속의 푸른 대나무 지팡이로
최치원 신선 불러 일으켜 항아 따르게 하리.
가야금 타면서 구름과 달 희롱하며,
한 번 마셔 천일 동안 취해 아무것도 없는 세상에서 노닐리라.

伽倻山在古伽倻 連峯疊嶂高嵯峨 縹氣漫漫接紫霄 疑是聖母凌蒼霞
靈神異跡訪遺俗 古記相傳莠眞訛 山中聞有海印寺 金堂玉室眞仙家
崔仙去後一千載 白雲寂寂留山阿 古閣唯餘藏瀨罷 玄壇不復養芝砂
至今猿鳥嘯靑熒 石徑埋沒蒼苔多 我欲南尋智異問至道 歸來及見山桃花
紅流洞裏靑竹杖 喚起崔仙從以萬素娥 彈倻琴弄雲月 一醉千日遊無何

이 시에서는 만년에 가야산 해인사에 은거했던 최치원의 신선 같은 삶을 좇으려는 마음을 피력하는 한편, 돌아오는 길에 그 유적지를 찾아보겠다고 하였다.

최치원은 가야산 홍류동 깊은 계곡, 골 사이로 쏟아져 내린 물이 힘껏 바위에 부딪쳐 옆 사람 말소리 안 들리는 곳, 분노도 지우고 슬픔도 지우고, 그래도 자꾸 세상 쪽으로 향하는 내 귀도 지우고, 흔적 없이 가겠다는 뜻을 바위에 새겨놓고 홀연히 사라졌다.

미친 물결 쌓인 돌 멧부리를 울리니,
지척서도 사람 말 분간하기 어렵구나.
올타 글타 하는 소리 내 귀에 들릴까 봐,
흐르는 물 부러 시켜 산을 온통 감싼 게지.

狂噴疊石吼重巒 人語難分咫尺間
常恐是非聲到耳 故敎流水盡籠山

  2월 4일 저녁, 협천 황강의 남정(함벽루)에 올랐다. 고령을 지나 굽이가 많은 높은 재를 넘으면 협천에 다다른다. 협천陝川은 서쪽 백제와의 접속지로서, 신라는 이곳에 40여 개의 성읍을 관할하는 대야성 도독부를 두고, 김춘추의 사위 김품석金品釋 장군을 성주로 삼았다.

  견고한 성일수록 성안에서부터 무너지는 법, 김품석의 방탕함 때문에 성주에게 불만을 품었던 검일黔日과 모척毛尺의 모반으로, 백제의 윤충允忠 장군의 공격에 난공불락의 대야성이 무너졌다. 신라군은 체념했지만, 죽죽 장군은 끝까지 맞서 최후를 맞았다.

  대야성 산성에 올라 황강의 강변에 앉은 남정으로 내려갔다. 가야산에서 흘러내린 황강이 풀리면서 나룻배가 정박한 모래톱에 기러기 무리지어 날아오르고, 봄비 맞으며 풀과 나무들이 싹을 틔우니 물빛 또한 연둣빛으로 찰랑이었다.

  황강 적벽의 남정 난간에 앉아 흐르는 강물 굽어보는데, 정자 지붕의 빗물이 죽죽竹竹 장군의 눈물처럼 황강 물 위로 죽죽 하염없이 떨어졌다.

  남정에는 마치 시화전詩畵展 열 듯이 시인들의 시가 걸렸는데, 그 중에 시인의 처남 허사렴許士廉의 〈협천 남정〉이 있었다. 처남의 詩를 보면서 처가가 가까워졌음을 실감하게 된다.

협천 남정 허사렴의 시를 차운하다

북에서 뻗어 내린 산들은 우뚝 솟고,
동으로 질펀하게 강물은 흘러가네.
기러기는 마름이 자란 모래톱에 내려앉고,
대숲 속 집 위로는 저녁밥 짓는 연기.
한가로이 찾는 마음 느긋하기 그지없고,
높은 곳에 기대서니 몸은 둥실 떠오르네.
다행히도 벼슬길에 이름 아직 걸지 않아,
가고 머무는 것 이렇듯 자유롭네.

北夾山陡起 東去水漫流 雁落蘋州外 烟生竹屋頭
閒尋知意遠 高倚覺身浮 幸未名韁絆 猶能任去留

천심 절벽을 깎아 지어 놓은
남정 난간에서 푸른 황강 물을 굽어보니,
긴 다리는 봄 강물 위를 가로지르고
배는 흰 모래 가에 정박해 있도다.

하늘은 탁 트이고 기러기 소리 멀리서 들려오는데,
텅 빈 강 위엔 구름 그림자가 떠 있도다.
나귀 타고 고달프게 떠도는 나그네,
고개 돌려 이쪽 절경을 보느라 오래 머무는구나.

시인은 정자 분위기에 취하여 남정에 걸려 있는 시 가운데 또 다른 시를 차운하여 〈협천 남정에 걸려 있는 시를 차운하다〉를 지었다.

봄바람이 불기를 그치지 않는데,
해질 무렵 다리 가에 이르렀노라.
어지러이 객수客愁를 느끼게 하는 곳엔
안개 속에 꽃다운 동네가 들락날락.

배는 긴 다리 옆에 묶여 있는데,
깎아 세운 듯한 골짜기 가엔 정자가 높을시고.
물가의 모래는 눈보다 희고,
봄물은 푸르기 안개 같도다.

2. 곤양의 봄

삼가三嘉로 가는 길, 뒤로 멀어지는 남정이 강물 위에 외롭다. 죽죽장군의 임전무퇴 정신이 청사에 빛나는 대야성 전투,
'김유신의 반격은 그렇다 치고, 우리 땅에 당군唐軍을 들이다니!'
'백제와 왜, 당과 신라 연합군의 백강전투는 또 어떻고?'
천 년 전 역사를 두고 '나'와 또 다른 자아自我가 갑론을박하니,
'세상일에 어이하여 걸핏하면 걸려드는가?(奈何世事動遭牽)'
세속의 굴레에서 벗어나지 못하는 자신을 탄식하면서, 〈삼가로 가는 길에 向三嘉途中〉라는 詩를 지었다.

아침에는 뜨는 해 가야의 냇가에서 보았더니,
낮에는 남정 지나 보랏빛 운무 속으로 드네.
세속적인 마음 모두 잡아 속박에서 벗어나려 하나,
세상일에 어이하여 걸핏하면 걸려드는가?

朝看旭日傍伽川　午過南亭入紫烟
欲把塵機渾脫累　奈何世事動遭牽

2월 5일, 드디어 의령 가례 백암촌 처가에 도착하였다. 시인의 장인 허찬은 예촌禮村 허원보許元輔의 둘째아들로서, 문경동의 사위가 되어 영주 푸실에 분가하여 살았다. 그러나 이때에는 고향 백암촌으로 돌아와 고독한 노년을 보내고 있었다. 모처럼 찾아온 사위가 반가웠지만, 사위를 보면 볼수록 죽은 딸 생각이 간절하였다.

　　처가의 백암정에는 시인 묵객들의 시가 걸려 있었는데, 그 가운데 처외조부 문경동文敬仝의 詩도 있었다. 그는 시인이 허씨 부인과 혼인하던 그 해 여름 세상을 떠났다.

　　처외조부가 별세하고 어느덧 12년이 지난 후, "빗속에 꽃잎 떨어짐을 안타까워한다."라는 그의 詩를 대하고 보니 그 시를 쓴 당사자가 살아서 온 듯 반가워, 그의 시를 차운하여 〈의령우택동헌운宜寧寓宅東軒韻〉을 지어 나그네 신세의 안타까운 심정을 읊었다.

빗속에 매화 꽃술 옥 같은 꽃잎 떨어지지만,
누가 높은 하늘의 해 맬 끈 빌릴 수 있을까?
새가 사람 부르고자 우는 소리 더욱 정답기만 하고,
꽃은 저녁임을 속이고자 어두운데도 오히려 환하네.

울타리에는 푸른 이끼 끼고 봄은 고요한데,
짙푸른 풀 무성한 못 둑에는 물 가득 차 있네.
나그네 신세 안타까운 마음 누가 알 수 있으리오?
크게 취하여 휘청거리며 앞쪽 추녀 밑에 드러눕는다네.

雨中梅蕊落瓊英　誰借長空繫日纓
鳥爲喚人啼更款　花因欺暮暗還明
蒼苔院落春岑寂　碧草池塘水滿盈
客裏情悰誰會得　頹然一醉臥前榮

 2월 11일, 의령 가례 백암촌을 떠나 단암진(정암다리)을 건넜다. 지리산 계곡마다 흘러내린 남강 물이 단암진을 지나 남지에서 낙동강과 만나면서, 큰 강을 이루어 남해로 흘러 들어간다. 봄빛은 남에서 강물을 거슬러 올라가고, 봄꽃은 들에서 산정山頂으로 오른다.

 양지바른 강 언덕엔 화사한 산 벚꽃이 산수유와 봄을 다투어 꽃피우고 개나리 줄기마다 샛노란 잎을 늘이는 봄빛에 흥이 겨워, 불우헌不憂軒 정극인丁克仁의 〈상춘곡賞春曲〉이 절로 읊어졌다.

> 엊그제 겨울 지나 새봄이 돌아오니,
> 복숭아꽃 살구꽃이 석양 속에 피어 있고,
> 푸른 버들 향기로운 풀은 가랑비에 푸르도다.
>
> 칼로 깎아낸가, 붓으로 그려낸가.
> 조물주의 뛰어난 솜씨 사물마다 야단스럽다.
> 수풀에 우는 새, 봄 흥취에 취해 소리마다 아양이로다.

 함안은 남강이 흘러 낙동강과 만나는 곳으로, 농사를 지을 수 있는 넓은 들판, 다른 지역과 교통할 수 있는 큰 강 덕택에, 초기 철기시대와 원삼국시대를 거치면서 강력한 고대국가인 아라가야로 통합 발전하게 된다.

 단암진을 사이에 두고 의령과 함안 일대는 아라가야 땅이다. 고

령의 대가야가 신라와 결혼동맹을 맺고 신라에 병합되었으나, 아라가야는 오래도록 자립성을 유지하였던 곳이다.

죽재 오석복의 모곡茅谷은 함안 산인의 자양산 기슭이다. 모곡茅谷은 고려의 유민 재령 이씨 모은茅隱 이오李午 선생의 모은茅隱에서 유래된 것이다.

모은 선생은 고려 유민의 절의를 지켜 두문동杜門洞에 지내다가 밀양에 이거해 살면서 의령에 왕래하다, 자미화(紫薇化 백일홍) 활짝 핀 이곳에 집을 짓고 '고려 동학高麗洞壑'이라 하였다.

모은 선생은 함안 원북에 은거한 금은琴隱 조열趙悅, 협천 삼가 두심동에 은거한 만은晩隱 홍재洪載와 왕래하고 협천 가회의 운구대에서 시를 읊었는데, 사람들은 이들을 영남 삼은三隱이라 했다.

그는 아들에게 유언하기를, "나라를 잃은 백성의 묘비에 무슨 말을 쓰겠는가?"라며, 자신의 비에는 이름은 물론이고 글자 한 자 없는 백비白碑를 세우도록 했다.

훗날, 시인은 자신의 묘도墓道에 비갈碑碣을 세우지 말고 작은 돌에 '퇴도만은진성이공지묘退陶晩隱眞城李公之墓'라고 쓰도록 유언하였다.

오석복의 죽재는 고려동의 고려교를 건너 자미화 앞을 지나 고려동 뒤 대나무숲 속에 있었는데, 푸른 대나무 숲에 이는 맑은 바람으로 죽재의 소쇄瀟灑한 정취를 알 수 있다.

의령에서 단암진을 건너면서 시 〈붉은 바위 나루〉를 지었다.

붉은 바위 나루

함안 모곡의 들은 꼬물거리는 많은 산봉우리로 갈라지고,
강 가운데는 한 조각 나뭇잎 배로다.
주변 경치에 취해 주위를 둘러보니 봄은 이미 한낮인데,
풀이 난 모래톱엔 수심이 가득하구나.

野分千螻峀 江中一葉舟
醉深春到午 愁滿草生州

야인의 고질병은 맑고 한적함에 있다지만,
관직에 머물면서도 산을 사랑할 수 있음을 믿지 않았네.
누가 알리, 곤양의 관리는 관리 같지 않음을.
해마다 홀을 괴고 높은 산을 마주하네.

함안 모곡의 들은 꼬물거리는 많은 산봉우리로 갈라지고,
강 가운데는 한 조각 나뭇잎 배로다.
주변 경치에 취해 주위를 둘러보니 봄은 이미 한낮인데,
풀이 난 모래톱엔 수심이 가득하구나.

복잡한 세상 걱정, 곤양 관리 만나면 가볍게 사라지겠지만,
헤엄치는 물고기는 해오라기가 잡아갈까 두려워하지.
남쪽에 왔다가 또 동쪽으로 가야 하니,
오래전부터 사귄 친구 만나 같이 유람하기 위함일세.

野人結習在淸閒 不信居官能愛山 誰識昆陽吏非吏 年年拄笏對屛顏
野分千螻岀 江中一葉舟 醉深春到午 愁滿草生州
近吏輕人過 遊魚怕鷺謨 南來又東去 爲訪故人遊

愁滿草生州
'풀이 난 모래톱엔 수심이 가득하구나.'
과거를 보고 출사出仕를 할까 말까 고민하는 시인의 수심이 감정 이입된 표현이다.

2. 곤양의 봄 105

近吏輕人過

'복잡한 세상걱정, 곤양 관리 만나고 나면 가볍게 사라지겠지만'

사화士禍로 혼탁한 세상에 출사出仕를 할까 말까 하는 고민은 관포 어득강을 만나 이야기하다 보면 다 사라지겠지만,

遊魚怕鷺譏

'헤엄치는 물고기는 해오라기가 잡아갈까 두려워하지.'

같은 조정에 있으면서도 강자가 약자를 해치려고 호시탐탐 노리는, 사화士禍로 혼탁한 세상에 출사하지는 않겠다는 시인의 의지가 함축되어 있는데, 계축화옥癸丑禍獄을 풍자하고 있는 상촌象村 신흠申欽의 시조도 이런 세태를 반영하고 있다.

냇ᄀ에 히오라바, 므스 일 셔 잇ᄂ다.
무심ᄒᆞᆫ 져 고기를 여어 므슴ᄒᆞ려는다.
아마도 ᄒᆞᆫ 믈에 잇거니, 니저신들 엇드리.

南來又東去

'남쪽에 왔다가 또 동쪽으로 가야 하니,'

오언의를 만나러 함안 모곡에 왔다가 어득강을 만나러 곤양으로 가야 하니,

爲訪故人遊

'오래 전부터 사귄 친구를 만나서 같이 유람하기 위함일세.'
삼신산 쌍계사를 유람하기로 1년 전에 이미 약속이 되어 있었기 때문이다.

시인이 함안 모곡의 종자형 죽오竹塢 오언의吳彦毅의 집에 머물 때, 그의 부친 오석복은 사돈 송재공을 만난 듯이 사하생査下生인 시인을 반겼고, 시인 또한 숙부를 만난 듯이 사장査丈 오석복에게 정을 나누었다.

숙부 송재공의 두 딸 가운데 둘째딸이 오석복의 며느리, 즉 오언의의 아내다. 두 집안의 혼인은 안동과 함안에 살면서 원혼遠婚이 이루어진 것이다. 오언의의 아내는 친정이 멀어서 외롭게 살고 있는데, 모처럼 자신의 피붙이 종제從弟가 찾아오니 반갑고 또 반가웠다.

오석복은 외로운 며느리의 종제가 찾아왔으니 그 또한 반갑지 않을 수가 없었다. 시인이 종자형 댁을 찾으면서 오석복과 망년지우忘年之友의 인연을 쌓았던 것으로 보인다.

죽재竹齋 오석복吳碩福은 시인을 매우 아껴 창원 여러 곳을 동행하였는데, 시인과 오석복은 시를 통해 교감을 이룬다. 훗날, 시인의 종자형 오언의의 아들 오수정吳守貞과 손자 오운吳雲이 시인의 도산

2. 곤양의 봄 107

서당에서 글을 배우게 된다.

　죽유竹牖 오운吳雲은 임란 때 의병장 곽재우를 도와 공을 세워 초유사 학봉 김성일이 치계馳啓하여 승문원 판교에 임명되었다.

　오석복은 의령 현감을 지냈는데, 증손자 오운의 공적으로 좌통례에 추증되었으며, 오언의는 전의 현감을 지내고 손자 오운의 공적으로 좌승지에 추증되었다.

　죽유 오운은 시인의 처남 허사렴許士廉의 사위가 되었다. 오운의 조부 오언의는 시인의 종자형이고, 그의 장인 허사렴은 시인의 처남이다. 이 모든 인간관계의 인연은 시인의 숙부 송재松齋 이우李堣 공으로 인해 맺어진 것이다.

　전의령오공죽재 前宜寧吳公竹齋

벽옥 같은 대나무 숲은 산중턱을 둘렀는데,
유월의 맑은 바람은 창과 문으로 불어오네.
물러나 한가로이 높이 누우니 다른 일이라고는 없고,
사방 벽 가득한 도서가 저절로 둘러싸네.

　　　　　　　　　　　碧玉千竿匝翠微　淸風六月灑窓扉
　　　　　　　　　　　退閒高臥無餘事　滿壁圖書自繞圍

碧玉千竿匝翠微 淸風六月灑窓扉

푸른 대나무 숲과 맑은 바람은 죽재를 둘러싼 외부 공간의 이미지로, 죽재의 소쇄灑灑한 정취를 고취시킨다.

退閒高臥無餘事 滿壁圖書自繞圍

시선이 죽재의 내부 공간으로 이동하며, 책이 둘러져 있는 죽재 안에서 즐기고 있는 오석복의 만년의 삶이 드러난다.

이 시는 오석복이 누리고 있는 삶의 여유로움을 그의 서재인 죽재라는 공간을 통해 형상화하고 있는데, 작자인 시인이 시적 자아로서 드러나지 않고, 시적 대상인 오석복이 죽재에서의 자신의 삶을 이야기하고 있다.

이 시의 시적 자아는 시인의 주관이 개입하여 만들어 낸 자아라고 할 수 있으며, 시인이 인식한 오석복의 모습이다.

일반적으로 서정시는 시적 자아가 시적 대상을 자신의 내면으로 끌어와 동일성을 추구하게 된다. 한 편의 시를 창작하기 위해서는 대상(세계)을 발견하여 자신의 내면에서 가치화하는 과정을 거친 후 재구성하여 언어로 조직화한다.

시인은 오석복을 만난 후 그의 삶의 모습을 긍정적으로 가치화하여 내면화하였고, 가치의 내면화가 위의 시에서 자아와 세계가 일체감을 추구하는 모습으로 나타나게 된 주요인이라 할 수 있다.

삼우대

뜰 한가운데 작은 누대 지었음은
내가 스스로 아무것도 없이 텅 빈 것을 벗함이라네.
아득하고 고요한 십오야에
밝은 달빛 외로운 마음 위로하네.

中庭作小臺　我友自虛無
遙遙三五夜　皎皎慰情孤

오석복의 〈삼우대〉는 '잔을 들어 밝은 달을 맞고, 그림자 마주하니 세 사람이 되었네.'에서 시의 제목을 따왔다.

나이 들어 몸져누워 나가지 않으니,
푸른 이끼 문 모서리까지 끼었네.
이미 수레나 말의 시끄러움 없으니,
애오라지 조용한 사람의 무리가 되었네.

뜰 한가운데 작은 누대 지었음은
내가 스스로 아무것도 없이 텅 빈 것을 벗함이라네.
아득하고 고요한 십오야에
밝은 달빛 외로운 마음 위로하네.

찬란하게 바다에서 나와,
바람 맞으며 옥 술병 재촉하는구나.
거무스름하니 내 곁에 있어,
숙였다가 쳐들었다 이와 함께한다네.

나와 아울러 세 사람이 되었으니,
좋은 때 실로 저버릴 수 없구나.
술 드니 완연히 서로 마주 대한 듯하고,
때에 맞추어 즐거움 행한다네.

내가 마시면 달이 권하고,
내가 취하면 그림자가 부축하네.

인간 세상과 푸른 하늘의 달은
있는 정을 각기 다 쏟아 놓았네.

취하여 노래하고 또 손을 휘저으니,
누가 너이고 누가 나인가?
영원히 막역한 벗으로 맺어져,
말은 없어도 도는 이미 꼭 맞다네.

봄꽃은 맑은 배에 비치고,
가을 이슬은 오동나무에 똑똑 듣네.
걸핏하면 여기에서 서로 만났으니,
진짜 즐거움이 어찌 다를 수 있으리오.

세상 사람들은 방자히 벼슬하려고 쫓으며,
내 벗 취함이 잘못된 것 아닌가 하네.
귀양 온 신선 있지 않았다면,
내 말 거의 거짓이었으리라.

長年臥不出	錄苔上門隅	旣無車馬喧	聊爲靜者徒
中庭作小臺	我友自虛無	遙遙三五夜	皎皎愍情孤
粲然出海來	臨風催玉壺	颿然在吾傍	俛仰與之俱
倂我作三人	佳期良不渝	擧酒宛相對	及時行樂娛
我飮月爲勸	我醉影爲扶	人間與碧落	有情各盡輸
酣歌且揮手	孰爲彼與吾	永結莫逆友	無言道已符
春花映淸竹	秋露滴高梧	玆焉輒相邀	眞樂豈異趣
世人恣徵逐	疑我取友迂	不有謫仙人	我言幾成誣

죽재는 〈삼우대〉라는 詩에서 그 자신과 두 친구를 읊었듯이, 시인은 〈계당에서 溪堂偶興, 十絶〉라는 시에서 자신과 다섯 친구는 '송죽매국연기위우 松竹梅菊蓮己爲友'라 하였는데, 기己는 시인 자신을 일컬은 것이다.

베개 베고 꿈속에서 신선되어 놀고 나선
주역을 읽으려고 창문 열어 두었노라.
천종(가장 높은 관직의 녹봉)은 손으로 잡을 것이 못 되어라.
여섯 벗이 서로들 마음에 맞거니, 소나무·대나무·매화·국화·연꽃과 나를 여섯 벗으로 삼는다.

己著游仙枕　還開讀易窓　千鍾非手搏　六友是心降

시인은 관직에 나가 출세를 꾀하기보다는 죽재처럼 자연에 묻혀 유유자적하게 살아가려는 삶의 태도를 〈모곡오의령죽재 茅谷吳宜寧竹齋〉라는 시에서 드러내었다.

늘그막까지 ○하려는 정신은 즐기고도 남음이 있으니,
죽재의 매창 안엔 죽부인에 거문고와 책이로다.
백발홍안의 오吳공 모습은 확실히 소년 같은데,
세상 사람들은 세월이 비껴 갔음을 믿지 못하도다.

晩節○神樂有餘　梅窓竹几共琴書
但知白髮顔如少　不信人間歲月除

2월 13일, 회산(檜山 창원)으로 가서, 그곳에 살고 있는 사촌누나의 생일잔치에 참석하였다.

시인의 사촌누나는 숙부 송재공의 맏딸이다. 사촌누나는 친정이 멀리 있어서 외롭게 살고 있었는데, 친정 종제가 마침 자신의 생일잔치에 참석하게 되니 반갑고 또 반가웠다.

이 자리에서 생질 조윤구曺允耀의 詩를 차운해 〈회산조경중수모생진차경중운檜山曺敬仲壽母生辰次敬仲韻〉을 지었는데, 생일잔치의 즐거움을 묘사하는 한편, 이미 별세한 종자형 위재韋齋 조효연曺孝淵과 옛날 함께 청량산에 올랐던 일을 생각하고, 그의 죽음을 슬퍼하는 마음도 아울러 담았다.

시인의 종자형 조효연은 총명 준수하고 민첩 예리하여, 남다른 풍도가 있었다. 시문을 지을 때는 즉시 붓을 휘둘러 글의 내용이 거침없이 분방하였으며, 관직의 유사有司에게 구차하게 고분고분 따르지 않았고 억양이 강하였다. 또한 기개가 특출하고 행동이 고상하여, 남에게 아부하거나 환심을 사거나 영합하려고 하지 않았다.

이런 연유로 벼슬길이 많이 지체되었으나, 그는 걱정하지 않았다. 그 뒤로는 곧 스스로 말씨가 급한 것이 道에 해롭다고 여겨, 옛사람이 자신의 행동을 교정하기 위해 가죽을 허리에 패용佩用 한 것을 염두에 두었다고 한다.

2월 15일, 오석복을 모시고 오언의·조윤구曺允懼와 월영대(月影臺 마산 해운동)에 갔다.

모곡은 산인 면에 있으니, 모곡 건너편 마을부터 마산이다. 최치원이 옛날 놀던 일을 추억하는 詩 〈월영대月影臺〉를 지었으며, 저물녘 월영대에서 배를 타고 회원(창원)에 도착하였다.

월영대는 고운 최치원이 대를 쌓고 후학을 가르치던 곳으로, 고운이 떠난 뒤 수많은 선비들이 그의 학덕을 흠모하여 찾아오는 순례지가 되었다.

합포合浦는 우리 땅에서 봄이 가장 먼저 오는 곳이며, 가덕도에서 거제도 옥포만으로 둘러싸인 진해만의 내해에 위치하여, 만구는 좁으나 수심이 깊고 잔잔하여 천연의 항구이다.

최치원의 〈범해泛海〉는 합포 만을 배경으로 한 시이다.

돛 달아 바다에 배 띄우니,
긴 바람 만 리에 나아가네.
뗏목 탔던 한나라 사신 생각나고,
불사약 찾던 진나라 아이들도 생각나네.
해와 달은 허공 밖에 있고,
하늘과 땅은 태극 가운데 있네.
봉래산이 지척에 보이니,
나 또한 신선을 찾겠네.

월영대 月影臺

늙은 나무 기이한 바위 푸른 바닷가
외로운 구름 노닌 자취 모두 연기되고 말아,
이제 다만 높은 대에 달만이 머물러서
그 정신 담아내어 내게 전해 주누나.

老樹奇巖碧海堧　孤雲遊跡總成烟
只今唯有高臺月　留得精神向我傳

    바람과 달 좋은 경치는 신선이 된 선생을 따라가지 않았고, 안개 낀 물결과 갈매기는 오라고 서로 부르고 따르는구나. 비 개니 난간 밖으로 산 경치 짙고, 봄 다 가매 송홧가루는 술잔에 날아드네. 속세를 멀리한 심정 다시 거문고 가락에 담기어, 비구름 감도는 참으로 좋은 때일세.

    2월 16일, 함안 모곡의 의령 현감을 지낸 오석복吳碩福의 죽재竹齋에서 달을 대하고 조촐한 술자리가 열렸다. 이 자리에서 〈십육일오의령죽재대월소작〉을 지었다.

    뜰 앞에 자리 펴고 달뜨기를 기다리는데,
    고상한 이야기에 아울러 술통을 여네.
    노닐기 좋던 어제는 비를 싫어했고,
    맑음을 완상하는 오늘 밤은 티끌 한 점 없구나.

    수많은 이랑 대나무는 푸르스름한 그림자 교차하고,
    한 줄기 매화는 온 빛이 구슬 같네.
    깊은 밤 응당히 나는 신선 지날 테니,
    그 신선 학을 타고 월령대를 찾으리라.

鋪席庭前待月來　高談倂與酒罇開
勝遊昨日猶嫌雨　淸賞今宵庚絶埃
翠影交寒千畝竹　瓊英渾色一枝梅
夜深應有飛仙過　笙鶴來從月影臺

생학笙鶴은 신선이 타는 선학을 말한다. 옛날 중국의 왕자교王子喬는 생황을 잘 불었는데, 흰 학을 타고 신선이 되어 떠났다는 고사에서 차용하였다.

시인은 의령으로 되돌아와 백암촌의 장인 집에서 묵었다. 시인의 처가는 고성에서 의령 가례촌으로 이거하여 박천駁川 냇가에 백암정을 지었는데, 아내 허씨 부인의 할아버지 예촌禮村 허원보許元輔는 재물과 딸린 사람들이 많았으며, 임란 당시 홍의 장군 곽재우도 세 살 때부터 허원보 집안에서 양육되었다.

가례 백암촌 앞 박천駁川은 자굴산에서부터 시작한 백암천(가례천)과 합류하여 의령읍을 에둘러서 단암진으로 흐르는 하천으로, 허원보는 박천駁川 강가에 백암정을 짓고 백암정 뜰에 연못을 파고 온갖 꽃과 나무를 심었다.

예촌 허원보는 백암정에 이름난 시인 묵객들을 초청하였는데, 어느 날, 탁영 김일손金馹孫, 한훤당 김굉필金宏弼, 창계 문경동文敬仝, 우랑 김영金瑛과 함께 시회詩會를 열었다.
이때 김일손이 〈의령 박천에서 허진사 원보와 함께 놀며 宜寧駁川與許上舍同遊〉를 지었다.

평상을 옮겨 앉아 얼굴을 비비니,
차가운 기운이 옷 속으로 스며드네.
백석은 귀한 손님을 머물게 하고,
청산은 석양빛에 모습을 바꾸네.

금 술잔엔 찬 이슬방울 떨어지고,
은빛 물고기 날리는 서리霜를 찍네.
시 모임 참여해 함께 시를 지으니,
어찌 왕희지의 곡수상에 비길까.

移床坐坡面　冷氣透衣裳
白石留佳客　青山易夕陽
金尊滴寒露　銀鯽斫飛霜
共作臨流會　何如曲水觴

곡수상曲水觴은 왕희지의 〈난정서蘭亭序〉에 나오는 유상곡수流觴曲水를 뜻하는 말로서, 굽이도는 물에 술잔을 띄우며 시를 짓던 놀이를 말한다.

《조선왕조실록》은 사관들이 기록한 사초를 모아 책으로 편찬한 것이다. 사초는 당시의 사관들이 기록하되, 이를 편찬하는 일은 다음 대에 이르러 작업을 하게 되어 있었다. 또한 작성된 사초를 수정하는 일은 상상도 할 수 없는 일이었다.

2. 곤양의 봄

　이극돈이 전라감사로 있었을 때, 세조의 왕비 정희왕후가 별세한 국상인 줄도 모르고 장흥에 있는 관기를 불러 여흥을 즐긴 일을 김일손이 사초에 기록한 것이다.
　이극돈은 그것을 삭제해 달라는 자신의 부탁을 김일손이 들어주지 않자, 당대의 모사꾼인 유자광을 찾아갔다.

　유자광은 남이장군을 모함하여 죽게 한 모사꾼이었다. 북방에 침범하여 노략질하는 여진족을 평정하고 돌아오는 길에 남이는 자신의 웅지를 시로 읊었다.

　백두산 돌은 칼을 갈아 없애고
　두만강 물은 말을 먹여 없앨지니,
　대장부 20세에 나라를 평정치 못하면,
　후세에 누가 장부라 부르겠나.

白頭山石磨刀盡　頭滿江水飮馬無
男兒二十未平國　後世誰稱大丈夫

　이 시가 세조의 귀에까지 들어가자, 세조는 크게 기뻐하여,
　"우리 왕족의 외손으로서 장하구나. 이시애 난을 평정하고 북방을 괴롭히는 여진족까지 물리치다니, 그대에게 병권을 맡기겠다."
하고, 세조는 당시 26세인 남이를 병조판서에 임명하였다. 그러나 세조가 죽은 뒤 왕위에 오른 예종은 남이의 파격적인 인사에 대하

여 못마땅하게 여기고 있었다.

이를 눈치 챈 유자광은 예종에게 남이를 모함하였다.

"남이는 역모를 꾀할 것입니다. '남아이십미득국男兒二十未得國'이라고 시를 지었습니다."

남이가 '미평국未平國'으로 읊었는데, 유자광은 이를 '미득국未得國'으로 고쳐서 꾸민 것이다.

서얼 출신으로 차별 대우를 받은 유자광은 남이를 모함하는 한편 김종직에 붙으려고 했으나,

"유자광은 한낱 소인배 놈이다."

김종직은 유자광을 멀리했다. 유자광이 남이를 돕지는 못할망정 그를 모함한 것을 알았기 때문이다. 그러자 유자광은 이극돈에게 사초史草를 보자고 하였다.

"사초 가운데 틀림없이 주상께서 싫어하실 부분이 있을 것이오."

유자광의 꾀에 넘어간 이극돈은 임금도 볼 수 없는 사초를 그에게 보여주었다.

유자광은 사초에서 김종직이 쓴 〈조의제문〉을 발견하였다. 이 글은 굴원의 초사체를 본뜬 운문체로, 초나라의 회왕 의제義帝가 항우의 손에 피살된 것을 조상한 것이었다.

"이는 틀림없이 세조와 단종에 비유한 것이오."

유자광은 궁중에서 자신과 연계하고 있던 노사신, 윤필상 등 훈구

파 대신들을 움직여, 김일손 등이 사초에 궁금비사宮禁秘史를 써서 조정을 비난했다는 내용을 연산군의 귀에 들어가게 했다.

시인은 처가의 동헌에 걸린 김일손의 이 시를 차운하여 〈백암동헌탁영김공운 白巖東軒濯纓金公韻〉을 지어서, 김일손의 절의를 높이 추숭하였다.

시인은 당시 백암정에 모였던 예촌 허원보, 탁영 김일손, 한훤당 김굉필, 창계 문경동, 우랑 김영 등과 같이 시회詩會에 참석한 심정이 되어서, 간신배들을 단죄하고 영웅들에게 감개하는 기분으로 술잔을 치켜들 듯 시를 지었다.

만고의 영웅이 세상을 떠났으니,
추모하는 생각이 눈물 되어 옷자락 적시네.
당시에 취해 지은 글씨가 남아 있어,
오늘 봄 햇빛 속에 아름다워라.

나라 위한 마음 철석같았고,
간신을 베는 칼날 서리 같았다.
박천 언덕에 꽃이 환하니,
감개한 마음으로 술잔을 치켜드네.

시와 술을 좋아해 내 사람들과 어울렸더니,
풍진 세상에 누가 옷깃을 거두리오.

나그네 중에는 뜻이 통하는 사람이 많으나,
봄날 세상은 반만 화창하구나.

나막신 한 켤레 끌고 돌아가는 게 마땅하다 여겼더니,
이곳에 다시 와 보니 이미 십 년 세월이 흘렀네.
어느 때에나 세 갈래 길 속 이 정자에 다시 와,
날 저물도록 풍류 즐기며 술잔 기울일거나.

萬古英雄逝	追思淚滿裳	當時留醉墨	此日媚部陽
爲國腸如鐵	誅奸刃似霜	花明駃川上	慷慨一揮觴
詩酒我參社	風塵誰斂裳	客中多意緒	春半暢陰陽
欲去惟雙屐	重來已十霜	何當三逕裏	日夕玩琴觴

'萬古英雄逝 만고의 영웅이 세상을 떠났으니,'
 만고의 영웅은 탁영 김일손으로, 그의 스승 김종직의 〈조의제문〉을 《성종실록》에 실으려다, 훈구파 이극돈 일파에 의해 무오사화戊午士禍가 일어나 처형당하였다.

'當時留醉墨 당시에 취해 지은 글씨가 남아 있어,'
 백암정에서 탁영 김일손, 한훤당 김굉필, 창계 문경동, 우랑 김영이 어울려 시회詩會를 열었다. 《탁영선생문집濯纓先生文集》의 〈제6詩〉에 〈의령 박천에서 허 진사 원보와 함께 놀며 宜寧駃川與許上舍元輔同遊〉라는 제목의 시가 실려 있는데, 박천駃川이 바로 백암정 앞의 냇물이니, 위 시가 허원보의 작품일 개연성이 크며, '당시에 취해

2. 곤양의 봄

지은 글씨'란 시회를 열던 그 때 누군가(탁영이) 쓴 시를 지칭하는 것이다.

　'風塵誰斂裳 풍진 세상에 누가 옷깃을 거두리오.'
　사화士禍로 혼탁한 세상이니, 자기처럼 시와 술을 좋아하는 나그네는 옷깃을 거두고 세상에 나가지 않는다는 뜻이다.

　'春半暢陰陽 봄날 이 세상은 반만 화창하구나.'
　이미 세 번의 사화 뒤라서, 관직에 나가 서로 다투는 곳은 화창하지 못한 세상이고, 자기같이 술이나 시를 좋아하는 나그네들이 사는 세상이야말로 화창한 곳이라는 뜻이다.

　'欲去惟雙屐 나막신 한 켤레 끌고 돌아가는 게 마땅하다 여겼더니,'
　시인은 10년 전 아내 허씨 부인과 혼인한 후에 처가인 의령 가례 백암정을 방문하였는데, 그 때에도 관직에 뜻을 두지 않고 소박하게 살겠다고 마음먹었다는 뜻이다.

　'何當三逕裏 어느 때에나 세 갈래 길속이 정자에 다시 와,'
　삼경三逕은 세 갈래 길이란 뜻으로, 은사隱士의 집 뜰을 일컫는데, 《삼보결록三輔決錄》에 한漢나라의 은사 장허가 뜰에 작은 길 세 갈래를 내고, 송죽국松竹菊을 심어 친구 양중羊仲, 구중裘仲과만 사귀고 세상에 나오지 않았다고 한다.

　오언의가 안음安陰으로 가는 길에 의령 가례 백암촌에 들러 함께

갔다. 오언의는 멀리서 종처남이 왔으므로, 안음에 갔다가 돌아오는 길에도 깊은 정으로 백암촌으로 찾아온 것이다.

3월 3일, 자굴산 쪽으로 오르며 답청놀이를 하였다. 아내와 처가에 근친近親 왔던 신혼시절, 처가 권속과 함께 자굴산 보리사로 답청했다.

'꽃 꺾어 머리에 꽂으니 나비 뒤따르고,
연꽃 벌고 버들가지 흥겨운 서암지西池 못둑은
삼삼오오 여인네들 연꽃보다 더 고왔더라.'

그 때의 기억을 되살리며 보리사菩提寺에 가려고 했으나, 봄날 경치에 흠뻑 취해 봄 산을 헤매고 다녔다. 봄빛을 머금은 산야에 두견화·산벚꽃·산수유가 어지러이 피었으니, 바로 푸른 봄의 삼월 삼짇날이었다.

돌아오는 길에 집집마다 대나무 울타리에 모란·작약이 봄의 정취를 풍기는 마을이 있어서, 그 마을을 '수성리修誠里'라 이름 지었다.

허원보의 둘째사위 박운朴芸의 집 앞에 누운 큰 돌에 신선이 사는 경치 좋은 곳이란 뜻의 '가례동천嘉禮洞天'을 새겼다.

이날 놀이의 과정과 그 흥겨움을 34운짜리 장편 고시 〈삼월 삼짇날 유람을 나서다三月三日出遊〉에 담았다.

2. 곤양의 봄

삼월 삼짇날 유람을 나서다 三月三日出遊

산중의 곳곳에는 도화 살구꽃이 어지러이 피었으니,
바로 푸른 봄의 삼월 삼짇날.
가다가 오솔길 찾아 꽃향기 풀 밟고,
한 병 좋은 술을 사람 시켜 메게 했네.
꽃 꺾어 모자에 꽂으니 나비가 따라오고,
가슴엔 캔 고사리 가득하고 광주리엔 봄 가득하네.

매화는 강남에서 피려는데,
북쪽 나그네 처음으로 말 빌어 타고 노니네.
여관 창은 텅 비었고 세월은 지나가는데,
꽃과 버들 무르익은 봄과 다투는 줄 모르겠네.

고개 숙여 적막함을 멋 내어 글로 써 보고,
말 타고 문을 나와 시내 찾았네.
시냇물 파인 골짜기 흐르다 흰 바위에 떨어지는데,
가운데 있는 한 동네는 안개로 자욱하네.

산중 곳곳에는 도화 살구꽃이 어지러이 피었으니,
바로 푸른 봄의 삼월 삼짇날.
가다가 오솔길 찾아 꽃향기 풀 밟고,
한 병 좋은 술을 사람 시켜 메게 했네.

집집마다 많은 대나무는 대문 삼아 정성스레 키웠고,
뒤따른 풍광도 당해낼 곳 없이 멋있네.
꽃 꺾어 모자에 꽂으니 나비가 따라오고,
가슴에는 캔 고사리 가득하고 광주리엔 봄이 가득하네.

머리 구부려 높이 읊으니 들 학인 양 의심되고,
크게 웃고 박수하니 시골 아동 생각나네.
일색의 푸른 산은 나를 불러 가게 하고,

새들은 조잘조잘 사람 머물러 이야기하라네.

흥이 짙어지고 뜻대로 따르는 것도 갈 만한 경지에 가야 하니,
바람 속에 흩어지는 머리털 이리저리 나부끼네.
시심의 정이 보기 좋은 것 다 시로 쓸 수 있게 된다면,
조물주도 그 탐함을 싫어할 것이리라.

농촌엔 농부들 일하기 급한데,
나무 끝엔 햇빛이 비쳐 산누에 자라네.
높고 낮은 언덕엔 자갈돌이 어지럽고,
무성한 들판엔 메추라기 숨어 있네.

온갖 모습 아름다운 꽃들은 서시西施와 모장毛嬙처럼 예쁘고,
천 그루 고목들은 팽조彭祖와 노담老聃처럼 노숙하네.
돌들은 흩어져 뾰족하게 쌓였고,
채색의 날짐승은 빠르게 위로 올라 어지러이 나네.

많은 경관 접해 보는 고생 아직 다하지 않았는데,
경승을 완상함에 어찌 반드시 절에 갈 필요가 있겠는가.

是日將往菩提寺 薄晚不果往 이날 보리사(절)에 가려 했으나, 날이 저물려 해서 가지 않았다.

낭떠러지 기슭에서 먼 곳을 바라보니 그림 같은데,
아래에는 물이 모여 쪽빛보다 더 푸르네.
지팡이 세우고 이끼 긁은 돌 위에 앉았으니,
물에 거꾸로 잠긴 꽃 그림자는 서로 일렁일렁하네.

굽이쳐 흐르는 물에 잔 띄우는 것도 큰일이거늘,
스스로 소라 껍데기에 술 부어 마음껏 마시리라.
늦게야 추가로 두서너 사람 도착해,
푸른 물가엔 다시 세 사람이 종사했네.

聞註 : 언덕 아래 넘실거리는 푸른 물에 가장 아름다운 운치가 있
어, 한쪽으로 앉아 작은 술자리를 했다. 가까운 마을의 姜
군 두 사람이 술을 가져와 마셨다.

형체를 잊어버렸어도 단번에 그대를 알 수 있겠는데,
시인은 인간세상의 한 사람의 기이한 남자요.
즐겁게 노니니 곧바로 경치와 사물의 부림을 받아,
호탕하게 노는데 어찌 술에 탐닉함을 사양하리.

대장부 세상살이 각각의 취향 있으니,
장차 궁해지고 현달함에 마음 불사르지 말자.
거북이 몸 움츠리고, 범의 숨음은 못난 사내의 모습이니,
남에게 종속되고 천한 일도 부끄럽지 않다네.

어찌 선비가 지극한 보배 품은 줄 알리오?
가시가 왕성하면 사시나무와 녹나무에 부끄럽다네.
명성을 날리고 금 안장 말 타는 사람은 어떤 사람들일까?
곤경에 처하고 진흙길 가는 것 나는 달게 여기겠네.

다만 몸 건강히 좋은 때를 좇으며,
동해 가에서 술잔 기울이며 담담히 즐기기만 바란다네.
머나먼 고향은 꿈속에서만 갈 수 있으니,
부평초처럼 떠도는 타향에서도 좋은 벗들과 모인다네.

난정의 고사高士 모임 자취 벌써 묵어졌고,
곡강의 번화함도 교만하고 탐냈다네.
나는 다행히 여기에서 홀로 뜻에 맞아,
푸른 구름 속의 흰 돌 있는 궁벽한 곳 찾아

사슴들과 한 무리로 지냄이 내 평소 뜻이거늘,
가려 함에 할 말이 있으니 어찌 능히 말하지 않으리.
마침 우공에게 빌린 백 전 있으니,
구름 노을 쪼개 사고 초가집 얽어.

봄바람에 취해 오래오래 누웠으면,
혹시라도 신선 다니는 방향에서 옥 상자 전해 줄는지.

三月三日出遊

山中處處桃杏亂　正是靑春三月三　行尋細路踏芳草　一壺綠酒令人擔
折花揷帽蝶隨人　採蕨盈懷春滿籃　梅花欲發江之南　北客來遊初稅驂
旅窓空□轉光陰　不知花柳爭春酣　低頭弄筆太寂寞　出門騎馬尋溪潭
溪從閶崛落白巖　中有一洞多烟嵐　山中處處桃杏亂　正是靑春三月三
行尋細路踏芳草　一壺綠酒令人擔　家家多竹門可欵　追逐風光亦不堪
折花揷帽蝶隨人　採蕨盈懷春滿籃　高吟側頭野鶴疑　大笑拍手村童譜
靑山一色喚我去　□□百舌留人談　興濃隨意適其適　風裏散髮吹鬖鬖
詩情入眼盡收拾　造物亦不嫌其貪　村中務急走田翁　樹梢晴熏生野蚕
壘臥高低雜砂礫　平蕪掩翳藏鶋鶋　嬌英百態媚施嬋　古木千章老彭聃
雲根澳散矗磊磊　彩羽決起飛毿毿　紛紛應接苦未了　勝賞豈必歸禪龕
是日將往菩提寺　薄晚不果往
斷崖遙望若畫圖　其下積水靑於籃　休筇拂苔坐石上　倒蘸花影相涵涵
流觴曲水亦多事　自斟螺殼任啜含　晚來追到兩三人　更與靑洲從事參
岸下一泓澄碧　最有佳致 便坐小酌　近村姜君二人携酒來飮
忘形一見卽爾汝　我是人間一奇男　嬉遊直爲景物役　跌蕩寧辭麯糱耽
丈夫生世各有趣　莫將窮達心如惔　龜藏虎挾鄙夫熊　牛後墻間且不憖
豈知布衣懷至寶　荊棘旺張着梗枏　蚩英金馬是何人　困阨泥塗吾所甘
但願身健趁良辰　東海傾罇供樂湛　家山萬里在夢想　萍水他鄕好盒簪
蘭亭高會跡已陳　曲江繁華騷且婪　我幸於此獨得意　靑雲白石窮幽探
同羣麋鹿我素志　欲去有言那能暗　會借于公有百錢　買嘶烟霞結茅庵
春風吹臥一千日　倘有仙方傳玉函

〈遺集 卷二, 葉 6~7〉

'嬌英百態媚施嬙 온갖 모습 아름다운 꽃들은 서시西施와 모장毛嬙처럼 예쁘고,'
시장施嬙은 중국 춘추시대 미인 서시西施와 모장毛嬙을 가리킨다.

'古木千章老彭聃 천 그루 고목들은 팽조와 노담처럼 노숙하네.'
노팽老彭은 노담老聃과 팽조彭祖을 이르는 말로, 역사적으로 모두 장수長壽한 인물로 유명하다.

'雲根澳(澳)散矗磊磊 돌들은 흩어지고 뾰족이 쌓이기도 했고,'
운근雲根은 골짜기에 쌓인 구름, 또는 돌들을 말하는데, 여기서 '磊磊뇌뢰'는 돌이 쌓인 모습을 뜻한다.

'彩羽決起飛毿毿 채색의 날짐승은 빠르게 위로 올라 어지러이 나네.'
삼삼(毿毿 毿毿)은 어지러이 나는 모양을 나타낸 의태어이다.

'豈知布衣懷至寶 베옷이 지극한 보배 품었음을 어찌 알리오.'
豈知布衣는 베옷 입은 가난한 선비(유배지에 와 있거나 가난하게 살고 있는 화자), 懷至寶는 고결한 큰 뜻.

'荊棘旺張着梗楠 가시가 왕성하게 퍼져서 가시나무와 녹나무를

부끄럽게 하네.'

형극荊棘은 위리안치圍籬安置의 상황이나 화자의 궁핍한 처지.

'蜚英金馬是何人 나는 듯이 출렁이는 꽃 장식을 단 금마를 탄 이 사람은 누구인고?'

화자의 해배(解配 귀양을 풀어줌) 소식을 가지고 왔거나, 화자와 반대의 처지에 있는 사람이 화자의 처소에 이른 모습.

'困阨泥塗吾所甘 몹시 딱하고 곤란한 진창길에 있는 내 처소를 (오히려) 달게 여기노라.'

'蘭亭高會跡已陳 난정의 고사高士 모임 자취 이미 오래고,'

왕희지 등 晉나라 선비들이 회계산 북쪽에 있던 난정蘭亭에서 우정을 돈독히 하는 모임을 가졌는데, 왕희지가 쓴 〈난정기蘭亭記〉가 유명하다.

'曲江繁華驕且婪 곡강의 번화함도 교만하고 탐냈다네.'

곡강曲江은 섬서성 서안시 남쪽에 있는 명승지 '곡강지曲江池'인데, 진秦대에는 의춘원宜春苑, 한漢대에는 낙유원樂遊原, 수隋대에는 부용원芙蓉園이라 했고, 당唐나라 때 준설하여 명승지가 되었다.

'會借于公有百錢 마침 우공에게 빌린 백 전 있으니,'
　우공于公은 漢나라 동해東海 지방 사람으로, 군의 결조決曹로 있으면서 옥살이 판결을 잘해 군에서 생사당生祠堂을 지었다. 동해지방의 시어머니를 잘 모신 효부가 억울함으로 목매어 죽자, 3년이나 가뭄이 들었다고 한다.

　의령에 사는 십년지기 여침余琛과 함께 자면서 그의 병과 곤궁함에 대한 이야기를 듣고, 동파 소식蘇軾의 詩 〈서촉양기이십년전西蜀楊耆二十年前〉을 차운하여 그를 위로하는 〈여국진께贈余國珍幷序〉를 지어 주었다.

　의령의 여침余琛은 자가 국진國珍인데, 유가로 업을 삼았으나 병으로 집이 매우 가난했다. 사리에 밝아 나와 서로 안 지가 십여 년이 되었지만, 그 빈궁함이 더욱 심했다. 나와 함께 숙소에서 밤이 다하도록 이야기하다가 감탄했다.
　내가 일찍이 동파가 촉 땅의 선비 양기에게 지어준 시를 보았는데, 그 시어가 감분, 상격해서, 읊조릴 때 사람의 가슴을 통쾌하게 했다. 그의 사실이 여침의 일과 비슷해, 그 시운(동파의 詩)을 따서 이 시를 지어주었다.

　천금을 가지면 열이 나고 한 표주박의 물로는 추우니,
　이 사실은 사람으로 하여금 오래도록 감개하게 하네.

먹지 않으며 마른 흙 속 지렁이같이 하기 어려우니,
쓴소리 내면서도 오직 고생스레 우는 쓰르라미를 배울 수밖에.
어찌 들으리오, 밥 싸온 사람이 문 열어달라 한 말을.
다만 세금 재촉하는 세리 피하려다 담에 부딪친 일만 있겠지.
새옹은 화와 복이 서로 맞물려 도는 것을 알았다 하지 마시오.
지금도 화와 복이 맞물려 돈다면 다시 아득하고 아득하리라.

千金爲熱一瓢凉　此事令人感慨長
不食難同槁壤蚓　酸聲惟學苦吟螿
那聞裏飯人開戶　只有催租吏突墻
浪道塞翁知倚伏　如今倚伏更茫茫

3월 18일, 고향에서 보내온 편지를 받았다. 그 편지에 사형四兄 해澥가 서울에서 고향에 다니러 왔다고 하였다. 그날 밤, 곤양길에 오르지 못했는데, 고향으로 돌아가야 할지 고민했다.

함안 모곡에서 이날 오석복의 시를 차운해 〈십팔일모곡차오의령운十八日茅谷次吳宜寧韻〉을 지었는데, 시의 제목은 주제와 직결되어 있기에, 시를 이해함에 제목을 이해하는 것이 중요하다.

여기서 오공吳公은 시인의 종자형 죽오 오언의의 부친 죽재 오석복을 지칭하는데, 그가 의령 현감을 지냈기 때문에 시인은 차운한 시의 제목에 '의령'이라는 글자를 넣은 것이다.

봄바람이 불어와 비를 흩뿌리고 안개가 깔리는데,
울타리엔 봄이 깊어 살구 열매가 도톰하구나.
갑자기 고향에서 기쁜 소식 알려오니,
고향으로 돌아가려는 마음은 이미 나는 듯 흰 구름 따라 달리네.

東風吹雨散餘霏　籬落春深杏子肥
忽有鄕音來報喜　歸心已逐白雲飛

'비霏, 비肥, 비飛'로 상평성의 '미微 운'이고 이 시의 운자 '휘暉, 귀歸'도 같은 '미微 운'이니, 차운의 대상이 된 죽재 오석복의 시도 '미微 운'으로 되어 있었던 것임을 알 수 있다.

오공吳公의 '의령○○'라는 시를 보고 차운하다次吳宜寧見寄.

일 년에 세 번이나 오공吳公의 집을 방문하여
술잔 나누다 보니 또 밤은 깊어 어렴풋이 날이 밝아오네.
이같이 맑은 (운치의) 시는 내 짐꾸러미에 들었으니,
이번 남행에서 빈손으로 돌아가는 것은 진실로 아니로다.

一年三到拜簷楣　夜酌更深盡側暉
如許淸詩在行槖　南來眞箇不空歸

비암 鼻巖

평평한 반석은 손바닥 같고,
맑은 샘 뱀과 같이 흘러가네.
시를 읊조리며 시냇가 풀을 헤치고,
술병 들고 산꽃을 묻는다네.

盤石平如掌　淸泉走似蛇
吟詩尋澗草　携酒問山花

3월 20일, 회산檜山 조윤구의 재사齋舍에 있으면서, 친인척들과 함께 비암鼻巖에 갔다. 무학산 정상 비암에서 시루봉 쪽으로 가다가 왼쪽 내서읍 감천리 쪽으로 산보를 갔다가 저녁에 돌아왔다.

이날 〈비암鼻巖〉을 지어서, 봄이 무르익어 감을 노래했다.

평평한 반석은 손바닥 같고,	盤石平如掌
맑은 샘 뱀과 같이 흘러가네.	淸泉走似蛇
시를 읊조리며 시냇가 풀을 헤치고,	吟詩尋澗草
술병 들고 산꽃을 묻는다네.	携酒問山花
봄 저무니 나그네 괴롭게 읊나니,	春滿羈吟苦
구름 흘러 저물녘 풍경 아름답네.	雲移暮景多
귓가에는 산새 울음소리,	耳邊山鳥語
번잡한 소리, 시름을 어이할까?	喞哳奈愁何

이 시의 수련首聯에서는 평평한 반석盤石과 그 주변에 흐르고 있는 맑은 개울을 손바닥과 뱀의 형상으로 묘사하고, 함련頷聯과 경련頸聯에서는 자연의 정취에 묻혀 시를 읊고 술을 마시기는 하지만, 봄이 지나감에 괴로워하는 나그네의 모습을 드러낸다. 미련尾聯에서는 산새의 지저귀는 소리와 대비하여, 시름에 겨워하는 시인의 고뇌를 표출한다.

    계절은 눈에 띄지 않게 서서히 변하는 것이라고는 하지만, 요 며칠 사이 봄빛이 완연하다. 얼어붙었던 대지와 산천이 봄을 맞아 선명한 빛깔로 되살아나고, 온 산천의 초목들이 활기찼다.
    그러나 어느 순간 이러한 봄도 점점 저물어 간다는 사실을 떠올린 시인은 영원한 아름다움이란 존재하지 않는다는 사실을 깨닫게 된 것으로 보인다.

봄 저무니 나그네 괴롭게 읊나니,
구름 흘러 저물녘 풍경 아름답네.

    시인은 봄이 저물어 감에 이를 아쉬워하는 것으로 보인다. 30대 초반이었던 시인에게 이러한 깨달음은 자신의 처지를 돌아보게 되는 계기가 되었을 것이며, 청년기에서 장년기로 넘어가는 과도기의 시인에게 더욱 절실하게 다가왔을 것으로 생각된다. 청년기 시인의 감성이 늦은 봄날의 아름다운 풍경과 함께 잘 형상화된 작품이라 할 수 있다.

    3월 21일, 오언의의 시를 차운하여, 봄을 맞이한 기쁨을 노래한 〈21일에 오언의의 시를 차운하다二十一日次仁遠〉를 지었다.

어제는 벽계碧溪에서 함께 놀았더니,
집으로 돌아오니 오늘은 옷소매 가득 봄바람이 일렁이네.

2. 곤양의 봄

(춘경에 취해 웃고 싶은데) 사람들은 어찌 웃을 줄 모르는가?
몽롱하게 취한 눈으로 보니 저녁놀이 붉었구나.

昨日同遊碧澗中　歸來衫袖漾春風
不知扶路人爭笑　醉眼朦朧落照紅

3월 26일, 의령 가례 백암촌 처가를 출발하여 금산으로 강공저와 사마 동년인 강응규, 정두를 만나러 갔다. 친구들을 만나러 금산으로 가는 길에 월아산月牙山 청곡사를 지나면서 어린 시절을 회상하였다.

숙부가 진양 목사로 계실 때, 언장 형님과 경명 형님 두 분이 어릴 때 아버지를 여의고 숙부를 따라와 이 절에서 독서할 때였다. 시인은 어려서 숙부를 따라갈 수 없었다.

"형님이 보고 싶어요."

"자식 된 사람은 마땅히 글을 읽어 학업을 성취해야 한다. 형들은 이 때문에 간 것이니, 그리워할 필요는 없느니라."

어머니의 말을 들은 뒤부터 시인은 더욱 학업에 열중하였다.

숙부 송재공은 진양 목사를 마치고 조정으로 들어가시어 이조참판을 지내셨고, 경오년(1510)에 강원도 관찰사로 나가셨는데, 공은 시인의 할아버지 이계양의 두 아들 중 둘째아들이다. 그는 강원도에 있을 때, 먼 길을 말을 달려서 일부러 어머니를 뵈러 올 정도로 효

성이 지극하였다.

송재공은 임금에게 간곡히 청하여 임신년(1512)에 강원도에서 돌아왔다. 그 해 3월 6일, 송재공은 경상도 관찰사로 임명되고, 3월 23일 가선대부에 오르고 청해군에 봉해졌으며, 가을에 영해 부사에 임명을 받았으나 모두 부임하지 않았다.

송당골에 집을 지었는데, 소나무가 많아서 송재松齋라 했다. 공은 송재松齋에서 지병持病인 혈소환血素患을 다스리고 있었는데, 그는 이때의 처지를 〈탄식하다 自嘆〉라는 시로 읊었다.

병을 고치고자 고향에 돌아왔으나,
삼 년 동안 화조의 봄을 보지 못하였다.
하늘이 이수를 죽이지 않는다면,
청산에 들어온들 회춘하지 못하리라.

송재공이 귀전했을 때, 시인은 열두 살이었다. 이때, 형들과 함께 송재공에게 《논어》를 배웠다.

공은 조카들에게 각각 자字를 지어 주었는데, 서귀를 언장彦章, 서봉을 경명景明, 서란을 정민貞愍, 시인을 서홍瑞鴻에서 경호景浩로 바꿔 주었다.

송재공은 자질들의 신독愼獨을 위해 〈외영당 畏影堂〉詩에서, 그림자를 통해서 '무자기毋自欺'(자신을 속이지 말자)를 가르쳤다.

내가 있으니 형체가 있고,
그림자는 형체에서 둘이 된다.
어두우면 숨고 밝으면 나타나며,
움직이고 그침에 놓지 않는다.
날마다 품행이 백 가지도 된다.
하나하나 곧 본받아야 한다.
어디서고 좌우를 떠나지 않아,
가만히 속일 수 없다.
삼갈 바가 어찌 혼자뿐이랴,
방구석도 오히려 환하다.
너를 보는 내 마음 두렵구나.
내심을 반성해서 성품을 다져,
내 말을 너는 소리 없이 아니,
내 몸은 너의 허상일 따름.
한 방에서 돌아다니면서,
너는 종일 내가 우러러본다.

보고 싶던 형들이 돌아왔고, 배움의 길을 찾았으니, 경호景浩는 배움이 즐거워 유월의 신록처럼 쑥쑥 자랐다.

《소학》은 터전을 닦아 재목을 갖추는 것이요, 《대학》은 그 터전 위에 커다란 집을 짓는 것이라 하여, 스승은 자질들을 교육함

에 《소학》을 중시하였다.

"물 뿌리고 쓸고 공손히 응답하며, 집에 들어가서는 효도하고, 밖에서는 공경하여 모든 행동에 거스름이 없이 행한 뒤에 여력이 있으면 詩를 외고 글을 읽으며, 영가詠歌하고 무도舞蹈를 하는 데도 생각이 지나침이 없게 하는 것이다. 이치를 궁구하고 몸을 닦는 것은 이 학문의 큰 요지이다."

"弟子入則孝 집에 들어와서는 부모님께 효도하고,
　出則悌 집 밖에 나가서는 공손해야 한다."
경호景浩는 고개를 끄덕이면서 말했다.
"사람의 도리는 마땅히 이래야 할 것입니다."

"學而時習 배우고 때로 익히면
　不亦說乎 기쁘지 아니한가."
경호는 담담한 표정으로 스스로 경계했다.

〈자장子張〉 편에서, 스스로 질문하고 이理를 터득했다.
"일의 옳은 것이 바로 理입니까?"
송재공은 "그렇다."라고 대답하면서,
　'이 아이는 가르치지 않아도 스스로 길을 아는구나.'
라고 생각했다.

2. 곤양의 봄 143

숙부는 엄격한 스승이었다. 책을 덮고 돌아앉아서 배운 것을 배송背誦하게 했다.

"외는 것은 글자를 기억하는 것이 아니라, 선현의 뜻을 가슴에 흐르게 하는 것이니라."

선비의 자세로 바르게 앉아서 외우되, 몸을 흔들어서도 안 되고, 착란하지 말고 중복하지도 말며, 너무 급하게 굴면 조급하고 너무 느리면 정신이 해이해져서 생각이 뜨게 된다.

《논어》와 《집주》를 배송하면 잡념이 없어지고 머리가 맑아졌다. 이렇게 하여 경호景浩는 열세 살에 《논어》를 마쳤다. 그는 책을 읽거나 혼자서 명상에 잠겼으며, 비록 어렸지만 사람들이 많이 모인 자리에서도 선비처럼 면벽해서 침잠하였다.

송재공의 교육은 알묘조장揠苗助長이 아니라, 사람답게 사는 길을 스스로 터득하도록 하는 것이었다.

"앎과 배움은 그것 자체로 가치가 있는 것이 아니다. 학문의 길에 각고도 중요하나, 심신의 휴양 또한 중요하다."
자연을 소요하며 물아일체의 호연지기浩然之氣를 길러 자유의지와 정의로운 품성을 갖춰야 한다고 했다.

"알기만 하는 사람은 좋아하는 사람만 못하고, 좋아하는 사람은 즐기는 사람만 못하다. (知之者不如好之者 好之者不如樂之者)"

공은 자질들을 용두산 용수사에 보내 하과夏課를 즐기게 했다. 그는 하과夏課를 떠나는 자질들에게 용수사 경내를 그림 그리듯 〈용수사〉라는 시를 지어 주고, 〈하과夏課〉를 독려하는 시를 지어 보냈다.

> 푸른 재 병풍처럼 에워싸고 눈 누대 때리는데,
> 부처 깃발 깊숙한 곳 기름 태울 만하네.
> 세 가지 많음 세 해면 풍부히 할 만한데,
> 한 가지 이치 마땅히 하나로 관찰함에서 구해야 하네.
>
> 경서 공부 청색과 자색 인끈의 도구라 말하지 말라,
> 학문을 염두에 두고 닦음, 입신양명의 계책으로 세워야 하리.
> 예로부터 훌륭한 일 일찍부터 갖추어야 하나니,
> 홰나무 저자 앞머리까지 세월 빠르기만 하다네.

계유년(1513) 2월, 송재공은 사위 조효연曺孝淵, 오언의吳彦毅와 경호를 비롯한 자질들을 청량산에 보내면서,

"공부하는 것은 산에 오르는 것 같다. 讀書人道若遊山"

고 하면서 넉넉하게 익혀서 오라고 당부했다.

2. 곤양의 봄

자질들을 청량산에 보내며

공부하는 것은 산에 오르는 것이라 하지만,
깊고 얕고 넉넉히 익혀, 가고 오는 것 믿어라.
하물며 청량산은 깊고 경치 좋은 곳이니,
나도 일찍이 십 년간 거기서 공부했느니라.

그 해(1513), 송재공은 중종반정 공신으로 할아버지 계양은 진성군眞城君에, 송재는 청해군靑海君에 책봉되었다. 그 후, 녹훈문제로 물의가 있어 삭훈되었으나, 시인은 그때부터 본관을 '진성眞城'으로 쓰기 시작했다.

송재공은 김해 부사로 임명되었으나 지병으로 부임하지 않았다. 이때, 《귀전록歸田錄》한 권과 《동국사략》두 권을 지었다. 《귀전록》에 〈외영당〉, 〈봄추위春寒〉등 160여 수의 시가 전한다.

임신년(1512), 이자(차야)가 편지로 시에 대해 물어서 이에 답하고 겸하여 중야에게 보였는데 중야는 이때 복을 벗지 아니하였다.

차야의 편지에 답하다

농사짓는 사람은 남으로 내려오고 상제上帝는 서에 있어,
두 곳에서 생각만 하며 해를 넘겼네.
앞으로 그대와의 이별 아득히 멀어지니,
백 년 헤어지고 만남이 누구와 같을 것인가.
궁중에서 임금과 만나는 일이 막히고,
천 리 먼 길 온 것은 모자의 정 때문이라.
수수는 없더라도 조석으로 받드니,
도리어 오후청五侯鯖보다 더 기뻐하신다.

2. 곤양의 봄

계유년(1513) 10월에 이자의 편지를 받고, 송재공과 이자, 권벌 세 사람은 용궁현 대죽리에서 만났다.

음애陰崖 이자(李耔 자 次野)는 이색의 후손으로, 1504년 식년문과式年文科 장원급제로 사헌부 감찰을 지냈는데, 그의 《음애일록陰崖日錄》은 사헌부·홍문관·사간원 등에 봉직하면서 시정施政의 득실, 인물의 현부, 천재지변 등을 기록한 일기다. 그는 조광조의 급진적 개혁정책을 완화하고자 노력하였다.

충재冲齋 권벌(權橃 자 仲虛)은 1507년 문과에 급제하여, 조광조를 비롯한 사림들이 왕도정치를 극렬히 주장하자, 훈구파와 급진적 사림파 사이를 조정하려고 하였다.

중종반정 당시에 세 사람이 경직京職에 있어 교분이 잦았는데, 6년 만에 셋이 만나자 그 당시를 회고하면서 이차야가 반갑다는 인사로 농담을 던졌다.

"연구아동방聯句兒童榜 나리께서 벼슬을 버리고 귀전하셨으니, 이제 영구아동방永久兒童榜이 되셨습니다 그려."

'연구아동방'은 갑자율시방을 〈연주시聯珠詩〉만 습득하여 방榜에 뽑힌 아동의 과거 방榜이라는 비꼬는 뜻으로, 그 당시 유행하던 말이었는데, 이는 연산군 시절에 행한 과거이기 때문이다. 송재 이우공이 갑자율시방甲子律詩榜 정시庭試에 뽑힌 것 때문에 반정공신들의 공격을 받았다.

　중종반정(1506년 9월 1일)으로 어수선하던 정묘년(1507)에 당시 형조참판으로서 경연에 참진하는 특진관이었던 이우李堣는 이자李耔, 권벌權橃 셋이 대보름날 저녁에 만나서 통음하고 자신의 처지를 증자에 비유해 〈차야와 중허에게 寄次野仲虛〉라는 시를 지어주었다.

해바라기 햇빛을 좇는 줄 알았는데,
어찌하여 그늘진 곳 향하려 하는고.
그러나 물건의 본성은 빼앗을 수 없는 것,
억울하게 바람서리 맞아 하룻밤에 상했네.

살신성인殺身成仁 공자 말씀 평생 들어도,
마침내 증삼도 살인을 했었다.(증자가 의심을 받았다.)
바람 앞에 거센 풀 되지 못하고,
숲속의 까마귀 되어 어머니를 기르네.

귀천을 좀스럽게 조趙간자(조맹부)를 좇으랴,
문득 오고 문득 가는 것이 구름같이 허무하네.
이 세상 화복은 두 수레바퀴 같고,
말을 잃고 얻은 새옹이 있네.(塞翁之馬)

어느 날, 간하는 글을 태우고 대간臺諫의 자리를 물러난 사람이
전형하는 권리를 쥔 이부吏部의 낭관郎官일세.
봄바람 부는 서울에서 술 취한 두 얼굴,
청산도 아마 맑게 미친 사람 있다고 기록할 걸세.

계유년(1513) 10월에 대죽리에서 셋이 만났을 당시, 이자는 부친상 父親喪 중이었고, 권벌은 사헌부 지평이었다. 세 사람은 어수선한 정국을 걱정하면서 밤새 통음하였다.

송재공은 반정공신 책봉 당시 정국공신靖國功臣에 녹훈되어 청해군靑海君에 봉해졌으나, 반정 당시 입직 승지로서 반정에 반하는 행동을 했다는 비난을 받아 삭훈되었다. 이 날, 송재공은 삭훈된 심정을 시로 읊었다.

어머니 늙고 나는 병이 많아,
연내에 두 고을 빌었네.
자리에서 내려와 상종할 사람 없고,
술이 있어 시름을 삭혔네.
다행히 그대 만나 함께 시 읊고,
가을날 누樓에 함께 오르네.
관가에 날씨 좋아 임금님 은혜 깊으니,
여러 번 머리를 돌리지 말고 그냥 있세.

송재공은 공훈이 삭훈削勳되었으나, 영혼은 결코 삭혼削魂되지 않은 자유분방한 시인이었다.

봉화 바래미에 환수정을 짓고, 송재에게 〈환수정기記〉를 부탁하자, 송재공은 〈환수정기〉를 지어서 보냈다.

내성은 현이 작고 부에서는 멀며,
영주와 봉화가 닿는 곳에 있다. (중략)
풍속이 순박하고 백성들은 기뻐하며 반기니,
힘을 맡기기에 편리하다. (중략)

멀리 바라봄에 청산이 서북쪽에서 지느러미를 묶고,
눈썹을 검게 칠하여 누웠다 일어나니 곧 소백산이요,
산이 나뉘어져 남으로 튀어나와 뭉쳐지고 벗기어
잘리어 척추가 되는 것은 죽령이고,
구름이 걷히고 안개의 장막이 나타나서
은은히 하늘 끝에서 보이는 것은 학가산이다.

용개가 동쪽에서 우뚝 솟고 문수산이 북을 누르는데,
양 산을 끼고 중간에 웅거한 것은 태백이다.
지나온 산수는 관동을 말했고,
태백산이 남으로 이어져 지세가 험하다.
가운데 있는 외로운 성 경치를 보니,
맑은 날 푸른 산봉우리뿐 사방은 비어 있네.

인간은 분수가 없고 벼슬길은 험하여,
더위 먹고 올라오니 가슴이 뜨겁구나.
양쪽 언덕 시원하여 낮잠 자기 좋으니,
쓸쓸하고 시원한 바람이 불어오누나.

 을해년(1515) 10월 3일, 송재공은 안동 부사로 부임하였다. 안동 웅부 자성 서북 귀퉁이 연못 가운데 애련정을 지어서, 아들·사위·조카 등 자질들이 공부하는 서당으로 삼았다. 가을날, 송재공은 연못 주위를 둘러보다가 시를 적었다.

 거문고 소리 서늘하여 빗소리에 섞이고,
 늙은 연꽃 송이 없어도 아직은 산뜻하다.
 서쪽 담 밑 대나무 사이에 접시꽃 옮겨 심어,
 붉은빛 푸른빛이 분명하게 드러나네.

 병자년(1516) 6월 11일, 경상도 관찰사 손중돈이 송재공의 청렴함을 장계하니, 중종이 이를 포상하였다.
 "안동 부사 이우李堣는 청렴하고 간결하여 사私가 없으며, 전에 진주 목사로 있을 때에도 정적政迹을 드러냈으니, 승차陞差하는 것이 어떠합니까?" 하고 이조가 승차를 건의하였다.

 정축년(1517) 8월, 송재공은 어머니의 수연壽宴을 베풀었는데, 〈어부사漁父詞〉를 잘 부르는 노기老妓가 있어, 송재공은 때때옷 입고 〈어부사〉에 맞춰 춤을 추어 노모를 기쁘게 해드렸다. 시인은 그날 〈어부사〉를 처음 듣고 마음속으로 감흥을 느껴, 그 가사를 기록해 두었다.

이 듕에 시름 업스니, 어부漁父의 생애生涯이로다.
일엽편주一葉扁舟를 만경파萬頃波에 띄워 두고,
인세人世를 다 니젯거니, 날 가는 줄를 안가.

이러한 생활 속에 근심 없으니 어부의 생활이 최고로다.
조그마한 쪽배를 끝없이 넓은 바다 위에 띄워 두고,
인간 세사를 잊었거니, 세월 가는 줄을 알랴.

그 해 11월 18일, 송재공은 안동 부사 재임 중에 혈소환으로 별세하였으며, 후에 청계서원에 봉안되었다.

《송재집松齋集》은 황滉이 《관동행록》과 《귀전록》을 직접 필사하였고, 이황의 제자이며 송재의 외증손 오운(吳澐 오언의의 손자)이 충주 목사로 있던 1584년에 초판본의 원집 3권 1책으로 간행하였고, 그 후 송재의 직계손 도산서원 원장 이진동李鎭東은 흩어진 시문을 정리하여 천天·지地·인人 9권 3책인 현행본을 완성하였다.

특히 욕과제欲寡齊 이진동은 무신년(1788) 봉정사 회합에서 영남 만인소의 소수(疏首 상소의 대표)로 뽑혀서, 이인좌의 난(1728) 당시 영남 선비들의 무고誣告를 밝히고 정조의 비답을 받아내어 임자년(1792) 도산서원 시사단에서 별시別試를 보게 하여 영남 선비의 60년 한을 풀었다.

시인은 송재공이 운명하자 세상을 다 잃었다. 송재공은 숙부가

아니라 아버지요, 엄격한 스승이며 닮고 싶은 시인이었다. 시인은 송재공의 묘갈명을 지어 추도하였다.

"부군은 풍채가 깨끗하고 뛰어나셨으며, 품위가 고아하시고 원대하여 온화하고 착하며, 화락하고 단아하여 효성과 의리에 돈독하셨다. 대부인을 섬기는 데 순종하고 마음을 편하게 해드림에 극진하셨고, 아비 없는 여러 조카들을 어루만지고 가르치심이 친아들과 같았다(……). 문장을 지으시면 조촐하고 넉넉하고 법칙에 맞아 아담하고, 더욱이 시에 뛰어나셔서 당대에 이름난 선비와 시를 읊어 무아경에 빠지시니, 쇠를 두드리고 돌을 치는 풍악도 이보다 더 즐겁지 않으리니(……). 아들 하나를 낳으시니 수령 황산 찰방이요, 딸 둘은 함안 군수 조효연, 전의 현감 오언의가 사위이다. (하략)"

시인은 청곡사에 들러서, 존망이합存亡離合의 인생을 느꼈다.

"지금 27년이 지나 내가 이곳으로 와 잠시 들렀는데, 만나고 헤어지고 살고 죽는 것에 대하여 사람으로 하여금 거의 마음속으로만 편안히 품고 있지 않아서 절구 한 수를 읊는다.

지금 언장 형님이 세상을 하직한 지도 1년이 지났고, 경명 형님은 조정에서 관직생활을 하고 있다가 이 소식을 듣고 고향을 찾아와 뵈었으나, 나는 남쪽 땅에 체류하고 있었으니, 아마도 돌아가서는 보지 못할 것 같은 까닭에 이른 것이다."

청곡사를 지나며 過靑谷寺

금산 가는 도중에 저녁 무렵 비 만났는데,
청곡사 앞에서는 차가운 샘물 넘쳐흐르네.
여기가 바로 눈 진흙에 기러기 자취 남긴 곳처럼 되었으니,
삶과 죽음, 만남과 이별에 한 줄기 눈물이 흐르네.

金山道上晩逢雨　靑谷寺前寒瀉泉
爲是雪泥鴻跡處　存亡離合一潸然

3월 27일, 이 날은 저물고 비도 뿌리는데다 길마저 잃고 몹시 고생한 끝에, 강공저, 강응규, 정두가 사는 마을에 도착해 보니, 그들은 집에 없었다. 시인은 그 날 친구들을 만나지 못한 채 혼자서 법륜사에 머물렀다.

그 날 밤, 한 중이 문을 두드리며 보기를 구하여 맞아들이니 혜충이라는 산인山人이었는데, 그 모습이 평온하여 함께 그와 밤을 새워 말을 나누어 보니, 그 목소리가 갱연鏗然하고 매우 맑아서, 시인은 이상하게 여겼다.

그의 부탁을 받고, 〈송산인혜충送山人惠忠〉이라는 10수의 시를 써 주면서 (……) 시인은 일찍이, 옛날의 명공 거유鉅儒들이 노장老莊 불도佛徒들과 함께 즐기는 것을 괴이하게 여겼다.

불교는 이적(夷狄 오랑캐)의 법으로서, 살을 태우고 머리를 자르며 인륜人倫을 끊고, 그들의 의복·언어·음식·거처 등이 모두 우리와 상반되니, 이는 명교(名教 유교)에 죄를 짓는 것이어서, 물리쳐 같은 무리가 되어서는 안 되는 것이지만, 도리어 흠모 숭상하고, 그 道를 칭찬하기 바쁘니, 이것은 진실로 어떠한 마음인가?

평범한 사람들의 처세는 속된 것에 골몰하고, 명성과 위세에 급급하며, 밖만 보고 안을 보지 못하니, 빈궁함과 영달함으로써 높고 낮음을 정하고, 벼슬로써 귀천을 구분한다. (……)

노장老莊과 불교를 위하는 자들은 이와는 달리, 반드시 세상에 구함이 없고, 스스로에게 사사로움이 없으며, 사물의 이해관계에도

유혹되는 것이 없으니, 이는 곧 그 마음과 생각이 반드시 고요하고 그 지식이 반드시 높아지고 밝아지는 데 전념할 수 있으니, 우리의 마음에 말이 없어도 먼저 얻는 것이 있을 것이다.

위의 글로 미루어 보아, 시인은 평소에 옛 제현諸賢들이 도가道家나 불가佛家의 사람들과 어울린 것에 대해 의문을 품고 있었음을 알 수 있다. 그러나 혜충이라는 승려와 교류하면서 그가 평소 가지고 있던 도불道佛에 대한 생각에 많은 변화가 있었던 것으로 보인다.

이러한 생각의 변화가 나타나게 된 이유는 범인凡人들과는 달리 세상에 명리를 구하지 않고 사물의 이해관계에도 얽매이지 않는 그들의 생각과 태도를 시인은 긍정적으로 보았기 때문이었다.

불교는 신의 존재를 중요하게 여기지 않는 종교로서, 신의 은총에 의한 타력구원他力救援이 아니라, 누구나 부처가 될 수 있다는 신념으로 스스로의 깨달음을 통한 자력구원自力救援을 중시한다. 특히, 세상의 구속에 얽매이지 않는 정신 경계나 산속에서 정진구도精進求道하는 그들의 모습은 청년기의 시인이 추구하고자 했던 삶의 모습과 일정부분 공유될 수 있었다.

남행 중에 우연히 이루어진 혜충과의 만남은 도불道佛에 대한 시인의 생각을 새롭게 변화시키는 계기가 되었던 것으로 짐작된다.

그러나 이 시기 이후에도 시인은, 당대 유자儒者들이 그러했듯이, 노장과 불교에 대해 기본적으로는 부정적인 태도를 견지하였다.

2. 곤양의 봄 157

하지만 도불道佛에 대한 이러한 기본적 태도와는 달리, 그의 詩 세계에서는 도가적 상상력을 통해 청정淸淨의 공간을 형상화하거나, 속세에 얽매이지 않고 자연 속에서 살아가고자 하는 그의 정신 경계를 보여주는 작품이 적지 않게 나타난다.

이와 함께, 시인이 만년까지 여러 승려들과 교류하면서 다수의 詩를 남겼다는 사실은 계사년 남행을 통해 이루어진 도불道佛에 대한 시인의 내적 성찰이 어느 정도는 영향을 미쳤을 것으로도 생각된다.

법륜사에 도착하여 강회숙과 규지 둘 다 없어서 이 밤에 시인 혼자 자게 되었는데, 서창에는 빗방울이 댓잎에 떨어지는 소리가 쓸쓸하게 들려오는 가운데, (절간이니) 분위기는 맑았으나 (친구들이 가고 없어) 서운하고 섭섭해 부賦를 지었다.

한 통의 편지를 전한 것이 언제던가?
월아산 절에서 약속했었네.
나그네 꿈 봄 석 달을 격했다고 불평하지 말게나,
단지 기쁨으로 하룻밤 더디 보내기를 원하네.

조랑말은 길을 잃어 지쳐 걷고,
단지 사미승만 문을 나와 웃으며 맞네.
등잔불 돋우고 누우니 서창西窓에 비 내리고,

도리어 낭랑하여 그대 시 듣는 것 같네.

一紙相傳知幾時 月牙僧舍有前期 莫嫌羈夢三春隔 但願淸歡一夜遲
迷路倦行惟疑段 出門迎笑只沙彌 挑燈獨臥西窓雨 還似琅琅聽子詩

전에 회숙(강공저)이 시인에게 편지를 보내서 오라고 책망하며, "의령의 봄날 가까운 곳에 와 있으면서도, 봄 석 달이 다 가도록 찾아와 이야기를 나누지 않는다."는 둥 말이 많기에, "말 타고 여기에 와 만나려던 계획 봄 석 달을 미루었다고 불평하지 말게나."라는 시구로 달랬다.

의령의 봄이 끝날 무렵(3월 27일), 법륜사에 강공저, 강응규, 정두가 찾아와 그간의 섭섭함을 풀고 난 후 강응규, 정두는 금산으로 보냈는데, 법륜사로 오는 길에는 실제로 미로가 있었다.

이 詩는 시인이 친구들과의 약속 장소였던 월아산 법륜사에서 지은 작품이다. 이 시에서는 월아산을 찾아가게 된 이유와 길을 잃고 헤매었던 사정, 그리고 법륜사에서 친구들을 보내고 홀로 누워 빗소리를 듣던 상황들이 하나의 일기처럼 구체적으로 나타나 있다.

그러나 이 詩가 단순히 하루 동안의 여정 기록으로만 의미가 있는 것은 아니다. 왜냐하면, 친구들과의 약속에 들뜬 시인의 마음과 친구들을 보내고 홀로 외로이 누워 친구들을 그리워하는 시인의 마음이 이 시에서 잘 묻어나기 때문이다.

이렇게 시인은 계사년 남행에서 겪었던 체험과 여정 속에서 일어나는 감성을 시로 형상화함으로써, 이후에도 남행의 기억을 온전히 추억할 수 있었던 것으로 보인다.

이튿날, 강공저(자 晦叔), 강응규(자 奎之), 정두가 와서 만났다. 강공저는 1522년에 식년시 생원과에 급제하였고, 강응규와 정두는 시인과 같은 해(1528)에 진사 회시에 급제한 사마 동년이었다.

사마 동년이면서 아직 출사出仕하지 않은 같은 처지의 친구들이 함께 밤을 보내면서 많은 이야기를 나누었다. 동년들이 모였으니, 명년에 치러질 대과大科에 관심이 쏠렸다.

"별시도 식년과式年科처럼 팔도에서 초시에 합격한 자에 한해서 강경講經 시험을 보인다는 소문이 정말인가?"

"지방에서 초시가 없으니, 거자(擧子 과거 응시자)들이 도나 개나 모두 서울로 모여들어서 농사가 폐농하기 때문이라나."

"근년에 치러진 과거에서는 과장科場이 난장판이어서, 거자擧子들 중에는 명지를 잃어버린 자도 있었다면서?"

"다른 사람 명지(名紙 과거 시험지)를 훔쳐서 봉서封書를 떼어버리고 올린 자도 있다더군."

멀리 한촌에 묻혀 산새소리만 듣다가 쥐들이 은밀히 전해주는 궁금(宮禁 궁궐) 비사秘事를 들으니, 출사를 앞둔 선비들은 긴장했다.

 술이 한 순배 돌자, 누군가가 궁금비사를 조심스럽게 흘렸다.

 "병술년(1527)에 불태운 쥐를 걸어 동궁을 저주한 범인이 밝혀졌다면서?"

 "이종익李宗翼의 상소에 진범이 김안로의 아들 희禧라 카던데?"

 "김안로의 아들이 부마 아닌가? 그가 왜 그랬을까?"

 "계미년(1524)에 그의 아비 김안로가 탄핵을 받아 유배된 것에 앙심을 품고 한 짓이라나."

 "경빈이 자기 아들 복성군을 세자로 책봉하려고 꾸민 음모라고 김안로가 말했잖은가?"

 "복성군 모자는 억울하게 죄를 뒤집어쓴 거지."

 "복성군 모자뿐인가? 두 옹주를 폐서인으로 만들어 쫓아내고, 홍려도 매 맞아 죽었고, 좌의정 심정도 경빈 박씨와 결탁하였다 하여 사사賜死되지 않았는가."

 시인은 시종 말없이 듣고만 있다가,

 "죄는 크든 작든 반드시 삼심三審을 거쳐야 무고한 사람이 억울하게 당하지 않지."

 정두가 말을 받아서,

 "그 말이 옳으이. 백 명의 진범을 잡는 것보다 한 사람의 억울한 사람이 벌을 받아서는 안 되지."

 1527년의 '작서灼鼠의 변' 진범이 김안로의 아들 희禧라는 사실이 1532년 이종익의 상소로 밝혀졌지만, 중종은 이종익이 현재 귀

2. 곤양의 봄 161

양살이 중이라는 이유로 상소를 받아주지 않고, 오히려 김안로를 예조판서로 승진시켰다.

"옳고 그름을 가리는 공론은 대신도 가로막을 수 없고 임금도 변동시킬 수 없는데, 공론이 행해지지 못하고 언로言路가 막히면, 기묘의 변 같은 화禍를 무슨 수로 막을 수 있겠나?"

김안로의 죄를 묻지 않고 도리어 사간 이언적을 파직시킨 중종의 처사가 정의롭지 못함을 걱정하였다. 다른 친구들도 분노를 터뜨리며 김안로의 죄에 대하여 한 마디씩 하였다.

강응규가 시인에게 《심경心經》에 대하여 물었다.

"《심경》을 엄부嚴父같이 존경한다는데, 누가 지은 책인가?"

"《심경》은 주자의 사숙문인 진덕수가 경서經書와 주렴계의 통서通書에서 심성에 관한 격언들을 뽑고, 정이천, 범난계, 주회암의 잠箴과 명銘을 초록하여 엮은 책일세."

"《심경부주》는 어떤 책인가?"

정두가 물었다.

"《심경부주》는 정민정이 《심경心經》에 주註를 단 책일세."

"진덕수가 처음 만든 것은 아닐 테고, 심학의 연원은 어디서부터 시작된 것인가?"

"물론, 진덕수가 처음 만든 것이 아니고, 순舜과 우禹는 열여섯 글자의 가르침을 주고받았는데, 이것을 심학의 연원이라고 하지."

"열여섯 글자라니?"

열여섯 글자에 세 사람이 모두 집중했다.

"그것은 요·순·우가 전한 심법이라고 하는데, 《고문상서古文尙書》〈대우모大禹謨〉편에 실린 '인심유위人心惟危', '도심유미道心惟微', '유정유일惟精惟一', '윤집궐중允執厥中' 16글자인데, 이는 인심은 오직 위태롭고 도심은 오직 은미하니, 오로지 정일精一하게 하여, 굳게 그 中을 잡으란 뜻이 있지."

유가의 경전 중에 心에 관한 글로서는 맨 처음으로 나온 것이기 때문에, 후세의 심성에 관한 학문이 모두 여기서 유래되었다고 하여 진서산은 이를 '심학心學의 연원'이라고 하였다.

《심경心經》은 정주학程朱學의 거경궁리居敬窮理 가운데 거경居敬에 속하는 존양·성찰의 면을 강조한 것일 뿐, 궁리 즉 진학進學·치지致知의 면에 대해서는 거의 언급이 없다.

부주附註를 가한 정민정은 《심경부주》 서문에서 서산西山 진덕수眞德秀가 《심경》을 편찬한 동기를 설명하였다.

"오호라, 사람이 사람이란 이름으로써 삼재(三才 天·地·人)에 참여하여 만 가지 교화를 이루어낼 수 있는 것은 오직 그 본심을 잃어버리지 않을 수 있기 때문이다.

그러나 그것은 자칫 놓쳐버리기 쉬운 것이어서 성聖과 광狂, 순舜과 척(跖 도척)이 여기서부터 갈리게 되는 것이니, 그 두려움이 이와 같다.

　옛 사람들이 본원을 함양하기 위하여 일상 거처에 금슬琴瑟을 베풀고 좌우에 경계하는 잠언을 써 붙이고 하는 것은 까닭이 있는 것이다.

　성학聖學이 밝지 못하니 인심이 타락하여 이목耳目의 욕欲에 성명性命을 기탁하고 구설로만 理의 시비를 다투니, 선생이 이를 깊이 염려하여 심경을 편술하게 된 것이다."

　정두가 물었다.

　"이목耳目의 욕欲에 성명性命을 기탁하고, 구설口舌로만 理의 시비를 다툰다는 말은 무슨 뜻인가?"

　"그것은 당시 학문의 경향을 평한 말인데, '이목의 욕에 성명을 기탁하고'는 도심道心을 버리고 인심과 인욕에 사로잡혀 인생을 살아간다는 말이요, '구설口舌로만 理의 시비를 다툰다'는 실천이 없이 사변과 이론만 위주로 한다는 말이지. 오늘날, 김안로의 처사를 보면, 도심을 버리고 인욕에 사로잡혀 인생을 살아가는 것이 아닐까?"

　이튿날, 시인과 강공저가 함께 곤양으로 떠나며 강응규, 정두와 작별하였다. 이때 이들과 헤어지면서 〈이별의 시〉를 지었다.

　잔 올리는 (법륜사) 산신당에 아침 해가 곱게 비칠 때,
　향기로운 산나물과 어린 고사리 삶아 샘물에서 헹구는구나.

어젯밤 나 홀로 자는 침상에는 빗소리만 들렸는데,
나를 떠나보내려는 이 아침엔 말 한 마리와 채찍을 준비했구나.

슬피 우는 두견새 소리 듣고 옷소매 날리며 떠날 때,
잔인하게 방초 밟으며 다리 건너니 가련해라.
세상 형편 따라 자네들은 나를 그냥 보내려 하지만,
시도 없이 어찌 이별잔치를 벌이랴.

나는 병든 세상을 경험해 그걸 시로 표현하고 싶은데,
시를 말하는 걸 남들은 꺼리는구나.
자네 두 사람은 (시를 싫어하는) 세속 풍속을 따르니,
어찌 괴로워할 일이 있겠는가?
이로써 농을 하니라. (이런 농담을 하며 시를 주고받았느니라.)

酌酒山堂朝日鮮 香蔬軟蕨煮山泉 尋君昨夜空牀雨 送我今朝匹馬鞭
聽罷哀鵑揮袖去 踏殘芳草過橋憐 諸君縱欲隨時態 其奈無詩負別筵
僕嘗病世人諱言詩 以隨俗二君豈有其病耶 以此爲戲

'聽罷哀鵑揮袖去' 두견새는 그 배경 고사 때문에 흔히 이별의 정한을 나타내는 소재가 된다.

3월 28일, 진주에서 곤양으로 출발하였다. 곤양에 도착하여 어득강을 만나 그곳 객관에서 묵었다.

어득강은 욕심이 없고 염치廉恥를 숭상하여, 시골집의 가난하기가 빈한한 사람과 다름없이 청빈하였다. 공명의 득실 때문에 근심하지 않았으며, 마음이 꾸밈이 없고 순박하여 우활(迂闊 물정에 어둡다)하다는 평을 들었다.

"그대 바다를 본 적이 있는가?"

일찍이 월영대와 법륜사 등에서 바다를 구경한 적이 있지만, 모두가 다 우물 안에서 하늘을 본 것 같았다.

"내일은 남산에 올라 곤양의 바다를 구경하는 것이 어떻겠소?"

관포의 호의에 감사하였다.

어관포는 흥해 군수 시절 관아에 '동주도원'을 개설하여 군민을 교화한 것에 대한 동주도원 시 열여섯 절구를 시인에게 보여주면서, 이를 차운해 보라고 하였다.

시인은 감히 사양을 할 수가 없어 시를 짓기는 하되, 이 곤양 땅이 한적하고 편벽되기로는 흥해보다 못하지 않으니, 도원의 명칭을 곤양 땅에 옮겨 놓는 것이 어떨지 생각해 보았다.

까치섬 鵲島

까치섬 평평하기 손바닥 같고,
금오산은 멀리 마주보고 있네.
아침나절에도 깊이 헤아리지 못하니,
예로부터 이치는 그 근원을 알기 어렵네.
호흡하니 땅은 입이 되고,
들락날락하니 산은 문이 되었네.
고금의 수많은 주장들 가운데
마침내 누구의 말이 맞는 것인가?

鵲島平如掌　鰲山遠對尊　終朝深莫測　自古理難原
呼吸地爲口　往來山作門　古今多少說　破的竟誰言

　어득강은 시인 일행을 위하여 곤양 남산에 올라 하늘에 맞닿은 수평선과 고깃배들이 작은 섬 사이를 헤매고 다니는 바다의 풍광을 보여주는 한편, 배를 타고 작도鵲島에 건너갔다.

　작도는 바다에 둘러싸인 작은 섬에 불과하였는데, 바다는 크고 작은 섬들이 둘러쳐져 있어, 바다가 아니라 잔잔한 호수 같았다. 갈매기가 갯바위에 날아오르고 바닷물이 쓸려 나가면, 아낙네들이 갯벌에 엎드려 꼬막과 조개를 캐고 낙지를 잡아 올린다.

　시인과 어득강 일행은 배를 타고 외구外鳩리의 작도정사鵲島精舍에 올랐다.

　까치섬鵲島에서 〈안 주서注書의 글〉을 차운하였는데, 주서는 병을 다스리느라 이날 모임에 오지 않고 시를 보내왔다. '주서注書'는 조선 전기에 문하부에 속한 정7품 벼슬로 당후관堂後官을 고친 것이다. 승정원에 속한 벼슬로, 《승정원일기》의 기록을 맡아보았다.

화창한 때를 틈타 까치섬에 나아가서,
맑은 시 손에 넣고 보니 묵은 병도 나을 듯.
술잔 잡고 높은 데 나아가 먼 곳 자주 바라보니,
바람 불고 해는 기우는데, 모래벌판엔 파도가 밀려오네.

　　　　　　　　　　　海門深處趁時和　入手淸詩愈舊痾
　　　　　　　　　　　把酒臨高頻眺望　風生斜日暮生波

'海門深處趁時和 화창한 때를 틈타 까치섬에 나아가서'

해문海門은 까치섬을 지칭하는 것이며, 사전적으로는 '두 육지 사이에 끼어 있는 바다의 통로'를 뜻한다.

작도에 들어갈 때 타고 갔던 배가 썰물이 빠져나간 후 바닷가 갯벌에 동그마니 얹혀 있었다.

"조수潮水와 석수汐水는 하루도 어김이 없듯이, 인간사도 이와 같아서 나섬(出仕)과 물러남(進退)이 분명해야 하지요."

관포는 과거에 오른 후로 대사간大司諫에까지 올랐으나, 여러 번 외직을 청하고, 성품이 담백하여 물러가기를 좋아하였다.

시인은 학문과 출사의 갈림길에서 갈등하고 있었다. 관포는 호강후胡康侯의 소견을 인용하여, 대체로 출처 거취는 마땅히 스스로의 마음에서 결단할 것이요, 다른 사람과 꾀할 만한 것이 못되며, 다른 사람이 참여할 수도 없는 것이라고 하면서, 다만 걱정되는 것은 이치에 정미롭지 못하고 뜻(志)이 강剛하지 못하면, 스스로의 결단이 혹은 시의時義에 어둡고 혹은 원모遠慕에 뜻을 빼앗기게 되어 그 마땅함을 잃어버리게 된다면서,

"학문에 전념하는 것은 좋은 일이지요. 그러나 그대 스스로 어떻게 처리하느냐에 달려 있으며, 출사와 진퇴는 조수와 같으니, 한 인간의 의지만으로 될 수 없지요."

석양이 바다를 붉게 물들일 때쯤, 고향에서 온 편지를 알렸다. 시

인의 넷째형 해灋가 조정에서 벼슬살이를 하다가 고향에 왔으니, 빨리 돌아와서 그를 따라 서울로 올라가라는 내용이었다.

"사형四兄께서 근친하러 고향에 돌아왔다는 전갈입니다."

"하루 이틀 지체하시더라도 쌍계사 유람은 하시고 가시지요."

"삼신산 신령이 입산을 거부하는 듯하니, 때가 아닌가 봅니다."

시인은 삼신산 쌍계사 유람을 포기한 채 서둘러 고향으로 돌아가게 되었다.

관포 어득강은 완사계浣沙溪에서 고향으로 돌아가야 하는 시인을 위해 전별연을 베풀어 주었다. 완사계는 곤양 동헌에서도 수십 리 떨어져 있는 곤명 완사마을의 덕천강변 소나무 숲이었다.

덕천강은 지리산에서 발원하여 산청을 거쳐 남강으로 흘러드는데, 덕천강변의 완사계는 곤양·곤명·진양의 주민들이 여름이면 강물에 멱을 감고 더위를 식히기 위해 모여드는 숲으로서, 계稧모듬을 하여 천렵을 즐기는 유원지였다.

어관포는 쌍계사를 함께 유람하자고 했던 계획을 취소할 수밖에 없는 데 아쉬워하면서, 시인과 마지막 전별을 완사계에서 벌였던 것이다.

"내 그대와 함께 삼신산 쌍계사를 유람하려 했으나, 만나자 곧 이별이니 인간의 힘으로 천리天理를 어찌 알겠는가."

완사계 전별 浣紗溪餞渡

완사계 물은 거울처럼 맑게 빛나는데,
해 질 무렵 어느 집에서 피리소리 들려오는가.
어 태수는 날 보내야 하고, 내 또한 (고향으로) 가야 하니,
완사계 가의 가득한 방초들도 석별의 정을 어쩌지 못하네.

　　　　　　　　　　　浣沙溪水鏡光淸　落日誰家一笛聲
　　　　　　　　　　　太守送人人亦去　滿汀芳草不勝情

시인은 고향에서 온 편지를 거역할 수 없는 운명으로 여기면서 안타까워했다.

"회자정리會者定離이니 인생무상人生無常이로소이다."

시인은 이 자리에서 완사계의 아름다운 풍광을 노래하면서, 곤양으로 초청해 주신 어관포에게 고마움을 표하는 한편,

"어 태수는 날 보내야 하고 나 또한 (고향으로) 가야 하니, 완사계 가의 가득한 방초들도 석별의 정을 어쩌지 못하네."

정 사인舍人의 삼신산을 승유勝遊한 후에 그때 함께 간 분에게 드리는 시 〈유산후증동유遊山後贈同遊〉를 차운하였는데, 정 사인은 삼신산을 처음으로 승유勝遊했다가 돌아온 것이었다.

삼신산에 가자고 일찍이 약속이 있었는데,
이제 와 이렇게 약속을 뒤집으니, 여러 신선들이 노하는구나.
삼신산 깊고 큰 골짜기 떠들썩한 생황과 노래 싫어하지 말게나.
나는 함께 가지 못하고 이미 세속에 돌아왔을지라도.

方丈山中曾有約　如今却被衆仙嗔
莫嫌洞壑笙歌聒　我未尋山已落塵

시인은 함께 삼신산을 승유하자고 1년 전에 어관포와 약속한 일을 상기하면서, 편지를 받고 집으로 돌아가야 하는 처지에, 함께 삼신산을 가기로 한 선객仙客들이 화를 내고, 또한 내가 오지 않는다고 삼신산의 뭇 신선들이 화를 낼 것이라 했다.

쌍계사 유감

경치 좋은 쌍계사는 신선이 노시던 곳,
편지로 부르시니 빈말이 아니었네.
속사에 몰리게 된 나 자신이 부끄럽네,
마음으로 계획한 일 바꾸게 되었으니.

雙溪形勝仙遊地　尺素招尋不我欺
還愧塵緣驅使在　能令心事有遷移

곤양에 오게 된 것은, 관포 어득강이 한 해 전에 편지를 보내,

"그대, 내년 산벚꽃 피는 계절에 삼신산 쌍계사를
저와 함께 유람하시기를 바라고 바랍니다."

했기 때문이었다.

시인은 어득강의 초청을 받고 곤양으로 달려가고 싶었으나, 자신이 처한 어둡고 무거운 현실에서 벗어나기가 쉽지 않았다.

"그대 부르심 무릎 꿇어 받자오니,
새 날이 열리면 그대 보러 가리다.
산 너머 남촌에는 햇살도 부드러울진대,
꿈속에 보았던 그곳으로 냉큼 달려가오리다."

막연한 기대를 품고 토계를 무겁게 밟고 나섰다. 학문과 출사를 결정하지 못해 갈팡질팡했었는데, 여행을 떠난 후 곧 여행에 몰두하게 되자, 아내를 여읜 상실감도 잊고 여행을 즐기게 되면서, 자유로운 몸으로 구름에 달 가듯이 홀연히 떠다니는 처지를 행운으로 여기게 되었다.

그러나 쌍계사 유람을 접고 고향으로 급히 돌아가지만, 예천에서 굶주린 백성들의 아픔을 보지 못하고, 관수루에서 선인들의 깊은 충정을 알지 못하며, 법륜사에서 지음知音을 얻지 못하고, 작도에서 해조음海潮音을 듣지 못하며, 관포에게서 동주도원의 포부를 알지 못

하고, 청곡사에서 존망이합存亡離合의 눈물이 없었다면, 댓잎에 이는 바람에도 〈梅花〉를 미처 알아보지 못했을 것이다.

평생 마셔도 마르지 않는 영혼의 샘물을 얻었으니, 삼신산 신선이 산문山門을 막아서도 詩 지어 와유臥遊할 따름이다.

시인은 이번 여행의 목적지인 쌍계사에는 갈 수 없게 되었지만, 인생 진로에 대한 확신을 얻게 되었으며, 무엇보다 〈梅花〉 詩 한 수를 얻었음을 기뻐할 따름이었다.

시인은 어관포와 약속했던 쌍계사 여행을 더 이상 진행하지 못하게 된 것을 에둘러 변명하지 않고, 정중하게 유감을 표했다.

能令心事有遷移 마음으로 계획한 일 바꾸게 되었으니.
還愧塵緣驅使在 속사에 몰리게 된 나 자신이 부끄럽습니다.

지난 2개월간의 남행을 되돌아보며, 여행의 소회를 읊은 詩에서 도학자의 수양과 멋을 엿볼 수 있다.

去路渴尋氷鏡破 집 떠날 땐 목말라 맑은 얼음 깨진 걸 찾았더니,
歸鞍吟度麥波靑 돌아올 땐 말안장 위에서 시 읊으며 푸른 보리 이랑 건넜네.

3. 나비의 꿈

夢中蝴蝶

    시인은 고향으로 떠나면서, 곤양으로 초청해 주신 어관포에게 고마움을 표하는 한편, 함께 쌍계사를 유람하려던 계획을 취소한 데 대한 아쉬움과 앞으로 자신의 삶의 자세에 대한 포부를 밝히는 詩 〈어관포 님에게 寄魚灌圃〉를 지어서 보냈다.

구름은 홀로 (완사계) 서쪽에 날고 있으나 저는 그러지 못하는데
봄바람은 방초가 시드는 것을 부추기니,
바닷가와 육지 여러 곳 다니면서 느꼈던 객수 □하기 어렵습니다.
공과 함께 방장산에 가고 싶은 간절한 소망이 있었으니,

쌍계사 경내에는 선경의 자취가 여전히 남아 있겠지요.
공께서 저에게 함께 쌍계사 유람을 하자고 하시어
제 꿈은 이미 삼신산의 아름다운 자연에 깊이 빠져들었으나,
일전에 고향에서 편지 들고 찾아온 아이 그냥 돌려보낼 수 없어,

이번 계획은 홀연 허망하게 되고 말았습니다.
법도를 지키려면 구차하고 졸렬하게 빨리 돌아가서는 안 되나,
오늘은 이 송별 자리를 바삐 떠나지 않을 수 없겠습니다.
좌우 휘장 가지런한 수레 뒤에서 총채 장식 휘날리는 가운데,

객사에서 귀한 선물 내주는 소리 처음 듣습니다.
까치섬 풍성한 고기는 바다 쪽으로 유유히 헤엄쳐 나가고,
전별연하는 완사계 언덕 (펄럭이던) 깃발이 멈추었네요.

늙은이는 본래 기밀스런 일을 잘 잊어버린다고 하는데,

젊은 저는 영웅심리와 거들먹거림 때문에 그러지 못합니다.
저의 실없는 농지거리는 교우의 도에 해가 되지는 않겠지요.
녹봉을 받겠다는 생각은 제 마음에 애초에 없었으니,
제가 세상에 나가 행세하는 일은 결코 없을 것이며,

시와 술을 벗 삼아 한평생 세상 물정 모르고 살렵니다만,
북경 연산의 옥돌 같은 수더분한 사람이나 알고 지내며,
원망 없는 장인匠人으로 상수리, 가죽나무 목공품이나 남기렵니다.
아, 공의 기호嗜好는 이 세상과는 다르셔서,

저를 진흙탕 구렁에서 꺼내어 깨끗하게 씻어주려 하시니,
어찌하면 제가 공이 오랫동안 관직에 나가지 않은 뜻을 따를 수 있으리오.
저는 공께서 다음에 금어대를 불살라 버리시기를 기다렸다가,
함께 삼신산 청학동을 찾아가 띳집이나 지어놓고,
약밭에서 나날이 몸소 호미질이나 하며 세월을 보낼까 합니다.

어관포님께 _{寄魚灌圃}

구름은 홀로 서쪽에 날고 있으나 저는 그러지 못하는데
봄바람은 방초가 시드는 것을 부추기니
바닷가와 육지 여러 곳 다니면서 느꼈던 객수 잊기 어렵습니다.
삼신산에 가고 싶은 간절한 소망이 있었으니,
쌍계사 경내에는 선경의 자취가 여전히 남아 있겠지요.

　　　　　孤雲西飛我不如　東風吹老芳草歇　海天萬里愁難□
　　　　　方丈山中宿願在　雙溪寺裏仙蹤餘

寄魚灌圃

憶我去年冬 再拜得公書 開緘長跪讀公書 招我遠遊勿懷居 新春作意向南行
千里宜春來駐驢 昆山相望不可見 幾回欲去仍躊躇 慕公日日誦公詩

孤雲西飛我不如 東風吹老芳草歇 海天萬里愁難□ 方丈山中宿願在
雙溪寺裏仙蹤餘 公能指我作勝遊 我夢已落烟霞於 鄉書昨到母賜環
忽然此計墮空虛 守常區區不早往 此日不敢趑階除 鈴齋幸接揮麈尾
客舍初聽出瓊琚 鵲島陳魚縱觀海 浣紗出餞停皁旟 丈人本自忘機事
英心豪氣尚未攄 詼談末害至道餘 爵綠不入靈臺初 我行於世苦無成
詩酒平生任狂疎 但知愚人寶燕石 不怨大匠遺櫟樗 嗟公嗜好與世殊
意我灌我出泥淤 安得從公久不去 待公他日焚金魚 同尋靑鶴置茅棟
藥圃日日躬理鋤

'孤雲西飛我不如 구름은 홀로 (여기 완사계의) 서쪽에 날고 있으나 저는 그러지 못하는데,'

완사계浣沙溪에서 어관포가 베푼 전별연 대접을 받고 시인이 집으로 떠나면서 쓴 시이니, '서쪽'은 삼신산의 쌍계사를 염두에 둔 표현이다.

'東風吹老芳草歇 봄바람은 방초가 시드는 것을 부추기니,'

이 시의 배경이 되는 완사계에서의 전별연은 이해 음력 3월 28일이나 29일에 열린 것이니, 늦봄에 해당한다.

'海天萬里愁難□ 바닷가와 육지 여러 곳 다니면서 느꼈던 객수

□하기 어렵습니다.'

　이 구절은 이런 계절감을 드러내는 동시에, 어관포와 쌍계사 유람을 하려던 계획을 취소할 수밖에 없는 화자의 실망감을 투영한 것이기도 하다.

　□은 시인의 사후死後에 제자 조목, 이덕홍 등이 선생의 원고를 문집으로 편집할 때 산실散失된 것이다. 이 시는 압운법을 지키지 않은 고체시이기도 하고, 근체시라 해도 홀수 행이라 운자와는 관련이 없으니, 비교적 자유롭게 글자를 선택할 수 있는 곳이다. '망忘' 자를 보완하면 '잊기 어렵습니다.'라는 뜻이고, '억抑' 자를 보완하면 '억누르기 어렵습니다.'라는 뜻이 된다. 두 경우 다 화자가 쌍계사 쪽으로 유람을 계속하지 못하는 아쉬움을 함축하는 것이다.

　'方丈山中宿願在 (공과 함께) 지리산에 가고 싶은 간절한 소망이 있었으니,'

　'雙溪寺裏仙蹤餘 쌍계사 경내에는 선경의 자취가 소문과 다름없이 여전히 남아 있겠지요.'

　'我夢已落烟霞於 제 꿈은 이미 삼신산의 아름다운 자연에 깊이 빠져들었으나,'

　정상적인 어순은 아몽이락어연하我夢已落於烟霞'이나, '연하烟霞'

를 강조하기 위해 도치했다.

'鄕書昨到母賜環 고향에서 편지 가지고 일전에 찾아온 아이를 그냥 돌려보낼 순 없으니,'

'忽然此計墮空虛 쌍계사를 함께 유람하자고 했던 계획을 취소할 수밖에 없다.'라는 아쉬움을 표현한 구절이다.

'鈴齊幸接揮麈尾 좌우 휘장 가지런한 수레 뒷부분에서 총채 같은 장식이 휘날리는 가운데'
시인이 완사계浣沙溪에서 어관포의 전별 대접을 받고 객사에서 하룻밤 묵은 후 수레를 타고 떠나려는 장면으로, 말총이나 헝겊 등으로 만든 먼지떨이 같은 장식이 수레의 뒷부분에서 휘날리고 있는 상황이다.

'客舍初聽出瓊琚 객사(客舍)에서 귀한 선물 내주는 소리 처음 듣습니다.'
객사는 어관포가 완사계에서 전별연을 베푼 후 시인을 하룻밤 묵게 했던 곳을 뜻한다.

'鵲島陳魚縱觀海 까치섬 풍성한 고기는 바다 쪽으로 유유히 헤엄쳐 나가고,'
완사계의 전별연 자리에서 가까운 곳에 있는 까치섬의 고기들도

바다로 떠나고,

'浣紗出餞停皋旟 (공께서) 전별연 베풀어 주시던 완사계 언덕에 (펄럭이던) 깃발이 멈추었네요.'
'깃발 펄럭이는 가운데 펼쳐졌던 어제의 전별연도 끝났습니다.'
라는 뜻으로, 객사를 떠나 고향으로 가는 화자의 심정을 객관적 상관물을 동원해 표현한 구절이다.

'丈人本自忘機事 늙은이는 본래 기밀機密스런 일을 잘 잊어버린다고 하는데,'
'기밀機密스런 일'은 관직에 나갈까 말까 하는 고민거리 같은 일을 말한다. 당시 만 32세의 시인이 과거를 통해 출사出仕를 할까 말까 고민하고 있었으며, 이런 고민을 어관포 같은 '우인愚人'을 만나 속내를 털어놓고 조언을 구하려고 하는 것이다.

'英心豪氣尙未攄 젊은 저는 영웅심리와 (관직에 나가) 거들먹거리고 싶음 때문에 그러지 못합니다.'

'但知愚人寶燕石 다만, 북경 연산의 옥돌 같은 수더분한 사람이나 알고 지내며,'
연석燕石은 중국 북경 근처에 있는 연산燕山에서 나는 돌로, 모양이 옥과 비슷하나 (옥으로서의) 가치는 별로 없다고 하는데, 여기서

는 시인이 자신의 롤 모델로 설정한 어관포를 비유한 것이며, '우인愚人'은 축자적으로는 '어리석은 사람'이란 뜻이나, 문맥상으로는 '세속의 출세에 연연하지 않는 사람'이란 의미이다. 시인은 〈도산십이곡〉 제1곡에서 도산에 낙향해 강학수도講學修道하고 있는 자신을 '초야우생草野愚生'이라 지칭했다.

'不怨大匠遺樸樗 원망 없는 장인匠人으로 상수리나무나 가죽나무 목공품이나 남기려 합니다.'

관직에 나가 거들먹거리지 않고 자연에 묻혀 살겠다는 의지를 소박한 목공木工으로 살겠다고 비유한 것이다.

'意我濯我出泥淤 저를 진흙탕 구렁에서 꺼내어 깨끗하게 씻어 주려 하시니,'

사화士禍 등으로 혼탁했던 당시의 사회상을 비유한 표현이다.

'待公他日焚金魚 저는 공께서 다음에 금어대金魚帶를 불살라 버리시기를 기다렸다가'

금어대金魚帶는 신라 말기와 고려시대에 공신 등 특별히 품계를 받은 사람이 관복을 입을 때 차던 붕어 모양의 금빛 주머니다.

촉석루 矗石樓

강호에 떨어져 산 지 얼마나 되었던고,
시를 읊고 다니다가 높은 누에 올랐네.
하늘에서 떨어지는 빗방울은 한순간이라면,
눈앞에 펼쳐지는 장강은 만고의 흐름이라.
지난 일 아득하고 둥지 튼 학은 늙었는데,
나그네 마음 일렁이어라 뜬구름이 흘러가네.
번화로운 일 시인이 헤아릴 바 아니니,
한바탕 웃고 나서 말없이 푸른 물을 굽어보네.

落魄江湖知幾日 行吟時復上高樓 橫空飛雨一時變 入眼長江萬古流
往事蒼茫巢鶴老 羈懷搖蕩野雲浮 繁華不屬詩人料 一笑無言俯碧洲

　시인은 어관포와 헤어져서 고향으로 돌아가는 길에 곤명에서 진주 남강을 건너 촉석루에 올라, 진주성 아래 유유히 흘러가는 남강 물을 내려다보면서, 詩〈촉석루 矗石樓〉를 지었다.

　촉석루는 《동국여지승람》에 기록된 '江中有矗矗 故樓名曰矗石'이란 누기樓記가 설명하듯 남강 가 바위 벼랑 위에 장엄하게 높이 솟아 있어서, 전시에는 남장대로서 진주성을 지키는 지휘본부였고, 평화로운 시절에는 과거를 치르는 과거장이었다.

　시인의 숙부 송재공이 승정원 우부승지로서 경연·참찬관·춘추관 수찬관을 겸하다가 어버이가 늙었으므로 외직을 빌어서 정묘년(1507)부터 기사년(1509)까지 진주 목사를 지내셨다.

　숙부를 따라와서 청곡사에서 공부하던 형님들과 숙부님이 이곳에 들렀을 것을 생각하면서 시를 지어 읊었다.

　지난 일 아득하고 둥지 튼 학은 늙었는데,
　나그네 마음 일렁이어라 뜬구름이 흘러가네.
　번화로운 일 시인이 헤아릴 바 아니니,
　한바탕 웃고 나서 말없이 푸른 물을 굽어보네.

　落魄江湖知幾日의 '落魄'은 '낙탁'으로 읽으며, 곤궁하여 실의에 빠진 것으로서, '낙박落泊' 또는 '낙탁落拓'과 뜻이 통한다.

'횡공비우일시변橫空飛雨一時變'을 읊은 건 60년 후 일어날 일을 예측한 것일까, 시인은 번화불속繁華不屬하여 일소무언一笑無言하는가?

1592년 임진왜란이 일어나자, 시인의 제자 학봉 김성일은 우도관찰사로서 진주목사 김시민과 의병장 곽재우가 서로 협력하여 왜군의 침입으로부터 진주성을 보전하도록 하였으며, 의병을 모으고 군량미를 확보하다가 과로로 진주성에서 병사하게 된다.

돌아오는 길에 고령 가천을 지나 성주로 가는 길에 별티를 넘기 전 날이 저물어, 통영대로의 중심 역인 성주의 안언 역(성주 용암)에서 하룻밤 묵었다. 안언 역은 25개 속역을 거느린 경부도京釜道의 중심 역이었다.

안언 역에서 자다가 새벽에 일어나, 그곳 현판에 적힌 詩를 차운하여 〈안언 역에서 일어나 宿安彦驛曉起次板上韻〉등 2首를 지었다. 이 詩에 지난 2개월간의 남행을 되돌아보는 심사를 적는 한편, 10년 전 1523년 동짓날 이곳에 묵었던 소회도 함께 적었다.

月落西墻空館曉 滿襟淸思溢馨蘭 方知馬齕齼風雨 只怕詩成吐腎肝
驛吏幸容單騎客 雲山猶識十年顔 當時至日孤眠處 裂指南窓半夜寒
癸未冬至日 宿于此
一春行止任飄零 南北東西幾問程 去路渴尋氷鏡破 歸鞍吟度麥波靑
風雲嶺海詩千首 魂夢關河客一形 欲喚江南褚季野 便從牛屋倒雙甁

안언 역에서 일어나 宿安彦驛曉起次板上韻

달은 서쪽 담 너머로 지고, 텅 빈 역관엔 새벽이 왔네,
마음 가득 맑은 생각 향기로운 난초처럼 넘치는구나.
비바람이 만물을 뒤집듯 역마가 먹이를 우걱우걱 씹어 먹는 것은
바야흐로 알겠으나,
시가 이루어졌다고 콩팥과 간까지 내놓을까 걱정이로다.

月落西墻空館曉　滿襟淸思溢馨蘭
方知馬齕齝風雨　只怕詩成吐腎肝

달은 서쪽 담 너머로 지고, 텅 빈 역관엔 새벽이 왔네.
마음 가득 맑은 생각 향기로운 난초처럼 넘치는구나.
비바람이 만물을 뒤집듯 역마가 먹이를 우걱우걱 씹어 먹는 것은 바야흐로 알겠으나,
시가 이루어졌다고 콩팥과 간까지 내놓을까 걱정이로다.

역졸은 혼자 말을 타고 온 나를 반갑게 맞아주더니,
구름 낀 가야산은 10년 전 내 얼굴을 오히려 알아보는구나.
그 때 동짓날에 외롭게 잤던 곳이니,
갈라터진 손가락으로 남쪽 창구멍 막느라 한밤중에 오들오들 떨며 계미년(1523) 동짓날에 여기에서 잤더니라.

올봄 정처 없이 이리저리 떠돌아다녔으니,
사방팔방 몇 번이나 길을 물었던고.
집 떠날 땐 목말라 맑은 얼음 깨진 걸 찾았더니,
돌아올 땐 말안장 위에서 시 읊으며 푸른 보리이랑 건넜네.

바람과 구름 따라 산과 바다 떠돌며 시 천 수를 얻었으니,
관문에서나 큰 물가에서나 나그네 넋 잃기는 마찬가지였지.
강남 겨울 들판이나 마음속에 떠올려 볼거나.
집 벽에 편히 기대 앉아 술 두 병을 비우노라.

'只怕詩成吐腎肝 콩팥과 간(들뜬 속마음)까지 내놓을까 걱정이로다.'

역마제도가 있던 시대이니 안언 역에도 당연히 말이 있는데, 말이 먹이를 게걸스럽게 먹는 모습을 묘사한 것이며, 차운한 시가 이루어졌다고 들뜬 기분이 되어서는 안 되겠다고 스스로 경계함을 표현한 것이다.

'雲山猶識十年顔 구름 낀 가야산은 10년 전 내 얼굴을 오히려 알아보는구나.'

'(그때의 역졸은 나를 몰라보고 안언 역 주위의) 구름 낀 산(가야산)은 10년 전 내 얼굴을 오히려 알아보는구나.'라는 뜻으로, '가야산은 10년 전과 다름이 없구나.'를 주객전도로 표현한 구절이다.

'當時至日孤眠處 (안언 역은) 그때 동짓날에 (내가) 외롭게 잤던 곳이니,'

'裂指南窓半夜寒 (추위에) 갈라터진 손가락으로 남쪽 창구멍 막느라 한밤중에 오들오들 떨며 계미년(1523년) 동짓날에 여기(안언역)에서 잤더니라.'

'去路渴尋氷鏡破 집 떠날 땐 목말라 맑은 얼음 깨진 걸 찾았더니,'

시인이 집을 떠나 8일 만에 의령 처가에 도착한 것이 음력 2월

5일이라고 하니, 이 해 정월 말에 고향을 떠날 때는 날씨가 몹시 춥고 얼음이 얼어있는 상태였다.

'歸鞍吟度麥波靑 돌아올 땐 말안장 위에서 시 읊으며 푸른 보리이랑 건넜네.'
시인이 남행을 마치고 고향에 돌아온 음력 4월 초순의 계절감을 나타낸 표현이다.

'風雲嶺海詩千首 바람과 구름 따라 산과 바다 떠돌며 시 천 수를 얻었으니,'
시인은 남행에서 109편의 시를 지었다. '영해嶺海'는 바로 아래의 '관하關河'에 대응된다.

'魂夢關河客一形 (험한 곳의) 관문에서나 큰 물가에서나 (그 풍광에) 나그네(화자) 넋 잃기는 마찬가지였지.'
이번 남행에서 자신의 넋을 빼놓을 만했던 풍광을 소재로 하여 쓴 시가 천 수나 된다는 뜻이니, 한시의 운율을 맞추기 위해 취한 과장된 표현이다.

'欲喚江南褚季野 강남 겨울 들판이나 마음속에 떠올려볼거나.' (강남 겨울 들판 풍광도 사람의 넋을 빼놓을 것이리라.) (직접 가본 것은 아니지만,) 사람들이 흔히 말하는 강남 겨울 들판 풍광을 바탕으로 시를 한 수 지어나 볼까라는 의미이다.

'便從半屋倒雙甁 집 벽에 편히 기대앉아 술 두 병을 비우노라.'

집에 돌아와 술을 마시며, 이번 남행의 감회를 음미해 보고 있는 중이다.

새벽에 말을 타고 이천伊川 강둑을 지나, 성주 관아의 후원을 거닐면서 〈성주마상우음 星州馬上偶吟〉을 지었다.

새벽하늘에 태양이 솟아오르자, 어둠이 걷히면서 여명에 성산星山의 윤곽이 희미하게 드러나고, 흐르는 강물 위로 물안개가 서서히 걷히면서 백화百花가 햇빛에 반짝이기 시작하는 새벽의 기운을 시를 지어 읊었다.

詩의 묘사 범위가 먼 데서 가까운 데로, 넓은 데서 점점 축소되어 마지막에 이슬 맺힌 꽃 앞에서 멈춘다. 새벽노을이 걷히면서 해가 돋는 여명에 산과 강으로 전개되는 한 폭의 실경 산수화로 옮아갔고, 이어 시인의 눈이 자기가 타고 앉은 말머리에 쏠리자, 곧장 야당화에 맺힌 이슬방울에 집중되었다.

기起·승承에서는 천지天地, 전轉·결結에서는 마수馬首로부터 점차 시선을 좁혀 수로殊露에 초점을 맞춘 이동감은 각 시구詩句에서의 정중동靜中動에서도 잘 나타난다.

曉天霞散初昇日 새벽노을에 떠오르는 태양의 찬란한 빛을,
水色山光畵裏誇 새벽의 대자연에서 한 폭의 묵화를 느꼈다.

새벽에 말 위에서 _{星州馬上偶吟}

새벽까지 노닐다 찬란한 해가 솟아오르니
대자연이 그림같이 그 모습을 펼치고
새벽 향이 말머리에 눈처럼 흩날리며
야당화에 맺힌 이슬이 눈물처럼 흐르네.

曉天霞散初昇日 水色山光畵裏誇
馬首吹香渾似雪 泣殘殊露野棠花

설雪, 수로殊露, 야당화野棠花에서 색채라는 말이 없으면서 색채나 빛의 감각을 돋워주고 있다.

이 시에서 시인의 낭만적 풍류와 도문학적道問學的 정신세계를 자유로이 소요하였다.

그 해 4월에 도산에 돌아오니, 이미 봄 먼저 와 있었다. 보리이랑에 바람 불어 들마다 파도가 출렁이고, 종달새는 봄의 대자연을 노래했다. 병아리들을 데리고 암탉이 마당을 헤집고 다니고, 병아리를 노리는 솔개가 하늘 높이 빙빙 돌았다.

산 바위는 주인 없이 봄빛만 절로 밝네.
온갖 꽃들 내가 처음 흥겨움을 기뻐하고
경물이 꽃다웁고 빛나는 볕 더딜 제
저문 봄의 고운 풍경 눈에 가득 들어오네.

　　　　　　　　　　山巖無主自春明　千紅喜我初乘興
　　　　　　　　　　雲物芳姸麗景遲　韶華滿眼暮春時

"집 떠날 땐 목말라 맑은 얼음 깨진 걸 찾았더니, 돌아올 땐 말안장 위에서 詩 읊으며 푸른 보리이랑 건넜네. 바람과 구름 따라 산과 바다 떠돌며 시 천 수를 얻었으니, 관문에서나 큰 물가에서나 나 그네 넋 잃기는 마찬가지였지."

3. 나비의 꿈　195

모든 것을 버리고 떠나서, 비록 쌍계사를 보지 못했으나, 산과 들을 떠돌며 詩를 읊고, 인걸을 만나 넋을 잃었다고 했다.

"아, 공의 기호嗜好는 이 세상과는 다르셔서 저를 진흙탕 구렁에서 꺼내어 깨끗하게 씻어주려 하시니, 어찌하면 제가 공이 오랫동안 관직에 나가지 않은 뜻을 따를 수 있으리오. 저는 공께서 다음에 금어대를 불살라 버리시기를 기다렸다가, 함께 삼신산 청학동을 찾아가 띳집이나 지어놓고 약밭에서 나날이 몸소 호미질이나 하며 세월을 보낼까 합니다."

남행을 떠나기 전 학문과 출사를 결정하지 못해 갈팡질팡했었는데, 어관포를 만나서 동주도원 시를 수창하고 그의 비전을 들으면서, 시인의 가슴은 새로운 각오로 충만했다.

계사년(1533) 4월 22일경, 넷째형 해瀣와 함께 예안에서 출발하여 영주 푸실 처가에 머물며, 김사문金士文이 놀리는 詩 한 수를 지어주기에 〈김사문이 놀리는 시를 차운하다 次金質夫見戲〉를 지었다.
4월 24일, 서울로 가기 위해 영주에서 충주로 갔다. 충주 허흥창(虛興倉 가금면 가흥리)에서 배를 기다렸다.

조선시대에는 각 지방의 세곡稅穀을 서울로 운송하기 위하여 강이나 바다에 배를 이용하여 수송하였다.

허흥창은 가흥창이라고도 하며, 경상도와 충청도 음성, 영동 등지에서 거둔 세곡을 관리했다.

넷째형 해瀣는 바람 때문에 배가 뜨지 않아 육로를 택해 서울로 올라가게 되었다. 이 때문에 충주에서 해瀣와 작별하고 혼자 충주 허흥창에서 바람이 멎기를 기다리며, 〈허흥창 강가에서 虛興倉江上〉를 지어서 읊었다.

봄 강물은 뱃머리에 푸른 기름 내뿜는데,
해 저문데 갈매기 떼 희롱함을 바라보니
모를레라, 만물 중에 그 어느 것이리오,
너희들과 짝할 만한 한가한 정 가진 것이.

春水船頭綠潑油 晚來貪看戲群鷗
不知萬類中何物 更有閒情與汝儔

허흥창 강가에 바람 멎기를 기다리는 동안 어부가 고기를 잡아서 배를 기다리는 서행객西行客들에게 팔기에, 집으로 돌아가는 어부(漁人)의 모습을 읊었다.

산협의 강에는 풍파가 일어 끝없이 차가운데,
일엽편주로 푸른 물굽이에 머물러 살며,
생생한 고기를 잡아 서행객에게 팔아넘기고,
웃으며 구름 안개 자욱한 속으로 사라지더라.

峽裏風波萬頃寒　扁舟一葉宿蒼灣
得鮮來賣西行客　笑入雲烟杳靄閒

배를 기다렸다가 배를 타고 서울로 가는 배 안에서 〈이포를 지나며 過梨浦〉를 지었다.

한평생 이 몸을 파도 따라 나는 백구에 의지하여,
과분히 창랑의 노래에 맞추고자 했노라.
세상살이 모든 일은 두려움의 엉킴일 뿐,
구름 떠나 숲 떠나 노상 꿈만 많더라.
선창으로 햇빛은 한가로이 비쳐 들며,
물가에는 산뜻한 듯 연잎들이 흔들거리네.
노상 후련하게 탈속하지 못함이 창피했으며,
또한 아름다운 곳에서도 등한하게 지나쳐야 하는구나.

欲將身世付鷗波　細和滄浪一曲歌
世事箠來憂思集　雲林別居夢魂多
船牕倒射溶溶日　水渚輕搖點點荷
常愧未能渾脫略　每逢佳處等閒過

〈창랑가滄浪歌〉는 〈어부가〉라고도 하는데, 자신의 출사出仕와 은퇴隱退를 자유자재로 한다는 뜻을 나타내고 있다.

滄浪之水淸兮 可以濯我纓 창랑의 물이 맑으면 갓끈을 빨고,
滄浪之水濁兮 可以濯我足 창랑의 물이 흐리면 발을 닦자.

시인은 서울로 올라가는 배 안에서 흘러가는 물결을 내려다보면서, 〈배 안에서舟中偶吟〉라는 시를 지었다.

오뚝이 앉아서 무엇을 생각하는가?
어부들은 낚싯대 하나로 족하더라.
아! 흰 새들은 푸른 강물에서
제멋대로 훨훨 날아 오락가락하는데.

兀坐舟中何所思　漁人多了一竿絲
可憐白鳥滄江裏　飛去飛來自得時

서울에 도착하여, 5월 성균관에 유학하였다. 이때, 성균관 동료들이 경복敬服하여 시인을 안자(顔子 공자의 제자 안회)라고 칭하였는데, 당시의 재생들에 비해서 남행을 마치고 돌아온 시인은 그들보다 학문과 인격이 월등하게 성숙했다는 증거이다.

　성균관이 인재양성을 위한 최고 학부인 반궁泮宮으로 불리는 기원은 중국 주대周代에 천자의 도읍에 설립한 벽옹辟雍과 제후諸侯의 도읍에 설립한 반궁의 제도에서 찾을 수 있지만, 우리나라에서 최고 학부의 명칭으로 '성균成均'이라는 말이 처음 사용된 것은 1298년에 국학을 성균감成均監으로 부르다가 1308년에 성균감을 성균관이라 개칭한 데서 비롯하였다.

　성균관에 들어가기 위해서는 진사·생원 등 소정의 시험에 합격하여 입학한 승보기재升補寄齋와 조상의 공덕으로 입학한 문음기재門蔭寄齋가 있어야 했다.

　성균관 유생은 조정의 부당한 처사에 대한 시정 요구, 학문·정치 현실에도 매우 민감하여 문묘 종사文廟從祀나 정부의 정책에 대해 집단 상소를 올렸으며, 재회를 열어 소두(疏頭, 상소의 대표자)를 뽑아서 유소(儒疏, 유생이 연명하여 올리는 상소)를 올렸고, 자신들의 요구가 받아들여지지 않을 경우에는 소행(疏行, 집단시위)이나 권당(捲堂, 수업거부, 단식투쟁), 공관(空館, 동맹휴학) 등의 실력행사로 맞섰다.

　성균관은 연산군의 흥청망청 놀이터로 화하는 수난을 겪기도 하였고, 중종반정 이후 공신·훈신勳臣의 자제들에 대한 각종 과거·교육 특전이 부여됨으로써 주자학에 대한 학문적 연구보다는 집권

양반 자제들의 입신출세의 도구로 이용되어, 성균관 교육은 침체되어 있었다.

당시에 소윤·대윤의 정치적 대립과 김안로 일파가 권력을 전횡하는 것을 목격하고, 나라를 걱정하는 마음을 은근히 기탁한 詩〈해바라기 葵花〉를 지었다.

사물마다 천지의 정기 아닌 것이 있으랴만,
한 덩이 정성 두루 얻어 너는 어여뻐라.
장맛비 연일 내려도 싫어하는 기색 없이,
오직 드높은 곳을 향해 뜻을 다해 영글도다.

物物誰非天地精　憐渠偏得一團誠
莫嫌近日連陰雨　唯向高高盡意傾

당시 성균관 대사성은 윤탁尹倬이었는데, 그에게 《대학》경문〈물격物格〉 대주大註인 '物理之極處 無不到也'에서 '물리지극처' 아래 어떤 토吐를 다는 것이 맞는지 물었다. 그러자 그는 당연히 '시(是 이)'로 달아야 한다고 하기에, 이는 理의 극처가 스스로 내 마음에 이름을 말하는 것이냐고 묻자, 그것은 아니라고만 하고 그렇지 않은 이유를 설명해 주지 않아서 자세히 물어보지 못하였다.

    성균관 유생들이 학습은 뒷전이고 권당을 일삼는 분위기에서 더 이상 성균관에 남아 있을 이유가 없었으며, 당시의 정치에 대해 크게 실망하여 고향으로 돌아갈 생각을 하게 되었다.

    시인은 가을에 있을 대과 향시 응시를 위해 귀향할 것을 넷째형 해瀣와 상의하러 명례방(明禮坊 명동)에 있는 집에 갔다. 형은 출근하였다가 마침 숙직이어서 귀가하지 않았다. 시인은 형을 만나지 못한 아쉬움과 고향으로 돌아가려는 뜻을 밝힌 詩 〈早朝到明禮坊家家兄入仕大年歸雙里門獨坐賦此〉를 지어놓고 돌아왔다. 형이 집에 돌아와서 이 시를 보고, 돌아가려는 그를 만류하는 뜻을 담은 詩 〈偶閱狀上見景浩三絶句各有所寓之意因以其意次之〉를 지었으나, 각각 시의 제목만 있을 뿐 그 내용은 전하지 않는다.

    시인은 대과 향시에 응시하기 위해 서울을 떠나 경상도로 내려가게 되어, 성균관에서 종유하던 여러 벗들과 작별하였다.

    "부디, 뜻을 이루시기를 비옵고 비옵니다."

    "스치듯 한 짧은 만남이 아쉽습니다."

    하서河西 김인후金麟厚는 시인과의 헤어짐을 섭섭해 하면서, 시인을 찬미하는 詩를 지어서 작별하였다.

선생은 영남에서 빼어난 분이외다.	夫子嶺之秀
문장은 이백 두보와 같으시며,	李杜文章
글씨는 왕희지와 조맹부에 비기리다.	王趙筆

　김인후는 김안국에게서 《소학》을 배웠고, 1531년 사마시에 합격하고 성균관에 입학하였다. 그는 부모 봉양을 위해 전라도 옥과 현령으로 나갔다.

　그는 훗날 설서說書·부수찬副修撰을 거쳤고, 당시 세자였던 인종을 가르쳤다. 1545년 인종이 즉위 8개월 만에 사망하고 을사사화乙巳士禍가 일어나자, 병을 이유로 사직하고 고향인 장성에 돌아가 성리학 연구에 정진하였다.

　교리校理에 임명되었으나 취임하지 않았는데, 인종의 사망으로 충격을 받아 한때 술과 시로 방황하였다고 전한다.

　김인후金麟厚의 문하에서 배운 변성온卞成溫이 자신의 고향인 전라도 무산茂山에서 멀리 예안禮安까지 시인을 찾아와 며칠 묵다 떠나게 되어, 이별할 때 절구 다섯 수를 지어주다.

다시 만나니 얼굴 기억 가물가물하여,
손가락 꼽아 보니 지금 벌써 여섯 해나 되었네.
천릿길 와서 찾은 진중한 뜻,
한 뜰에서 마주하니 온갖 꽃 향기롭네.
하서는 동호의 독서당에서 옛날에 함께 노닐었는데,
갑자기 수문랑 되어 백옥루로 갔구려.
오늘 그대 만나니 마침 그 사람의 문하생이라,
그대와 저녁 내내 그 이야기 하니 눈물이 가로 흐르네.

重逢顔面記茫茫　屈指如今已六霜
千里來尋珍重意　一庭相對萬叢香
河西蓬館舊同遊　欻去修文白玉樓
今日逢君門下士　話君終夕涕橫流

시인은 〈반궁泮宮〉을 지어서, 우스갯소리나 하는 곳에서 뜻을 펼칠 수 없음을 탄식하고 반궁을 떠날 것을 결심하였다.

지난밤 꿈속에서 나비가 되었으니,
새벽 창가에서 이슬과 어울려 새 시를 지으리라.

昨夜夢中蝴蝶意　曉牕和露寫新詩

'나비가 되는 꿈(夢中蝴蝶)'은 변신(變身, Metamorphosis)을 의미하는 것으로서, '새 詩를 지으리라'는 자신의 의지를 나타내었다.

반궁 泮宮

반궁은 예에 따라 또한 무엇을 하던가,
날마다 공당에서 우스갯소리나 하네.
과거공부는 낯설어서 남의 문장에 기대고,
옛 책도 성글어서 웅얼거리는 소리뿐.
많이들 찾아내어 물어도 우스갯소리를 바치니,
재주 있는 이가 있다 한들 어찌 다 펼쳐내랴.
지난밤 꿈속에서 나비가 되었으니,
새벽 창가에서 이슬과 어울려 새 시를 지으리라.

泮宮隨例亦何爲 日日公堂得飽嬉 擧業生疎憑竄抹 陳編寥落付唔咿
多將問事供調笑 豈有懷材可設施 昨夜夢中蝴蝶意 曉牕和露寫新詩

    6월 28일, 날씨가 맑았다. 반궁을 떠나 남행을 시작했다. 밀양 부사로 제수되어 임지로 내려가는 권벌과 동행하게 되었는데, 이날 저녁 마전포(송파구 삼전동)에서 서로 만났다.

    6월 29일, 가랑비가 내렸다. 아침을 먹고 권벌 등과 함께 출발하여 광주부에 도착하여 점심을 먹고 떠나 안정역 숙소에서 묵었다.
    숙소에 누워 생각하니, 길 위에서 보낸 날들이 스쳐 갔다.
    계사년 정초에 눈 덮인 산야를 여행하였다가 의령에서 봄을 맞아 삼월 삼짇날 꽃 피는 자굴산을 답청하고 다시 고향에 돌아왔다가, 그 해 4월에 성균관에 유학하기 위하여 서울로 여행하였다.

    지금, 향시를 치르기 위해 남으로 다시 여행을 하기 시작했는데, 계절은 이미 여름이었다.
    한여름 소나기 막 그치니 밤기운 맑고, 하늘 한복판의 외로운 달이 온 창에 가득해졌네. 하늘의 별은 총총한데 반딧불이 마당을 가로질러 날고, 뒷산에서 사슴 슬피 울었다. 구름처럼 떠다니는 나그네, 무엇을 위해 또 내일은 길을 재촉해야 하나?

    6월 30일, 날씨가 맑았다. 아침을 먹고 출발하여 가는 도중에 음식을 들었다. 오후에 이천부利川府에 도착했을 때 소나기가 쏟아지자, 이에 감흥이 일어 詩, 〈도중에 비를 맞다 道中遇雨〉를 지었다.

　이천부의 생원 최준崔浚의 집에 도착해, 미리 와서 권벌의 행차를 기다리고 있던 모재 김안국을 권벌과 함께 만났다. 모재 선생은 옛 친구 송재공을 만난 듯 공의 조카인 시인을 반갑게 맞이했다. 이 날, 김안국과 헤어져서 이천부의 숙소에서 권벌과 함께 하룻밤을 묵게 되었다.

　기묘사화 때 조광조를 비롯한 사림들이 왕도정치를 극렬히 주장하자, 권벌은 훈구파와 급진적 사림파 사이를 조정하려고 애썼지만, 사림파의 수많은 선비들이 사화를 겪게 되었고, 김안국도 예외가 될 수 없었다.

　그런데 누구보다도 불의에 굽히지 않은 김안국이 어떻게 목숨을 부지할 수 있게 되었는지 시인은 그 까닭이 몹시 궁금하였다.

　권벌은 김안국이 정인군자正人君子이기 때문에 살아날 수 있었다고 했다.

　"모재 선생의 인품이 정인군자인 것은 익히 알고 있었습니다만, 진정 정인군자라서 사화를 모면할 수 있었사옵니까?"

　권벌은 시인의 표정을 살피더니, 빙긋이 웃으면서 한 처녀의 전설 같은 이야기를 들려주었다.

　안국동에 한 청년의 집 사랑채와 담을 사이에 두고 이웃집 처녀의 별당이 있었다. 청년의 방에서 매일 밤늦도록 글 읽는 소리가 들리자,

'목소리가 저리도 청아한데, 얼굴 모습은 어떻게 생겼을까?'

사춘기의 처녀는 옆집 청년의 얼굴이 궁금하였다. 달 밝은 봄날 밤, 그날따라 유난히도 청아한 목소리에 사로잡혀, 처녀는 용기를 내어 자기 집 후원 살구나무에 올라가 활짝 핀 살구꽃 가지에 몸을 숨기고 옆집 방 안을 살폈다.

창문이 반쯤 열린 방 안에 선비가 책상 앞에 단정히 앉은 것이 신선같이 황홀하였다. 이 광경에 정신을 빼앗긴 처녀는 발을 헛디뎌 떨어지려는 것을 간신히 살구나무 가지를 휘어잡고 담 너머 옆집 뜰에 내려서고 말았다. 인기척에 깜짝 놀란 청년이 밖을 내다보았다.

"이 깊은 밤에 무슨 일로 왔소?"

처녀는 화끈거리는 얼굴을 부끄러워 들지 못한 채,

"저는 옆집에 살고 있는데, 군자께서 글 읽는 소리가 좋아서 담 밑에서 들었습니다. 오늘은 살구꽃도 활짝 피고 달도 밝아, 나무 위에 올라서 군자께서 글 읽는 모습을 엿보았지요."

청년은 더듬거리는 처녀의 말을 듣고 있다가 입을 열었다.

"소저의 가문이 뉘 집인 줄도 아오. 점잖은 집안의 처녀가 가문을 생각하여야 하오. 오늘은 잠시 살구꽃에 취한 흥이니, 종아리를 때려 그 마음을 없애겠소. 저 살구나무 가지를 꺾어 오시오."

처녀는 부끄러운 생각이 치밀어 올랐지만, 청년의 목소리에 기가 질려 나뭇가지를 꺾어서 청년에게 내밀었다.

　청년은 자신의 종아리를 걷어 올리더니, 처녀에게 사정없이 세 차례 내려치라고 하였다.

　"내가 아녀자의 종아리를 차마 칠 수 없으니, 대신 소저가 나를 매로 치시오. 미안한 마음에 자신의 사심邪心을 씻을 수 있을 것이오. 그러니, 소저는 앞으로 행동을 조신하여 명문가의 아녀자로서 부끄러움이 없는 행동을 하시오."

　종아리를 맞아야 할 사람은 처녀 자신인데, 그 청년의 엄한 태도에 거역할 수 없어 자신의 사심邪心을 내리치듯 청년의 종아리를 매우 세게 쳤다. 그 청년은 종아리가 쓰리고 아팠으나 꾹 참고, 그 처녀를 살구나무 위로 올려 집으로 돌려보냈다.

　그 청년은 모재 김안국이었다. 그는 매사에 백성의 편에 서서 정의롭게 처신하므로, 그를 정인군자正人君子라고 칭송했다.

　세월은 흘러 30년 가까이 지난 뒤 기묘사화가 일어났다. 조광조의 급진 개혁에는 반대했으나, 사림의 한 사람으로서 김안국도 화禍를 피할 길이 없게 되었다.

　정인군자正人君子가 벌을 받게 되었다는 소문이 퍼지자, 소문을 들은 백성들은 모두가 안타까워했다. 사간원의 한 사간(司諫 종3품)의 어머니도 그 소식을 듣고, 30년 전 처녀 시절에 있었던 이야기를 아들에게 들려주었다.

　"그때 나는 큰 잘못을 뉘우치고 현모양처로서 남편을 섬기고 자

3. 나비의 꿈

식을 기르게 된 것이 모두 모재 선생의 정인군자다운 처사에서 말미암은 것이니, 그분이 벌을 받는 것을 두고 볼 수 없구나."

김안국이 조광조 일파의 급진적 개혁과는 다르게 진실로 백성을 위한다는 것을 알고, 중종도 모재를 함부로 죽일 수 없어 귀양을 보내는 것에 그쳤다.

1537년에 모재는 재 등용되어, 사림파들의 《소학小學》 보급 운동에 적극적으로 힘썼으며, 천문과 병법에 대해서 해박한 지식을 가지고 있었고, 닥나무를 이용하여 종이를 만드는 방법도 연구하였다.

그는 성리학을 이념으로서만이 아닌 실천적 학문으로서의 의미를 중시한 학자였으며, 향약(鄕約 조선시대 향촌사회의 자치규약)을 통해서 성리학을 실천학문으로 발전시켰다.

시인은 모재 김안국의 여주 향약에 대하여 감명을 받았다. 시인은 사풍士風이 날로 해이해 가는 시속時俗에 대해서 향약은 풍교덕화風教德化로서 그 가치를 인정하게 되었으며, 훗날 시인이 〈향입약조서鄕立約條序〉를 작성하여 예안에서 향약을 실시한 것도 모재의 여주 향약에서 비롯된 것이다.

7월 1일, 날씨가 맑았다. 음죽(장호원읍)에 도착하여 그곳에서 잤다.

7월 2일, 날씨가 맑았다. 새벽에 출발하여 가는 도중에 아침을 먹고, 오후에 가흥역(충주시 가금면)에 도착하였다. 점심을 먹은 다음, 길을 가다가 충주 누암樓巖의 배 위에서 권벌과 함께 이자李耔, 이연경李延慶, 이약빙李若氷을 만났다.

이자李耔는 시인을 반갑게 맞으면서 한참 동안 손을 잡고는, "송재공이 부럽군." 하였다.

이자李耔는 송재공과 대궐에 있을 때부터 가깝게 지내다가, 송재가 귀전歸田하여 있다는 소식을 듣고 그 당시 친상親喪 중인데도 경기도에서 대죽리까지 내려와 송재와 권벌 세 분이 만났었다.

그리고 이연경李延慶과 이약빙李若氷은 충주지역에서 절대적인 영향을 행사하는 가문이었다.

시인은 저녁에 그들과 헤어져 단월역으로 갔는데, 그곳 누각에는 점필재 김종직의 시가 걸려 있었다.

김종직이 꿈에 초楚나라 회왕의 손자 심心이 나타나, 서초패왕(항우)에게 살해되어 빈강彬江에 잠겼다 하였다. 이에, 김종직이 장난삼아 제문을 지어 초 회왕을 조문하였다.

"옛날 조룡(祖龍 진시황)이 아각牙角을 농弄하니, 사해四海의 물결이

3. 나비의 꿈 211

붉어 피가 되었네. 항량項梁은 남쪽나라의 장종將種으로, 어호魚狐를 종달아서 일을 일으켰네.

왕위를 얻되 백성의 소망에 따름이여! 끊어졌던 웅역(熊繹 西周 때 초나라의 시봉조始封祖)의 제사를 보존하였네.

양흔낭탐(羊狠狼貪 항우에 비유)이 관군(冠軍 경자관군)을 마음대로 죽임이여! 어찌 잡아다가 제부(齊斧 정벌하는 도끼. 천하를 정제하다)에 기름칠 아니 했는고. 반서(反噬 은인을 배반)를 당하여 해석(醢腊 젓과 포)이 됨이여, 과연 하늘의 운수가 정상이 아니었구려.

빈彬의 산은 우뚝하여 하늘에 솟음이여! 그림자가 해를 가려 저녁에 가깝고, 빈의 물은 밤낮으로 흐름이여! 물결이 넘실거려 돌아올 줄 모르도다. 자양紫陽의 노필老筆을 따라가자니, 생각이 진돈(塵瞳 충융冲瀜과 같은데, 포외怖畏의 기운이 넘쳐서 안정하지 못함)하여 흠흠欽欽하도다." 라고, 초 회왕懷王을 위한 제문(弔義帝文)을 지었다.

단월 역에서 丹月驛樓

강 굽어보고 따로 높은 누대 하나 서 있어,
청산을 마주하고 앉아 번뇌와 시름 씻는다네.
모래톱에 물결이 이니 물빛은 희고,
푸른빛 난간에 뚝뚝 들으니 옷깃 짙푸른 기운 딴다네.

臨江別起一高樓　坐對靑山滌煩昏
波生洲渚風色白　翠滴闌干衣帶碧

　　유자광은 김종직이 장난삼아 쓴 〈조의제문弔義帝文〉을 계유정난 때의 단종과 세조에 비유하여 연산에게 고하였다.

　　" '조룡이 아각을 농弄했다.'는 조룡을 세조世祖에 비한 것이요, '왕위를 얻되 백성의 소망을 따랐다.'라고 한 왕은 초 회왕 손심인데, 처음에 항량이 진秦을 치고 손심을 찾아서 의제義帝를 삼았으니, 의제를 노산(단종)에 비한 것이다.

　　'양흔낭탐하여 관군冠軍을 함부로 무찔렀다.'라고 한 것은, 양흔낭탐으로 세조를 가리키고, 관군을 함부로 무찌른 것으로 세조가 김종서를 벤 데 비한 것이요, '어찌 잡아다가 제부齊斧에 기름칠 아니 했느냐.'라고 한 것은, 노산이 왜 세조를 잡아버리지 못했는가 하는 것이다."

　　시인은 이를 두고,

　　"妙語留楣間 신묘한 말 문미 사이에 남아 있다. 偶然戱劇破天慳 장난삼아 우연히 지은 글 세상에 보기 드물다."
라고 읊어서, 단지 김종직이 장난삼아 쓴 글에 불과한데, 미간楣間에 묘한 정치적 욕망이 성리학자의 강직한 정의正義를 무고誣告로 굴절시켜 무오사화를 불러일으켰다고 탄식하였다.

　　시인은 이미 18세의 봄에 제비실에 갔다가 지은 시에서 제비 발길(욕망)이 맑고 고요한 마음에 물결 일으킬까 두렵다고 하였다.

雲飛鳥過元相管　떠가는 구름 나는 새는 원래 그렇게 비치지만,
只怕時時燕蹴波　다만 저 제비 발길에 물결 일까 두렵네.

연못의 물결이 구름과 새의 본래의 모습과 상관없이 자기 본위로 왜곡시키는 것은 천리를 배반하는 욕심, 즉 마음이 지향하는 것에 따라서 제멋대로 굴절시키는 욕심에서 비롯된 것이라 하였다.

이차야의 《음애일기陰崖日記》에는 유자광이 유배된 뒤 눈이 멀어갔다는 기록이 나온다. 유자광은 유배지에서 사망했으며, 그의 아들 유방도 스스로 목을 매었다. 그는 역사에 간신이자 악인의 대명사로 규정되었다.

시인은 점필재 김종직을 생각하면서,
"선생의 신묘한 말 문미 사이에 남아 있는데, 장난삼아 우연히 지은 글 세상에 보기 드물다네. 영웅들 가버리고 유자광도 하늘로 사라졌으니, 문 나서며 하늘 땅 사이에서 한바탕 웃어 보네."라며, 〈단월역에서 점필재의 운으로 짓다 丹月驛樓 佔畢齋韻〉를 지었다.

찌는 더위 무릅쓰고 비리촌 지나가는데,
해 비낀 맑은 강에 역참 문 비치네.
강 굽어보고 따로 높은 누대 하나 서 있어,
청산을 마주하고 앉아 번뇌와 시름 씻는다네.
모래톱에 물결이 이니 물빛은 희고,

푸른빛 난간에 뚝뚝 들으니 옷깃 짙푸른 기운 딴다네.
중원의 빼어난 형세 재와 바다에서 맞닥뜨리는데,
나그네 몇 번이나 저녁 피리소리에 시름겨워 하였던가?
선생의 신묘한 말 문미 사이에 남아 있는데,
장난삼아 우연히 지은 글 세상에 보기 드물다네.
영웅들 가버리고 새들도 하늘로 사라졌으니,
문 나서며 하늘 땅 사이에서 한바탕 웃어 보네.

　　　　　　　　　　　觸熱行過笭籬村　斜日淸江映郵門
　　　　　　　　　　　臨江別起一高樓　坐對靑山滌煩昏
　　　　　　　　　　　波生洲渚風色白　翠滴闌干衣帶碧
　　　　　　　　　　　形勝中原嶺海衝　幾度游人愁晚笛
　　　　　　　　　　　先生妙語留楣間　偶然戱劇破天慳
　　　　　　　　　　　英雄過去鳥沒空　出門一笑天地間

　'英雄過去鳥沒空 영웅도 가고 물결 일으키던 새들도 사라졌으니,'에서는 김종직을 영웅으로 받들고 연산을 새들로 낮추어 조상弔喪했다. 모두가 희생자일 뿐이니, 이런 일이 되풀이되어서는 안 될 것이라 생각한 시인은, '坐對靑山滌煩昏 청산을 마주하고 앉아 번뇌와 시름 씻는다네.' 하고 읊었다.

　臨江別起一高樓　강 굽어보고 따로 높은 누대 하나 서 있어,
　　坐對靑山滌煩昏　청산을 마주하고 앉아 번뇌와 시름 씻는다네.

용추 龍湫

큰 바위 힘이 넘치고 구름은 도도히 흐르는데,
산속의 물 내달아 흰 무지개 이루었네.
성난 듯 낭떠러지 입구 따라 떨어져 웅덩이 되더니,
그 아래엔 먼 옛적부터 이무기 숨어 있네.

巨石贔屭雲溶溶　山中之水走白虹
怒從崖口落成湫　其下萬古藏蛟龍

　7월 3일, 날씨가 맑았다. 단월 역을 나와 조령을 오르기 시작하였다. 조령은 주흘산, 조령산의 계곡과 폭포가 어울려 계절에 따라 자연경관이 아름답기에 시인의 시심에 감흥을 일으키기도 하였다.
　용추폭포는 새재의 동화원 서북쪽에 있어, 오후에 이 용연에서 잠시 쉬면서 〈용추 龍湫〉를 지었다.

　큰 바위 힘이 넘치고 구름은 도도히 흐르는데,
　산속의 물 내달아 흰 무지개 이루었네.
　성난 듯 낭떠러지 입구 따라 떨어져 웅덩이 되더니,
　그 아래엔 먼 옛적부터 이무기 숨어 있네.

　푸르고 푸른 늙은 나무들 하늘의 해를 가리었는데,
　나그네 유월에도 얼음이며 눈 밟는다네.
　용추 곁에는 국도 서울로 달리고 있어,
　날마다 수레며 말발굽 끊이지 않는다네.

　즐거웠던 일 몇 번이나 되며, 괴로웠던 일 또 몇 번이었던가?
　하늘 땅 웃고 어루만지며 예와 오늘 곁눈질하네.
　큰 글자 무르녹은 듯 바위에 쓰여 있으니,
　이튿날 밤에는 응당 바람 불고 비 내리리라.

　조선시대의 관도는 주로 왕권유지를 위한 행정과 군사 목적의 도로였다. 왕명의 전달, 관물 세공의 수송, 관원의 사행에 대한 마필

공여와 숙식 제공을 도로의 중요성에 따라 대·중·소로路로 구분하였는데, 역마를 이용하려면 마패가 있어야 했다.

영남에서 서울로 가기 위해서는 추풍령·조령·죽령을 넘어야 하는데, 영남의 선비들이 과거보러 갈 때는 주로 조령을 넘었다.

추풍령은 추풍낙엽처럼 떨어지고, 죽령은 죽 쑤는 고개요, 조령은 예부터 장원급제의 길이었다.

서울에서 충주를 거쳐 조령을 넘어 문경·대구·양산·동래로 이어지는 것은 영남대로요, 문경 유곡에서 갈라져 상주·성주·현풍·진해·통영·거제로 이어지는 것은 통영대로이다.

조령을 넘을 때는 도둑을 피해서 떼를 지어 넘어야 했는데, 임진왜란 이후부터 성을 쌓아 관문을 설치하고, 여행자를 위한 점막이 많이 생겼으며, 여행자의 안전과 편의를 돕는 원우院宇를 세웠다.

서울에서 도산을 가려면, 육로로 조령을 넘으면 남행이라 하고, 수로로 죽령을 거쳐 돌아가면 동행이라 하였다.

문경에서 도산은 지척이다. 조령을 넘으면 고향이 가까워진다는 생각과 새재의 자연에 감흥이 생겨 〈새재를 넘는 도중 鳥嶺途中〉을 지어 읊으면서 새재를 넘었다.

새재를 넘는 도중 鳥嶺途中

꿩은 꽉꽉 울고 물은 졸졸 흐르는데,
가랑비에 봄바람 맞으며 한 필 말 타고 돌아오네.
길에서 사람 만나니 얼굴에 기쁜 빛 돌고,
말소리 들으니 고향에서 왔음을 알겠네.

       雉鳴角角水潺潺　細雨春風匹馬還
       路上逢人猶喜色　語音知是自鄉關

　밀양의 임지로 내려가는 권벌과 문경 유곡역(점촌)에서 헤어졌는데, 권벌 일행은 무흘탄 나루에서 나룻배를 타고 건넜다.

　태백과 소백에서 흘러내린 냇물은 낙동강으로 모인다. 무흘탄 나루는 안동 하외를 태극으로 굽이돌아 나온 낙강과 회룡포를 태극 모양으로 휘감고 내린 내성천, 문경의 주흘산에서 흘러내려온 금천, 이렇게 세 줄기 강이 만나서 한 몸이 되어 남으로 흐른다.

　무흘탄은 안동에서 구포까지 조운선漕運船과 소금배가 오르내리고, 선비들이 새재를 넘어서 한양으로 과거보러 가는 길목이었다.

　새재를 오가는 길목인 무흘탄 강가 언덕에 주막이 있었다. 주막은 큰 홰나무 아래 일자형에 방 둘, 부엌 하나, 툇마루가 전부인데, 손바닥만 한 부엌에 문이 네 개나 있다. 부엌에 문이 많은 것은, 주모는 한 사람이니 많은 사람들이 서로 엉키지 않고 출입할 수 있도록 하기 위한 것이다.

　주막의 부엌문 밖에는 홰나무 한 그루가 그늘을 만들어 준다. 새재를 넘어온 길손들이 둘러앉아 아리랑을 흥얼거리면,

　"문경 새재는 웬 고갠가, 구비야 구비야 눈물이 난다. 아르 아르 아라리요……."

하며 방마다 상을 두드리며 합창이 된다.

　홰나무는 주모가 휑하니 붓는 구정물을 받아먹고 살았지만, 남도 사투리 하나만은 기가 막히게 구별할 것이다.

3. 나비의 꿈　221

　7월 12일, 고향집에서 잠을 자다가 꿈을 꾸었다. 꿈을 깨고 난 뒤에도 꿈속의 일이 너무도 선명하여 그 일을 서문序文으로 기록한 다음, 꿈속에서 지은 한 연聯의 나머지를 채워서 詩〈몽중득일연각이족지 夢中得一聯覺而足之〉를 지었다. 그러나 이 시는 제목만 있고 내용을 알 수 없다.

　꿈속에서 얻은 시 중에서〈꿈속에서 얻은 구절 足夢中作〉의 서문은 예안의 산수 사이에서 노닐었다. 맨 끝에는 지금 살고 있는 곳에서 재 하나를 넘어 한 마을에 이르게 되었는데, 산후촌이라 하였다. 인가의 울타리는 쓸쓸하였지만 깨끗하였고, 닭이며 개 짖는 소리가 한가롭게 들렸다. 못에는 물이 가득하였으며, 새로 심겨진 모는 반짝반짝 빛을 내며 두둑에 가득하였다.
　마을을 지나쳐 들어가니 산이 돌아나갔고 물 또한 돌아들었는데, 계곡은 그윽하였으며 골짜기는 깊고도 고요하였다. 하늘에는 해가 빛나고 있었고 초목이 파르라니 빛이 났으며, 복숭아·살구·두견화 무리가 곳곳에 흐드러지게 피었다.
　마침내 계곡의 시내로 들어가 마음 내키는 대로 더듬어보다, '늦은 봄 산 속에 별의별 꽃 다 피었네.'라고 한 구절을 읊었는데, 꿈속이긴 하지만 너무나 또렷함을 스스로 깨달았다.

꿈속의 하명동 霞明洞

하명동엔 애초에 길이 없었는데,
늦은 봄 산속에 별의별 꽃 다 피었네.
우연히 갔다가 실로 기이한 경치 찾게 되었으니,
남은 생 그대로 이러한 신선의 집에 몸 맡기고 지냈으면.

　　　　　　　　　　霞明洞裏初無路　春晚山中別有花
　　　　　　　　　　偶去眞成搜異境　餘齡還欲寄仙家

　바야흐로 그 다음을 이어서 지으려고 하는데, 별안간 하품을 하고 기지개를 켜면서 잠이 깨었다. 그때 "둥둥!"하면서 오경을 알리는 북소리가 울렸다. 내 그것이 어떤 지경인지, 어떤 조짐인지를 알지를 못하였다. 이에 보태 절구 한 수 〈하명동霞明洞〉을 완성하여 두 형님에게 부쳤다.

　계사년(1533) 7월 13일, 《남행록》을 꾸몄다. 남행南行하는 동안 지은 시 109수를 묶어 《南行錄》이라 하고, 서행西行하는 동안 지은 시 39수를 묶어 《西行錄》이라 이름하였다. 그리고 이 두 시집을 합편하여 148수를 한 책으로 묶고, 짤막한 발문을 지어 〈서남서행록후〉라고 써서 붙였다.

　계사년(1533) 봄에 남쪽으로 곤양을 여행하고, 그 해 여름에 서행하여 성균관에 들어갔다.

　올봄 정처 없이 이리저리 떠돌아다녔으니, 사방팔방 몇 번이나 길을 물었던고.
　집 떠날 땐 목말라 맑은 얼음 깨진 걸 찾았더니, 돌아올 땐 말안장 위에서 시 읊으며 푸른 보리이랑 건넜네.
　바람과 구름 따라 산과 바다 떠돌며 시 천 수를 얻었으니, 관문에서나 큰 물가에서나 나그네 넋 잃기는 마찬가지였지.

　여행 과정에 얻은 시들을 모아 한 권의 책으로 묶어 상자 속에 넣어두고, 와유臥遊의 흥을 부치는 자료로 삼는다. 듣는 이들은 마땅히 갓끈이 끊어지도록 웃을 것이고, 보는 이들은 마땅히 손으로 입을 가릴 것이다.

　여행은 새로운 경물과 사람을 만나는 길이며, 여정 속에서 이루어지는 경험은 일상에서 예상치 못했던 것들이 시·공간적으로 변화무쌍하게 전개된다.
　시인은 계사년 남행에서 옛 선현들과 관련된 장소에서 그들의 시를 차운하기도 하고, 여행에서 만난 여러 사람들과 시로써 교류하기도 하였는데, 시인은 그들이 가진 가치관이나 삶의 태도에 긍정적으로 공감하면서 자신의 것으로 내면화하였다. 이처럼 남행에서 발견한 새로운 세계를 섬세한 감성과 그만의 시적 상상력으로 재구성하여 형상화하였다.
　고향에서 서책만 대하던 청년기의 시인이 남행하는 동안 세상 밖으로 돌면서, 자신과 자신 안의 자아와 쉼 없는 대화를 통해 자신의 삶을 반추해 봄으로써 자신의 내면을 성찰할 수 있는 소중한 기회가 되었으며, 계사년 남행 중 창작한 기행 시들은 여정 체험의 감성적 기록이어서, 청년기 그의 시 세계를 온전하게 보여줄 수 있는 자료라는 점에서 의미를 가진다.

　계사년(1533) 가을, 시인은 경상좌도 향시에 응시하여 1등으로 합격하였는데, 이 시험 과정에 제출한 책문 답안지 〈시가책詩家策〉이 현재 남아 있다.
　이때 남명 조식曺植은 경상우도 향시에 2등으로 합격하여, 당시 사람들이 성사盛事로 여겼다.

　대과 향시 합격 소식을 들은 다음, 내년 봄에 있을 식년문과 대과 회시에 대비하기 위해 조용한 절을 한 곳 잡아 글을 읽을 계획을 세웠다. 그러나 집 가까이 있는 절들에는 일이 있어 부득이 청량산으로 들어가게 되었는데, 그곳은 집에서 멀리 떨어져 있기 때문에 빈번히 왕래하며 양식을 나르기가 어려운 형편이었다.

　처남 허사렴許士廉에게 편지를 부쳐, 청량산에 함께 들어가 글 읽기를 청하면서, 장정을 더하여 양식을 넉넉히 준비해 올 것을 부탁하는 한편, 영주에 살고 있는 시인의 친구 금축琴軸과 김사문金士文에게 함께 글을 읽고 싶다는 뜻을 전해 달라고 하였다.

4. 시인의 길

詩人

　시인은 서소문에 있던 장인丈人 권질權礩의 서울 집을 받지 않고, 처가 근처에 셋집을 구하여 권씨 부인과 살았다.

　병신년(1536) 봄, 시인은 선무랑宣務郎에 올랐다. 칠순 노모를 모시려고 지방 수령을 희망했지만, 서울에서 삼 년째 봄을 맞이하고 있다.
　'궁색한 객지생활, 애달프기 짝이 없구나…….'
　벼슬이 소망이 아니니, 서울 생활이 맞지 않았다.

　"저기 가는 저 선비야, 우리 황이 언제 오노."
　꿈속에서 어머니 소리에 눈을 떴다.

　시인의 이름은 '서홍瑞鴻'으로 불리었다. 그러나 어머니는 언제나 그를 '황滉'이라고 불렀다.

　지아비의 죽음은 서른두 살의 젊은 여인에게 어둠이요, 절망이요, 천붕天崩이었다.
　'과부로 살기보다 순절하여 정문旌門을 세우리라.'
　하지만 오뉴월의 매미처럼 울고 있을 수만 없었다.
　'아비 없는 자식은 어미의 무릎이 베개이지만, 어미 없는 자식은 거적때기에서 자야 된다. 내 이제 너희의 포근한 무릎이 되어 주

리라.'

 일곱 남매 중에 맏아들 잠(潛)이 장가들었을 뿐, 제비새끼처럼 입 벌리고 짖어대는 여섯 남매, 먹이고 입히고 가르치고, 봉제사 받들며, 부역과 세금은 호랑이보다 더 무서웠다.

 목화 심고, 삼 삼고, 뽕잎 따다 누에 치고, 물레 젓고 베 짜고 땀에 젖은 베적삼은 마를 날이 없었다.

 외기러기 쌍기러기 짝을 잃고 우는듯다.
 절로 굽은 신나무는 헌신 한 짝 달려 있고,
 베틀 놓던 삼일 만에 금주 한 필 다 짜내니,
 앞집이야 김선비야, 뒷집이야 이선비야.
 우리 선비 돌아올 제 바늘 한 쌈
 실 한 타래 사가지고 오라 하소.
 뒷도랑에 씻어다가 앞 냇물에 헤와(헹궈) 내어
 돋은 양지 은줄에다 하루 이틀 사흘 나흘 바래여서
 닷새 엿새 풀을 하여 이레 여드레 다듬어 직령 도포 지어서라.
 새 담지개 담아놓고 앞 창문을 반만 열고 밀창문을 밀쳐놓고,
 저기 가는 저 선비야 우리 '황'이 언제 오노.

 어머니의 〈베틀노래〉는 고통을 견디는 노동요(勞動謠)이었지만, 자식들에게는 자장가요 안심가요 희망의 노래였다. 어머니의 뱃속에서 느끼고, 베틀 아래에서 잠자고 놀았다.

4. 詩人의 길 229

"철거덕, 탁탁!"
바디와 북, 끌신과 잉앗대의 움직임이 시적 운율로 들려왔다.

아들의 기침이나 미열微熱에도, 아픈 자식보다 어머니가 더 고통스러웠고, 말끔히 소쇄掃灑한 방에 아들을 눕히고, 목욕재계沐浴齋戒한 어머니는 정갈하게 옷을 갈아입고, 좁쌀 종지에 숟가락을 꽂아들고,
"상제上帝여, 상제여.
신유辛酉생이 객귀客鬼인지,
영금을 내이소."
하고 지극정성으로 빌었다.

어머니의 간절한 주술呪術에 숟가락이 꼿꼿이 서면, 아들의 고통도 사라지고 어머니의 근심도 사라졌다. 홍역紅疫은 누구나 한 번은 건너야 할 유년幼年의 강, 다섯 살 서홍에게도 천역天疫은 피해 가지 않았다.

유년의 강을 건너지 못하고 삼 동네에 곡성이 퍼지고, 사흘 후 새벽에 서홍의 얼굴에 열꽃이 피었을 때, 어머니가 옆에 쓰러져 있었다.
"대나무 상자에 역청을 발라 강을 건너게 한 어머니……."
어머니의 노래와 주술은 생명의 노래가 되었다.

　임신년(1512)에 숙부 송재공이 강원도에서 고향에 돌아오셨다. 공은 자질子姪들을 마을 앞 청운석에서 놀게 하고, 한참 뒤에 자질들에게 시를 지어보도록 하였다.
　형님들이 시를 짓는데, 경호는 우두커니 있었다. 그는 '시인이 지은 시'를 읽기만 하는 줄 알았다.
　"저도 시를 지을 수 있사옵니까?"
　"누구나 시를 지을 수 있느니라."
　"시를 짓는 방법을 모르옵니다."
　"뜻(志)을 말(言)로 펴내면 詩가 되느니라."

　詩의 言과 止이 합쳐서 새싹이 땅에서 돋아나는 형상이요, 詩는 志와 言으로 표현되는 현상을 뜻하는 글자로 풀이할 수 있다.
　"뜻을 말로 펴내다니?"
　경호는 숙부의 말을 이해할 수 없었다.
　"네 진정 시를 지어 보겠느냐?"
　"네, 숙부님."
　"자연과 친구가 되어야 하느니라."
　"……."
　"무엇이 보이느냐?"
　경호는 주위를 둘러보았다. 소나무가 있었다.
　"소나무가 보입니다."

"소나무와 친구가 되어라."
"……."
"바람소리가 들리느냐?"
"……."
경호의 귀에 바람소리가 들리지 않았다.
"바람이 부는 것이 보이느냐?"
소나무 가지가 바람에 흔들리었다.
"바람에 소나무 가지가 조금 흔들립니다."
"바람과도 친구가 되어라."
경호는 한참 생각하더니,
"바람과 소나무도 친구가 되옵니까?"
"모두가 친구이니라."
경호는 가만히 생각에 잠겼다.
"지금 네가 생각한 것을 말해 보거라."
"바람이 소리도 없이 소나무에게……."
경호는 머뭇거렸다.
"지금 네가 말한 것을 글로 써 보거라."
서홍은 '松因風, 微動, 無聲'이라고 썼다. 송재공은 미소를 지었다.

공께서는 자질들이 지은 시를 각각 발표하도록 하였다. 경호도 자기가 적은 것을 큰 소리로 읽었다.

그 날, 붉은 옷 입은 관인이 뵈러 왔다.

"관직에 나가지 않고 왜 산속에서 사십니까?"

송재공은 대답하지 않고 그냥 웃기만 하더니, 자질들에게 이백의 시(〈산중문답 山中問答〉)를 읊어 주었다.

나더러 무슨 일로 푸른 산에 사냐기에,
웃으며 대답 않았지만, 마음만은 한가롭다.
복사꽃 흐르는 물에 아득히 떠내려가니,
인간세상 아니라 별천지라네.

問余何事棲碧山　笑而不答心自閑
桃花流水杳然去　別有天地非人間

시인은 열다섯 살 때 용수사의 운곡에 갔다. 옹달샘에서 한 마리 가재를 보고 〈가재(石蟹)〉를 지었다. 이 시에서 15세 소년의 작품답지 않게 자연에 대한 호기심과 관찰력이 남달랐음은 시인의 마음이 자연과 일심이 되었기 때문이다.

負石穿沙自有家　돌을 지고 모래 파면 저절로 집이 되고,
前行却走足偏多　앞으로 가다 물러나 달리니 다리가 많구나.
生涯一掬山泉裏　일생을 한 움큼의 산속 옹달샘 속에 살며,
不問江湖水幾何　강과 호수 물 얼마인지 묻지도 않는구나.

4. 詩人의 길　233

시인은 18세 봄에 제비실(燕谷)에 갔다가, 호젓한 산골짜기에서 작은 연못을 발견하고 다가가니 물이 너무나 맑고 고요했으며, 연못 주위에 풀이 우거졌고 하늘에 구름 떠 있는데, 제비들이 연못 위를 어지러이 나는 것을 관찰하여 시를 지었다.

雲飛鳥過元相管　떠가는 구름 나는 새는 본시 연줄이지만,
只怕時時燕蹴波　다만 저 제비 발길에 물결 일까 두렵네.

고요하고 맑디맑아 티끌 한 점 없는 연못에 물결 일으킬까 두렵다고 읊었다. 이미 18세의 나이에 장차 세상에 나가 정치판에 휘말리거나 자신으로 인하여 세상을 어지럽게 할까 우려하는 마음을 나타내고 있다.

시인은 한창 격렬하게 활동할 이 시기에 혼자 독서하고 사색하기를 좋아하였는데, 특히 도연명陶淵明의 시를 사랑하고 사람됨을 흠모하였다. 이처럼 그의 공부는 경서만이 아니라, 시문학詩文學에도 관심을 가지게 되면서 자신이 직접 시를 짓기 시작했다. 그는 자신이 고심하는 철학적 사색을 정리하여 간단명료하게 詩적으로 표현하기 시작하였다.

제비실에서

이슬 맺힌 풀잎은 물가에 우거졌는데,
고요한 연못 맑디맑아 티끌 한 점 없네.
떠가는 구름 나는 새는 본시 연줄이지만,
다만 저 제비 발길에 물결 일까 두렵네.

露草夭夭繞水涯　小塘淸活淨無沙
雲飛鳥過元相管　只怕時時燕蹴波

　송재공은 1498년 문과에 급제하여 승문원에서 벼슬을 시작하였으며, 갑자율시방甲子律詩榜 정시庭試에 뽑혔으니, 나라에서 인정하는 최고의 '시인詩人'이 되었다.
　"인재를 반드시 경술經術로 뽑을 것은 없다. 행여 중국 사신이 오면 경서經書로만 수창酬唱할 수는 없으니, 시에 능한 사람을 뽑아야 나라를 빛낼 수 있다. 시에 능한 사람이 어찌 경술을 모르랴?"
　술을 주고받는 것을 수작酬酌이라 하듯, 시를 주고받는 것을 수창酬唱이라 한다.

　송재공은 강원도 관찰사 때, 〈빙허루〉, 〈삼척 가는 길〉 등의 시 100여 수를 모아 1510년에 《관동행록關東行錄》을 엮었으니, 이는 송강 정철의 《관동별곡》(1580)보다, 70년 먼저 지은 것이다.

　송재공이 갑자기 별세한 후, 시인은 그의 시를 모아 직접 필사하여 《관동행록》, 《귀전록》 두 권으로 묶었다. 시인에게 사승師承이 없다고 하지만, 시적 소양은 송재공으로부터 계승되었다고 볼 수 있다.

　성리학자들은 시를 잘 짓는다. 그렇다고 성리학자들 모두가 시인이라고 할 수는 없다.
　시인은 스스로 시벽詩癖이라고 표현할 만큼 시를 좋아했다.

"내가 평생에 시를 잘 짓지는 못하지만, 다만 일찍이 시 짓기를 좋아하였다. 그래서 눈으로 보고 마음에서 흥이 일어나면 시를 짓고 싶어 견딜 수 없었고, 읊조리기를 그치지 않았다. 이미 지은 것을 다른 사람은 보고 버리려 하는데도 나는 오히려 부끄러워할 줄을 알지 못하니, 이 때문에 남에게 비웃음을 얻은 적이 한두 번이 아니었다. 깊은 고질병이 되어 약으로도 치료할 수가 없으니, 참으로 우스울 만하다."

시인은 첫 아내 허씨 부인과 아들을 낳고 청춘기를 보냈다. 청춘기에는 누구나 말이 詩가 되고 노래가 될 수 있다. 시인은 이 시기에 《시경詩經》 공부에 심취하여 있었다.

《시경》의 〈국풍國風〉은 노래로서, 15개 제후국 160편의 민요를 모은 것인데, 남녀의 사랑을 노래한 연애시, 사회현실을 비판한 사회시가 대부분이다.

시인이 즐겨 읊었던 〈국풍〉 가운데 주남周南 관저關雎편에는 임을 그려 잠도 자지 못하다가 마침내 함께 음악을 들으며 즐겁게 지낸다는 내용으로 연가戀歌, 축혼가祝婚歌가 있다.

마름을 따려고 물가에 온 젊은이가 새들이 노니는 광경을 보고 그리운 임을 떠올렸는데, 이런 연상의 수법을 '흥興'이라 한다.

'저구雎鳩'의 암수가 화목하고 행실이 단정하여, 바람직한 부부

4. 詩人의 길 237

상으로 보고 즐겨 읊었다.

꽥꽥 물수리, 물가 섬에 있구나.
아리따운 숙녀는 군자의 좋은 짝.
삐죽빼쭉 마름풀을 이리저리 찾노라,
아리따운 숙녀를 자나 깨나 찾노라,
찾아도 얻지 못해 자나 깨나 그립네.
그리워라 그리워, 이리 뒹굴 저리 뒤척.

삐죽빼쭉 마름풀을 이리저리 뜯노라.
아리따운 숙녀를 금과 슬로 짝하노라.
삐죽빼쭉 마름풀을 이리저리 고르노라.
아리따운 숙녀를 종과 북으로 즐기노라.

　시인의 첫 아내 허씨 부인은 남편을 사랑하고 남편에게서 사랑받는 것 외에 다른 생각이 없을 정도로 부부의 정은 깊었다.
　아내가 죽은 것은 두 사람의 사랑을 시기한 악령이 그녀를 자신에게서 빼앗아 차갑고 어두운 무덤 속에 가두어 버렸다는 생각에 시인은 절망했다.
　첫 아내 허씨 부인을 사별한 후 시인은 아이들을 위해서 자신의 의지와 무관하게 측실을 두었으며, 또 계실繼室인 권씨 부인과의 삶도 평탄치 않았다.

시인은 제자에게 보낸 편지 〈이평숙에게 與李平叔〉에서,

"나는 두 번째 장가를 들어서는 한결같이 매우 불행하였다. 그러나 그렇다고 감히 마음을 박하게 지니지 않고, 열심히 선하게 처신한 것이 거의 수십 년이 되었다. 그동안 마음이 번거롭고 생각이 어지러워 근심을 이기지 못한 때도 있었다. 그러나 어찌 감정에 좇아 인륜을 소홀히 하여, 홀어머니께 걱정을 끼쳐 드릴 수 있겠는가?"

시인은 허씨 부인이 죽은 후 상실감과 그리움에 고독했다. 그러나 고독을 스스로 조절하고 승화함으로써 노래하듯 詩를 지었다.
시인은 스스로 시벽詩癖이라고 할 만큼 시를 좋아했다. 그는 시의 소재가 될 만한 대상을 발견하면 흥興이 일어나 읊조리기를 멈추지 않았다고 고백하였다. 시인은 시를 일상생활에서 여사餘事로 썼다.

관포 어득강의 초청으로 곤양까지의 여행은 젊은 시인에게 내적 감흥을 일으키기에 충분했으며, 이 감흥은 모두가 시가 되었다. 모든 것을 버리고 떠났던 계사년 남행의 특별한 체험은 시인에게 많은 시적 감흥을 가져다주었을 것으로 생각된다. 그리하여 시인의 시벽詩癖은 그가 두 달이라는 짧은 기간 동안 109수나 되는 시를 창작하게 된 원동력이 되었다.
이러한 기행 시들은 여정旅程 속에서 만난 사람들과 경물들에 의

4. 詩人의 길 239

해 일어난 흥興의 문학적 발현이라고 할 수 있을 것이다.

　기행 시들 중에는 부주附注와 서序가 병기되어 있는 경우가 많아, 시를 창작하게 된 배경이나 여러 정황들을 알 수 있게 한다. 그러나 시인의 이러한 기행 시들이 여정에 대한 단순한 기록이나 설명에 머무른 것만은 아니었다.

　여정旅程에서 그가 보고 느낀 경물들을 자신만의 감성과 상상력으로 재구성하고 이를 시로 형상화했기에, 이러한 기행 시들은 청년기 시인의 내면세계가 반영된 여정旅情 체험의 감성적 기록이 된다. 기행 시가 아니더라도, 그림을 보고 느낀 감흥感興을 시로 지어서 그림에 직접 써 넣기도 하고, 시를 짓게 된 동기를 병기하여 글로 쓰기도 하였다.

　추사의 〈세한도〉는 싱겁고 엉성한 그림이지만, 추사체의 발문跋文과 청유십육가淸儒十六家의 제찬題讚이 받쳐주고 있다.

　시인은 하외마을의 유중영(柳仲郢 자 彥遇)의 병풍을 보고 시를 지어서, 병풍에 직접 글씨를 써 주었다.

　유중영은 서애 유성룡의 아버지이며, 청주 목사로 부임하던 1560년에 하외의 그림 병풍을 보여주면서 시인에게 書와 詩를 부탁하여, 〈유언우하외화병 병서 柳彥遇河隈畫屛 幷序〉를 써 주었다.

 '풍산 사람 유중영이 평안도 정주에 있을 때, 병풍을 하나 만들어 하외의 상하류와 낙동강 일대의 그림을 그리게 하였다.
 하외는 공의 전원이 있는 곳이어서, 그 먼 곳에서 고향이 생각나면 그림 병풍을 보았다고 한다.
 동래사람 임당 정유길이 영위사로, 중원사람 사암 각순이 원접사로, 영가사람 낙곡 김덕룡이 관찰사로, 전성사람 이해수와 영성사람 신응시는 모두 종사로 사신을 맞이하러 의주로 가다가 정주에서 유중영을 만나, 이 병풍을 보고 그림을 감상하며 글을 지어 읊었는데, 실로 당대의 성사이자 만나기 힘든 행운이었다.
 이 해 겨울에 유중영이 임지를 떠나 서울로 왔는데, 자리가 채 따뜻해지지도 않아 청주 목사로 나가게 되었다.
 길을 떠날 즈음 내게 이 병풍을 보여주며 이어짓기를 바랐는데, 정말 부지런하였으므로, 내 실로 유중영이 떠남을 안타까워하였으나, 붙들어둘 아무런 계책도 없었다.
 또한 나의 보잘것없는 별업도 역시 하외의 상류에 있는데, 한번 나서서 돌아가지도 못한 채 해는 또 저물어 가는지라, 그림을 펼치어 손으로 짚어 가자니 더욱더 개탄이 일어난다.
 이에, 다른 뜻과 느낀 점을 늦게나마 좇아 서술하여, 근체시 두 수를 완성하여 청주로 적어 부치고, 아울러 병풍 위에 적어 청주목의 둘째 자제인 검열 낭군에게 부친다.'

    일찍이 소동파의 〈금산사 金山寺〉 시를 본 적이 있는데, "나의 집은 강물이 처음 발원하는 곳인데, 벼슬살이에 떠도느라 곧장 강물 바다로 들게 하네……."라 하였다. 끝 구절에 "有田不歸如江水 밭 있는데도 돌아가지 못하니 강물과 같네."라 하였는데, 지금 우리 두 사람의 사정이 저와 흡사하므로, 제일 뒤에 그것을 아울러 언급하였다.

    정주의 백성들 이제 떠난 후 생각 노래하여 읊조리는데,
    또한 호주湖州의 관인 차고 이제 떠난다네.
    대각에 인원 남아 발붙일 곳 없는데,
    골짝과 도랑에는 궁핍함 많아 다시금 마음 걸리네.
    낙동강 강마을의 풍류 마침 그림으로 보니,
    하늘의 문 넓어 몇 번이나 옷깃 어루만졌던가?
    나 또한 산 나와 먼 뜻 어그러진지라,
    한 병풍 마주하니 뜻 가누기 어렵다네.

하외 河隈

낙동강 가 집의 풍류 마침 그림으로 보니,
하늘의 문 넓어 몇 번이나 옷깃 어루만졌던가?
나 또한 산 나와 먼 뜻 어그러진지라,
한 병풍 마주하니 뜻 가누기 어렵다네.

風流洛舍時看畫　曠蕩天門幾撫襟
我亦出山乖遠志　一屛相對意難禁

 시인은 《남행록》과 《서행록》을 한 권의 책으로 묶어 보관하는 이유를 후일의 와유를 위한 것이라 말하고 있다.
 일반적으로 와유臥遊는 조선조 선비들이 직접 가보지 못한 명승지를 간접적으로나마 경험하기 위해, 방 안에 누워 명승지를 그린 산수도山水圖를 감상하거나, 이와 관련된 각종 문학작품을 읽는 행위를 말한다.
 시인처럼 과거에 경험했던 여행을 추억하기 위해, 그 당시 지은 시나 기록들을 읽는 행위도 크게 보면 와유臥遊에 속한다.

 시인이 기행 시들을 《남행록》으로 묶어 보관하고자 한 것은 계사년 남행의 추억을 평생 간직하고자 했기 때문임을 알 수 있다.
 시인은 글의 말미에 '이 기행 시집을 본 사람들은 갓끈이 끊어질 정도로 웃을 것'이라고 언급하고 있다.
 이 부분은 자신이 지은 기행 시에 대한 겸양의 표현이기도 하지만, 그 이면에는 시인이 여러 지인知人들과 자신의 기행 시집을 공유하려 했음을 알 수 있게 한다.
 시인의 《남행록》은 주변 사람들에게 간접적으로나마 여행지의 풍물과 사람들을 경험하게 하는 와유의 자료가 되기도 하고, 또 다른 사람들에게는 남행을 추동推動하는 계기도 되었을 것이다.

 그가 여행이 끝난 후 돌아와, 이때 지은 시들을 기행 시집으로 엮

어 보관하고 와유의 자료로 삼고자 한 것은 당대 선비들이 일반적으로 향유했던 와유 문화 속에서 이루어진 행위로도 볼 수 있다.

《남행록》에 실려 있었던 109수의 기행 시들은 시인이 직접 경험했던 계사년 남행의 미학적 산물이면서도, 여정 체험의 감성적 기록으로서 의미를 가진다. 또한 청년기 시인의 시 세계를 온전하게 보여줄 수 있는 자료라는 측면에서 더 큰 의미를 지닌다.

병신년(1536) 봄날 새벽, 시인은 어머니의 〈베틀가〉에 잠을 깬 후 꿈인 것을 알고, 한참 동안 누워서 고향생각에 잠겼다.
아침햇살에 동창이 밝아오자, 시인은 옷을 걸친 채 툇마루에 나와 앉았다. 한 아이가 마당을 쓸고 있었다. 주위를 둘러보니 새싹이 돋아나고 하얀 오얏꽃 잎은 눈처럼 흩날리는데, 숲속 새들의 지저귐은 예쁨을 뽐내었다.
"아, 봄이구나……!"
시인은 〈봄 感春〉을 지어 읊었다.

맑은 날 새벽에 일어나 하릴없어
옷을 걸친 채 툇마루에 앉았더니,
소제하는 아이가 뜨락을 쓸고는
사립문을 닫고 나가니 집안이 고요하다.

보드라운 풀 그윽한 섬돌에 돋아나고,
아름다운 나무는 동산에 향기롭네.
살구꽃은 비 온 뒤에 드물게 피어나고,
복사꽃은 밤새 한창이라.

붉은 앵두꽃은 향기로운 눈처럼 나부끼고,
하얀 오얏꽃은 바다인 양 출렁이네.
예쁜 새들은 아름다움을 제각기 뽐내며,
새들의 지저귐은 아침햇살을 노래하네.

세월은 잠시도 머무르지 않고 흐르나니,
그윽한 회포는 애달프기 짝이 없네.
서울에서 삼 년째 봄을 맞이하매,
옹색하기는 마치 멍에 맨 나귀 같네.

하릴없이 허송세월했으나 무슨 이익 있었던가,
조석으로 생각하니 나라 은혜 부끄럽네.
우리 집은 맑은 낙동강 상류에 있는
언제나 기쁘고 즐거운 고요한 마을.

이웃들은 봄이 되면 들로 나가고,
닭과 개가 울타리를 돌며 집을 지킨다오.
책을 펴고 조용히 책상에 앉으면,

안개와 노을이 강과 들을 감돌리라.

시냇물에 고기와 새들이 노닐고,
소나무 아래에는 학과 원숭이가 어울리네.
즐겁도다! 고향에 사는 사람들이여,
이제 나 돌아가 술잔 들 일이나 궁리하리라.

시인은 뜰의 대숲에서 매화를 찾았으나, 꽃은 이미 지고 잎이 무성하였다. 시인은 방으로 들어가 서가에서 시첩을 뽑았다. 시첩의 표지에 《南行錄》이라 적혀 있었다. 시인은 《남행록》을 읽기 시작했다.

그는 〈서남서행록후〉까지 읽은 후 시첩을 상자에 도로 넣어 서가書架에 보관하였다.

그는 다시 툇마루로 나와 대숲을 살폈다. 댓잎 사이에 매화 한 그루, 언제나 젊고 풋풋하였다.

風吹齊發玉齒粲　바람 불어 고운 이 가지런히 빛나고,
雨洗渾添銀海煥　흐렸던 눈은 비에 씻겨 빛나네.

시인은 여가餘暇에 수시로 《남행록》을 읽고 와유臥遊를 즐겼다.

4. 詩人의 길

봄 感春

보드라운 풀 그윽한 섬돌에 돋아나고,
아름다운 나무는 동산에 향기롭네.
살구꽃은 비 온 뒤에 드물게 피어나고,
복사꽃은 밤새 한창이라.

시인은 자연을 지극히 사랑하여, 자연 풍경과 철따라 피는 꽃나무에까지 세심한 관심을 기울여 많은 시를 남겼다. 한서암 뜰에 소나무·대나무·매화·국화·연꽃을 심어 지조의 표상으로 삼았다.

한서암에서 계상서당으로 옮겨서도 방당을 만들어 그곳에 연을 심고, 솔·대·매화·국화·연(松竹梅菊蓮)을 다섯 벗으로 삼아, 자신을 포함하여 여섯 벗이 한 뜰에 모인 육우원六友園을 이루어 어울리는 흥취를 즐겼다.

시인의 육우는 자신과 다섯 친구이다. 그의 문집에 실린 〈계당우흥십절溪堂偶興十絶〉의 제 6수 마지막 구 '육우시심강六友是心降' 밑에 '송죽매국연기위우松竹梅菊蓮己爲友'라고 註를 붙였다. 기己는 시인 자신을 일컬으니, 이 주註는 그가 직접 붙인 것임을 알 수 있다.

시인은 도산서당 동쪽 절우사에 단을 쌓고, 솔·대·매화·국화를 심었다. 특히 매화에 대한 그의 사랑이 남달라, 서울에 두고 온 매화분을 손자 안도 편에 부쳐 배에 싣고 왔을 때 이를 기뻐하여 시를 읊기도 하는 등, 매화는 그의 가장 가까운 벗이었다.

그는 매화를 '매형梅兄'이라고 불렀는데, 매화를 자기를 알아주는 친구라고 생각하였기 때문에 자기 자신과 똑같이 순진한 미와 순수한 선을 갖추고 있다고 여겼다.

각운脚韻 자를 차운할 때는 시의 제목 가운데 일부만 빌려오는 경우

도 있다. 시인의 계사 《남행록》에 수록된 詩 가운데 이규보의 〈행과낙동강行過洛東江〉을 차운하여 〈상주관수루에 올라〉를 지었고, 안축의 〈상산낙동강商山洛東江〉을 차운하여 〈그믐날 관수루에 올라〉 하는 식으로 차운하였다.

  한시는 작가 개인의 자발적인 서정을 읊은 혼자 읊음(獨吟)과 작가와 타인 또는 제삼자의 관계에서 자신과 타인이 공통적인 요인으로 시를 짓는 상대 읊음(相對吟)으로 구분하는데, 이는 다른 일반 시에 비해 한시만이 갖는 특징이다.

  작가 개인의 독음獨吟은 일반 시와 기본은 같지만, 실제에서 시의 양상은 다양하다.

  〈매화〉처럼 소재를 명사로 나타내는 경우에는 사물의 형상을 주로 읊고 작가의 생각은 끝부분에 나타내거나 작품 외적 심상으로 처리하는 경우가 많다.

  〈우음偶吟〉, 〈유탄有嘆〉, 〈종송種松〉 등 작가의 행동과 생각을 제목에 드러내는 경우도 있다.

  상대 읊음은 화답시·화운시·화답차운시·증여시·증별시 등 작가와 상대 간의 상호 감정을 형상화한다는 점에서 공통성을 지니지만, 개념상 약간의 차이가 있다.

  무오년(1558) 2월, 당시 23세의 율곡 이이李珥가 성주 처가에 갔다가 고향으로 돌아가는 길에, 그의 장인丈人 성주 목사 노경린의 인도

로 도산에서 사흘간 머물렀다. 떠나기 전날 시인과 이이 두 사람은 계산서당에 마주앉았다.

"스승님께 묻겠습니다."

침묵 끝에 율곡이 입을 열었다.

"주자가 말씀하시기를, '정함(定)'과 '고요함(靜)', '편안함(安)'들은 학문하는 데 필수적 요소라 하였습니다. 주자는 '마음이 편안한 이후라야 능히 생각할 수 있다.'라며, 안회만이 실천할 수 있다 하였습니다. 하오면 소인과 같은 사람은 학문에 정진할 수 없다는 뜻이 아니겠습니까?"

시인은 율곡이 아직도 자신의 마음을 평안하다고 느끼지 못하고 불안하게 여기고 있음을 직감하였다.

"주자께서 말씀하신 것은 그대가 의심한 바와 같소. 그러나 주자의 말씀은 어떤 사람의 학문이 낮고 깊은 정도에 따라서 달라지는 것이 아니라, '평안한 뒤에 능히 사려할 수 있다.'라고 말할 수 있는 것이오. 조잡한 쪽으로 말하면 보통사람이라도 힘써 나아갈 수 있고, 그 정밀한 것의 극치로 말한다면 큰 선비가 아니고서는 진실로 얻은 바가 있을 수 없다는 이야기인 것이오. 안회가 아니면 명덕明德을 밝힐 수 없다는 주자의 말씀이 사실이라면, 나와 같은 노마駑馬는 어찌 학문에 정진할 수 있겠소. 아니 그렇소이까. 허허, 허허허허!"

율곡도 따라 웃었다. 한동안 말없이 찻잔을 기울이던 율곡이, 거

경居敬과 궁리窮理는 같은지 별개의 것인지 궁금하였다.

시인은 율곡의 질정質定에 은근히 미소를 지으면서, 궁리와 거경은 비록 수미首尾 관계에 있지만 각기 독립된 공부이다. 그러므로 두 가지를 병행해 나가는 방법으로 공부해야 할 것이고, 이치를 깊이 연구하는 일은 실천으로 체험해야 비로소 참 앎이 된다고 설명했다.

"거경과 궁리는 마치 물가에서 자기 스스로 물을 마시는 격과 같아서, 누구라도 마음을 전일하게 하면 참됨을 얻을 수 있게 되지요."

"명불허전, 과연 소문이 그냥 나는 법이 없다. 일찍이 내 먼저 찾지 못해서 부끄럽네."

시인은 젊은 율곡이 범상하지 않음을 한눈에 간파했다.

"그대는 뛰어난 재주에 나이 아직 어리니, 바른길로 나서면 성취를 어찌 가늠하지 않겠소. 다만 더욱 원대하기를 기약할 일이지. 작은 성취에 자족하지 마시오."

시인은 말을 이었다.

"알곡은 쭉정이가 익어 가는 것을 용납하지 않고, 먼지들은 깨끗한 거울을 두고 보지 못한다오. 지나친 시구詩句들은 반드시 깎아내고 각자 열심히 공부와 친할 일이네."

사흘째 되는 아침에 서설이 흩날렸다. 율곡(字 숙헌叔獻)은 강릉 외가로 갈 준비를 서둘렀다. 이숙헌은 말 위에서 스승의 학문을 칭송하는 시를 읊었다.

溪分洙泗派	공자와 맹자의 학문으로부터 흘러나와
峰秀武夷山	무이산 주자에게서 빼어난 봉우리 이루었네.
活計經千卷	학문 닦으면서 살아가시니,
行藏屋數間	이룩한 도학이 방 안에 가득하십니다.
襟懷開霽月	가슴에 품은 회포 비 갠 뒤의 달 같고,
談笑止狂瀾	하시는 말씀 세찬 물결 그치게 하네.
小子求聞道	저는 도를 구해 들으려는 데 있지,
非偸半日閑	반나절도 한가로이 보내려는 게 아니오이다.

시인은 이에 화운하여 전별餞別 시를 지어 전송하였다.

病我牢關不見春	병든 몸이 이곳에 갇혀 봄맞이 못했는데,
公來披豁醒心神	그대 와서 내 정신을 상쾌하게 해 주었소.
始知名下無虛士	명성 아래 헛된 선비가 없음을 알겠으니,
堪愧年前闕敬身	일찍이 내 먼저 찾지 못해서 부끄럽네.
佳穀莫容稊熟美	잘 자란 벼논에 피 같은 잡초 없고,
遊塵不許鏡磨新	갈고 닦은 거울에는 티가 끼지 못하는 법.
過情詩語須刪去	정에 지나치는 말일랑 모두 빼어 버리고,
努力功夫各自親	학문 연마 노력에 서로서로 정진하세.

분매에게 盆梅贈

다행히 매선이 나의 쓸쓸함을 짝해 주니,
객창은 소쇄하고 꿈마저 향기롭네.
고향으로 돌아갈 제 그대와 함께 못하니,
서울의 먼지 속에서도 아름다움 간직해 다오.

頓荷梅仙伴我凉　客窓瀟灑夢魂香
東歸恨未携君去　京洛塵中好艶藏

분매가 답하다 盆梅答

들자 하니 도산의 신선께서 우리를 푸대접한다 하니,
공이 돌아간 뒤에 천향을 피우리라.
바라건대 임이시여, 서로 마주하든지 서로 그리워하든지 간에,
옥설의 맑고 참됨을 모두 고이 간직하시오.

聞說陶仙我輩凉　待公歸去發天香
願公相對相思處　玉雪淸眞共善藏

〈분매에게 盆梅贈〉와 〈분매가 답하다 盆梅答〉에서 매화와 시인이 화답하고, 이이와 시인이 화운하기도 한다. 매화분을 마주하고 주고받으며 화답하는 시를 읊조리는 모습은 매화와 그와 하나가 되어가는 경지를 느끼게 한다.

시인은 타고난 성격이 조용하고 담담하며, 지조를 지킴이 곧았다. 그가 일생 동안 매화꽃을 지극히 사랑한 까닭도 그의 이러한 성품과 무관하지 않다.

매화를 보는 그의 시상 詩想은 고상하고 아담하여 속기가 없는 것, 추울 때에 더욱 아름답게 보이는 것, 그윽한 골짜기 사이에 숨어 있는 것, 호젓한 향기가 더욱 뛰어난 것, 격조가 높고 운치가 남다른 것, 뼈대는 말랐으나 정신은 맑은 것, 찬바람에 시달리고 눈 속에서도 변하지 않는 고절함 때문이었다.

이처럼 그의 성품은 매화와 부합하고, 매화의 품성은 그의 사람됨과 유사함이 있다.

매화가 소박하면서도 요염하지 않음은 그의 담담하면서도 남에게 싫증나지 않게 함과 같고, 매화가 향기가 멀리 떨어질수록 더욱 맑음은 그가 남몰래 있으나 날로 더욱 드러남과 같다. 매화가 혼탁한 세상을 멀리하여 그윽한 골짜기에 숨음은 그가 변화한 것을 마다하고 산림에 거처함과 같다.

시인의 예술행위는 작품만을 따로 놓고 볼 수 없는 인격실현의 '여사余事'였다. 그의 詩·書 예술은 처음에는 시와 인간이 만나고, 다음으로 시와 인격이 만났다. 그리하여 예문일치藝文一致의 예술의식은 도문일치道文一致의 인간 의식으로까지 승화되어 갔다.

시인이 〈답여백공서答呂伯恭書〉 첫머리에,
"요 며칠 사이 매미소리 더욱 맑아, 들을 때마다 당신을 생각하게 되오."라고 썼다.

문인 남시보가,
"어찌 군소리(歇後語)를 취해서 되겠습니까?"라고 하니,

이에 시인이 말하기를,
"그것은 군소리라고 하면 군소리요, 군소리 아니라고 보면 아니라고 할 수도 있는 것이다."라고 하셨다.

흔히 도학자는 도의만 찾는 냉정한 인간으로 알려져 있으나, 시인은 '한수작·군소리'까지도 딱딱한 의리보다 인생의 진미를 찾고 인간을 더 깊이 이해할 수 있는 길이라고 버리지 않았다.

상제께서 사람마다 양 스무 마리 내려주시니,
입맛에 맞는 듯 마음에 기쁜 것이 속속들이 즐겁네.
이유 없이 사물을 접속하게 되면 마음이 아亞 자字를 쓰게 되어,
두 사람이 저절로 끔찍하게 해침 보게 되리라.

帝降人人廿口羊 悅心如口藹衷腸 無端物觸心頭亞 坐見雙人慘自戕

　시인은 시에 대해 깊은 이론을 밝히거나 남의 시를 평하는 일은 하지 않았지만, 제자들과 시에 대한 견해를 나눌 때에는 제자 개개인에 맞게 각각 달리 말한다.
　이덕홍이 주자서를 읽으려 하자, 《시경》 읽기를 권하였다.
　"공자께서는 아들 이鯉에게 《시경》의 주남周南과 소남召南을 읽지 않으면, 담만 바라보듯 답답한 사람이 된다고 했다."
　조목에게는 시 짓기보다는 도학공부를 하도록 하였다.
　"몸으로 행동하지 않고 입으로만 헛되이 말하는 것은 바로 내가 부끄러워하는 것이다."
　이덕홍은 신중하고 조용한 성격인 반면, 조목은 말을 많이 하고 지은 시를 남에게 보이기를 좋아하는 활달한 성격이었다.

　어느 해 봄날(3월 그믐), 시인은 이덕홍·복홍 형제 그리고 금제순琴悌筍 등을 데리고 도산陶山으로 매화를 감상하러 가다가, 산 정상 소나무 아래에서 한식경을 쉬었다.
　이때 산꽃은 만발하고, 숲에는 안개가 짙게 끼어 있었다. 시인이 두보杜甫의 詩 〈수愁〉 가운데 "盤渦鷺浴底心性 獨樹花發自分明"이라는 句를 읊조리자, 이덕홍이 그 의미를 묻자,
　"자기의 덕성을 함양하는 것을 목표로 하는 군자가 어떤 목적의식을 가지고 하는 바가 없이도 저절로 그러한 것이 바로 이 詩의 의미에 암합暗合한다."라고 하였다.

이덕홍이 또 물었다.

"해오라기가 목욕하는 것은 누구를 위한 것이며, 꽃이 저절로 피고 저절로 향기를 내는 것은 누구를 위해서입니까?"

"이것은 어떤 목적의식을 가지고 하는 바가 없이도 저절로 그러한 것의 한 증거일 뿐이다. 학자는 모름지기 체험하여 그 의리를 바르게 하고 그 이익을 도모하지 않으며, 그 道를 밝히고 그 공을 계산하지 않는다면, 꽃과 해오라기와 다름이 없어질 것이다. 만약 추호라도 목적의식을 가지고 하는 마음이 있다면 진정한 학문이 되지 못할 것이다."

아직 공사 중인 완락재玩樂齋에 도착하여 절우사에 앉아 있는데, 한 스님이 조식曹植의 詩를 시인에게 드렸다. 시인이 두어 차례 읊조리고 나서 말하기를,

"이 사람의 시는 으레 기험崎險한데, 이 시는 그렇지 않다."
하고, 그 시를 차운하여 詩를 지어서 주었다.

바위 위에 꽃이 피어 봄날은 고요하고,
시냇가 나무 위에는 새소리, 시냇물 소리 잔잔히 울리누나.
우연히 동자 하나 데리고 산길을 거닐다가,
산 앞에 다다라 문득 고반(考槃 은둔하여 자연을 즐김)을 보았네.

이덕홍이 또 말했다.

"이 詩는 '기상지락沂上之樂'이 있으니, 그 일용의 상도常道를 즐겨서 上下가 함께 유행流行하여 각각 제자리를 얻은 오묘함이 있습니다."

그러자 시인은,

"비록 대략 이러한 의사意思가 있기는 하지만, 추측하여 말한 것이 너무 지나치다." 라고 일깨워 주었다.

신유년(61세) 4월 16일, 달밤에 조카 교喬, 맏손자 안도, 이덕홍을 데리고 도산서당 앞 천연대 아래쪽 탁영담擢纓潭에서 뱃놀이를 하였다. 물을 거슬러 올라가 반타석盤陀石에 정박했다가, 역탄櫟灘에 이르러 닻을 풀고 내렸다.

술이 세 차례 돈 뒤 시인은 옷깃을 여미고 단정히 앉아서 심신을 한 곳에 모으고 성기聲氣를 움직이지 않은 지 한참 지난 뒤에 〈전·후 적벽부赤壁賦〉를 읊었다.

계수나무 노와 목련나무 상앗대라
물속 밝은 달빛을 치며 물살을 거슬러 오르니,
마음은 아득히 저 하늘가 임을 그리워하네.
손님 중에 통소를 부는 이가 있어
노래에 장단을 맞추니
그 소리 슬프고 또 슬퍼라.

원망하는 듯 그리워하는 듯
흐느끼는 듯 호소하는 듯
그 남은 음은 가늘고 길어
실처럼 끊임없이 이어지니,
깊은 골짝 물속 용이 춤을 추고
외로운 과부는 눈물짓네.

桂棹兮蘭槳　擊空明兮溯流光　渺渺兮予懷　望美人兮天一方
客有吹洞簫者　倚歌而和之　其聲嗚嗚然　如怨如慕
如泣如訴　餘音嫋嫋　不絶如縷　舞幽壑之潛蛟　泣孤舟之嫠婦

시인이 말했다.
"소식蘇軾이 비록 병통이 없는 것은 아니지만, 그 마음에 욕심이 적은 것을, '만일 나의 소유가 아니라면, 비록 터럭 하나라도 취하지 않겠다.'라고 한 부분 이하 몇 구절에서 볼 수 있다. 또 일찍이 귀양을 갈 적에는 관을 싣고 갔으니, 그 탈연脫然하여 매이지 않음이 이와 같다."

무릇 이 천지 세상에 사물은 각기 주인이 있는 법이니,
진실로 나의 소유가 아니라면,
비록 털끝 하나라도 취해서는 안 될 일입니다.
강의 서늘한 바람과 산 위의 밝은 달만이 있어,

귀로 들으면 소리가 되고 눈으로 보면 그림이 되나니,

취해도 금할 자 없으며 아무리 써도 없어지지 아니하니,
이는 조물주의 한없는 보물로서 나와 그대가 함께 즐길 것들입니다.

계사년(33세) 남행 때, 예천 가는 도중에 흉년으로 길가에 쓰러진 백성들을 보면서, 민초들의 어려운 삶에 마음 아파 잠을 이루지 못한 적이 있었다.

그 후 임인년(1542)에 전의현 남쪽을 가다가, 산골에서 굶주린 사람들을 보았다.

집은 헐고 옷은 때에 절었으며 얼굴엔 짙은 검버섯 피었는데,
관아 곡식 떨어졌으니 들에는 푸성귀마저 드무네.
사방 산에 꽃만 비단같이 곱게 피어 있으나,
봄 귀신이야 어찌 알리오, 사람들 굶주린 것을.

屋穿衣垢面深梨　官粟隨空野菜稀
獨有四山花似錦　東君那得識人飢

그 때 보았던 어려운 이들에 대한 측은지심惻隱之心은 일생 동안 유지되어, 기회만 있으면 작으나마 베풂에 인색하지 않았다.

신유년(61세) 5월 7일, 월천 조목趙穆이 양식이 떨어졌다는 것을 알

고 거친 벼 열 말을 실어 보내면서 편시를 보냈다. 이 편지에서 먼저 보내는 거친 벼 열 말은 양식에 보태라고 한 다음, 이어서 도산에 서재를 짓는 일을 중지할 것을 지시하였다.

이보다 앞서 조카 교喬와 제자 조목, 금보, 김부의, 금응협, 금응훈, 김부윤, 금난수 등이 농운정사隴雲精舍 곁에 두어 칸짜리 서재書齋를 지어서 글을 읽고 학업을 닦는 장소로 삼기로 하고, 스승인 시인에게 이 계획을 말하자, 시인은 처음에는 그 뜻을 가상하게 생각하여 허락하였다.

그러나 조카 교喬가 일을 너무 크게 벌여 두 차례나 회문回文을 돌려, 그 일에 참여할 사람이 20여 인이나 되었다. 이 소식을 듣고서 조목에게 편지를 보내, 그 일을 중단하도록 지시한 것이다.

이로부터 4년이 경과한 갑자년(1564)에, 처음 계획에 참여했던 사람들과 지헌芝軒 정사성鄭士誠 등이 힘을 합쳐, 처음 서재를 지으려던 농운정사 곁에 지은 건물이 역락서재亦樂書齋인데, 이때 마암촌(말바우) 정사성의 아버지 정두鄭斗가 경비의 많은 부분을 부담한 것으로 보인다.

시인의 측은지심惻隱之心의 바탕에는 천天 관념이 자리하고 있다. 그의 하늘은 건곤乾坤의 작용을 자아내어, 더욱 구체적으로 만물의 생성 변화에 간여한다. 〈염계의 연꽃을 사랑하다濂溪愛蓮〉라는 시에서는 한 송이 연꽃을 피우는 데도 하늘의 기운이 작용함을 표현하

고 있다.

    하늘이 그대를 낳아 건곤을 여시니,
    맑으신 그 흉회 한 점 티끌 없노매라.
    어여뻐라 맑고 통한 아름다운 그 식물,
    꽃 중에 군자로서 말없이 기묘토다.

天生夫子闢乾坤　灑落胸懷絶點痕
却愛淸通一佳植　花中君子妙無言

    시인은 물 위에 바람을 일으키고 달이 중천에 이르게 하는 '그 어떤 이(誰 누구)'가 만물을 운행시키고 있다고 믿고 있다.

    돼지 쉬엄쉬엄 소 곁의 깃대 지나다가 넘어지니,
    온 강에 물결 가득해 밤들어 배가 길을 잃네.
    뉘라서 손 안에 건곤을 굴리어
    물 위에 바람 일고 달은 중천 이를꼬.

    * 돼지가 쉬엄쉬엄 간다는 것은 '쫓을 逐'자의 파자이다. 소 곁의 깃발은 '만물 物'자의 파자이다. 〈장난삼아 파자 시 짓다(戲作破字詩 4절 중)〉

豕辵牛邊勿脚頭　滿江波浪夜迷船
誰從手裏乾坤轉　水面風來月到天

　하늘에 대한 그의 경외심은 존천리알인욕存天理遏人慾에 있어, "하늘을 우러러 / 한 점 부끄럼 없기를 / 잎새에 이는 바람에도 / 나는 괴로워했다."의 경지였으니, 시인은 잎사귀에 이는 바람에도 괴로워할 만큼 순수하고 진실한 생명 감각으로 세상과 사물을 대면하려 했다. 이런 외경의 정신은 세계와 사물의 깊이를 알게 해주고, 풀한 포기에서조차 우주의 신비를 느끼게 한다.

　정명도의 일화는 교량공사에서 교각 하나가 모자라서 공사를 중단하였는데, 산길을 가다가 우연히 발견한 재목을 베어다가 다리를 완공했다는 내용이다. 정명도는 나무 한 그루라도 자기중심적이 아니라 나무 자신의 목적적 존재로 대해야 한다는 것을 깨닫고, "마음을 바르게 갖지 못했다."라고 반성했다.

　시인은 편지글에서, "실천이 말을 뒤따르지 못함을 부끄러워했다."라고 했으니, 그에게 존천리알인욕은 경敬의 실천철학이었다.

　시인은 시의 소재가 될 만한 대상을 발견하면 흥興이 일어나 읊조리기를 멈추지 않았다. 정유일鄭惟一의 한거閑居에 〈시를 읊조림 吟詩〉으로 화답하였다.

시가 사람을 그르치는 것이 아니라 사람이 스스로 그러하니,
흥이 오고 정이 가면 이미 견디기 힘들다네.

4. 詩人의 길　**265**

바람 불고 구름 움직이는 곳에는 신의 도움 있으니,
매운 맛과 비린내 없어질 때 속세의 소리 끊어지네.
율리의 도연명은 다 지으면 실로 뜻 즐거웠고,
초당의 두보는 다 고치고 나면 스스로 길게 읊조렸다네.
그런 것에 밝고 밝은 눈을 가지지는 못하였으나,
내 빛나고 빛나는 마음을 봉하지는 않았다네.

詩不誤人人自誤　興來情適已難禁
風雲動處有神助　葷血消時絶俗音
栗里賦成眞樂志　草堂改罷自長吟
緣他未著明明眼　不是吾緘耿耿心

　시인은 감흥이 일어 감정에 맞으면 저절로 시를 지을 수밖에 없다고 하면서도, 시 짓기에서는 즉흥적이거나 생각나는 대로 써서 끝내는 것이 아니라, 다듬고 고침, 즉 퇴고推敲 과정을 철저히 거치는 것을 인정했다.
　비록 한 절구 한 구절 한 글자를 우연히 읊조릴 때라도 반드시 정밀하게 생각해 보고 다시 고치기를 반복하고, 남에게 가벼이 보이지 않았다.

　임억령林億齡이 찾아와서 시에 대한 이야기를 하다가, 자기는 시를 다듬지 않는다고 했다. 이 말을 듣고서 시인은 마음속으로 크게 탄식하였다.

"한번 했다 하면 고치지 않는 사람은 크게 어리석음을 면하지 못할 것이다."

참으로 굳세고 용감함은 기운을 다하여 억지주장을 함에 있는 것이 아니라, 잘못을 고침에 인색하지 아니하고, 옳은 이야기를 들으면 즉시 승복함에 있다고 하였다.

1567년, 시인은 목판본을 교정하면서, 자신이 산거刪去했던 것을 다시 살려서 간행한 것을 발견하고, 책을 수거하여 책판과 함께 불태우는 한편, 자신이 산거했던 대로 다시 판각하게 했다.

어찌 들었으랴? 크게 현명한 사람,
법도 조밀함 필요 없다고 하였음을.
어찌하여 조금 고개 숙이지 않는가,
더욱 다듬어 법도에 맞추어 보려고.
비유컨대 큰 종을 친다면,
한 치짜리 대나무로야 어찌 소리 나게 할 수 있겠는가.

寧聞大賢人 不用規矩密 曷不少低頭
加工鍊與律 比如撞洪鐘 寸筳豈能發

임대수와 시를 논함 喜林大樹見訪論詩

그의 말의 기세 너무나 격앙되어,
입속에서 은하수 쏟아지는 것 같네.
내 처음에는 놀라고 한숨짓다가,
중간에서 자못 의심스러워 힐난하였다네.
"스스로 시의 성인 아니라면,
법도를 어찌 버릴 수 있겠는가?"

詞氣甚激昂　河漢瀉頰舌　我初驚且嘆
中頗疑以詰　自非聖於詩　法度安可輟

　　계사년(1533) 남행을 마치고, 시인은 가을에 경상좌도 향시에 응시하였다. 이때는 아직 출사出仕 전이었고, 적극적으로 시작詩作을 하지 않았으며, 남행 동안에 148수首를 지었을 따름이었다.

　　그는 시試 책문에 시詩에 대한 자신의 생각을 피력하였다.
　　"제가 비록 불민不敏하오나, 감히 아무런 설說도 없다 할 수 있겠습니까? 시의 도리는 성정性情에 바탕하되, 뿌리가 깊으면 지엽枝葉이 무성하고 형체가 크면 소리도 크듯이, 그 사람됨이 참으로 충애忠愛의 대절大節이 있다면 그것이 저절로 드러나 시가 되는 것이 어찌 보통사람이 미칠 바이겠습니까?"
　　그리고 또,
　　"시가詩家에서 도잠陶潛을 보기를 공문(孔門 공자의 門下)에서 백이伯夷 보듯 한다고 하였으며, 한漢·위魏 이전의 시는 두보를 정점으로 하여 모여 어긋남이 없었고, 송宋·원元 이후의 시는 두보를 종앙宗仰이라고 하였다."라고 피력하였다.

　　이 시험 과장의 책문策問이 〈고금시가古今詩家〉였다. 《시경詩經》의 詩 삼백三百은 詩 중의 詩, 역대의 시문詩門은 천백여 명가名家, 시문의 근본은 사람에게 있는 것. 곡진曲盡의 끝자락은 필경 사람과 나라 그리고 임금에게 충성하고 나라를 사랑하는 마음을 표현하는 근본으로 삼았으니, 진晉나라에 도연명陶淵明이 있었고, 당唐나라에 두

자미杜子美가 있었다.

   심사心事와 출처出處는 서로 다른데, 충효의 본으로 그들을 손꼽는 것은 무슨 연유인가? 어떤 이는 시가詩家에서 도연명은 유가儒家에서 백이伯夷와 겨룬다 했으니, 그렇다면 사람과 나라를 일으킨 자 가운데 시로써 집대성한 자는 누구인가?

   두보를 평하는 이가 이르기를, 두자미는 시의 역사, 시의 육경이나, 두보의 팔애시八哀詩 안에 엄무嚴武를 넣은 것은 사사로운 정에 이끌린 것이라 애석하다 했으니, 그 설을 그대는 들어본 적 있는가?

   당시唐詩의 폐단을 논하는 자가 말하기를, 《문선文選》을 숭상하는 것이 너무 지나쳐 집집마다 그것을 꽂아놓지 않은 곳이 없을 지경에 이르렀다 했으며, 송대宋代에 이르러 황정견黃庭堅·소식蘇軾 같은 대가는 다 같이 두보를 높였으되, 구양수歐陽脩만은 두보보다 한유韓愈를 더 높이면서 두보의 시에는 세속의 기운이 있다 했으니, 대저 어느 면을 보고서 그리 말한 것인가?

   이에 시비를 가릴지라. 천 년 뒤에 태어난 자가 천 년 전으로 거슬러 올라가 어진 이를 벗 삼았으니, 여러 유생儒生이여 묻노니, 옛날로 거슬러 올라가 벗 삼을 만한 참 시인은 누구인가?

   시인은 잠시 생각을 가다듬은 후, 책문策問에 대한 답안答案을 일

씰휘지로 써 내려갔다.

　주시_{周詩} 이후로 시로써 일가를 이룬 자가 그 얼마이며, 당·송 이래로 시가를 숭상하여 논한 자가 또 그 얼마이랴만, 능히 상론_{尙論}하는 설로 인하여 그 사람의 시를 알 수 있다면, 그는 이미 시학에 대한 조예가 깊다 하겠습니다.

　지금 책문을 내심에 특별히 시가_{詩家} 몇 사람을 드시고 다시 제유_{諸儒}를 논한 다음 끝으로 학문의 계승에 대해 물으시니, 제가 비록 불민하오나, 감히 아무런 설_說도 없다 할 수 있겠습니까. 생각건대, 시의 도리는 성정_{性情}에 기초하여 말로써 드러내는 것이니, 실상_{實相}을 두터이 지닌 자는 그 말이 화정_{和正}하고, 경박하고 조급한 마음을 지닌 자는 그 말이 겉으로만 화려합니다.

　뿌리가 깊으면 지엽_{枝葉}이 무성하고 형체가 크면 소리도 크듯이, 그 사람됨이 참으로 충애_{忠愛}의 대절_{大節}이 있다면 그것이 저절로 드러나 시가 되는 것이 어찌 보통사람이 미칠 바이겠습니까?

　이런 까닭에, 한_漢나라 이래로 말을 다듬고 문구를 꾸미는 시인이 많지 않다고 할 수 없지만, 능히 당대에 이름이 번개처럼 빛나고 백대에 천둥처럼 진동할 수 있는 사람은 겨우 한두 사람에 그칠 뿐입니다. 그 가운데 더러는 극치를 이루고 가끔씩은 절정에 오른 이가 있다 해도, 시 삼백에 담긴 뜻이 어려 있습니다.

　비록 벼슬에 나아가고 물러남이 마음과 일 사이에 뜻 같지 않음

이 있다 해도, 모두 임금에게 충성하고 나라를 사랑하는 정성에서 나왔던 것입니다. 이렇기 때문에, 여러 선비의 주장이 조금은 다르다 해도 궁극에 이르러서는 성정에서 결코 벗어나지 않았습니다.

진晉나라의 도연명은 타고난 자질이 넓고 학문은 깊고 넓으며 굳은 절개는 세속을 벗어난 본보기이며 두 왕조를 섬기지 않겠다는 결의를 지녔으니, 그 영걸英傑한 풍도와 위대한 절조가 보통사람이 들여다볼 수 없는 바가 있었습니다.

그의 시는 충담沖澹하고 한아閑雅하며 어구의 격률格律에는 아무런 관심이 없는 것 같으면서도 말을 만드는 데는 하늘이 이루어 놓은 것 같고, 뜻을 세우는 데는 순박하고 예스러웠습니다. 이로 인하여, 읽는 이로 하여금 복잡한 세상을 벗어나 저 세상의 바깥에 홀로 우뚝 서 있는 것과 같은 느낌을 지니게 합니다.

이는 절의가 두터운 까닭에, 일부러 그렇게 하지 않아도 저절로 그렇게 드러나는 것이 아니겠습니까. 그렇기 때문에, 논자論者는 시가詩家에서 도잠陶潛을 보기를 공문孔門에서 백이伯夷 보듯 한다 한 것입니다.

도연명이 시에서 홀로 청고淸高하고 순아醇雅한 절개를 얻어 그 극치를 이룰 수 있었던 것이 어찌 백이가 성인에게 홀로 그 청렴함을 얻어 그 극치를 이룰 수 있었던 것과 같지 않겠습니까.

두보杜甫는 성당盛唐 시대에 태어나 삼광오악三光五嶽의 온전함을 얻

었고, 《시경》의 풍아風雅를 추종하여 굴원屈原과 송옥宋玉을 능가하였습니다. 충애忠愛의 정성이 천성에서 우러나서 시절을 걱정하고 나라를 근심함이 손에 잡힐 듯함은 당연하다 하겠습니다.

그러므로 〈북정〉편은 창졸간에 지었으나 국사國事의 염려를 호리(毫釐 조금)도 놓치지 않았으니, 자은慈恩의 시는 비록 유오(遊遨 노닐다)에서 나온 것이라 해도 그 뜻은 여전히 천보天寶 시절의 어지러운 나랏일에 있었다는 것이 결코 빈말이 아닙니다. 그러므로 당사唐史에서 그를 일러 시사詩史라 칭찬하고, 선유先儒는 육경六經에 비겼습니다.

그런즉, 여러 시가詩家의 좋은 점을 모으고 여러 유파를 하나로 통일한 것이 어찌 여기에 있지 않겠습니까.

이러한 까닭에, 소식蘇軾이 시를 논하면서 '집대성集大成'이란 말로 일컬었음이 어찌 옳다 하지 않겠습니까.

그럼에도 후대에 선배를 논하는 자가, 두보가 〈팔애시八哀詩〉에 엄무嚴武를 포함시킨 것이, 어찌하여 사사로운 인정에서 나왔다고 생각하는 것입니까. 평생의 절개를 헤아리지 못한 마음에 말조차 생각 없이 함부로 드러낸 것입니다.

두보처럼 추상과 같은 절개를 가지고 의연히 절의를 지키는 사람이 권속眷屬을 거느리는 사사로운 마음으로 구차하게 엄무를 인용하여 칭송하였겠습니까.

　《문선文選》을 숭상하는 것에 대해서 또한 할 말이 있습니다. "태산을 쌓고자 하는 자는 작은 흙덩이도 마다하지 않고, 하해河海를 깊게 하려는 자는 작은 시냇물도 사양하지 않습니다泰山不辭土壤 河海不擇細流." 더구나 《문선》은 위로는 서한西漢에서 아래로는 위魏·진晉까지의 문장을 모은 것이기에, 좋고 나쁨을 가리지 않고 갖추어 실은 것입니다.

　이는 두보가 《문선》을 주로 하려 했던 것이 아니라 오로지 그 장점을 취하려 했던 것이니, 《문선》이 당나라 시에 폐해를 끼친 것이 아니라 당나라 사람이 스스로 폐단을 만든 것입니다.

　"여러 사람의 장점을 겸하면 반드시 대성하게 된다."라는 말은 바로 이를 두고 하는 말입니다. 그러므로 한漢·위魏 이전의 시는 두보를 정점으로 하여 모여 어긋남이 없었고, 송宋·원元 이후의 시는 두보를 종앙宗仰으로 함에 다른 말이 없었습니다.

　이런 까닭에, 비록 소식, 황정견 두 대가는 굴원가家에서 발흥하였지만 두보의 시를 으뜸으로 삼아 그것을 칭찬하는 데 말을 아끼지 않았고, 그것을 흠모하기를 그만둘 수 없었습니다. 다만 구양수만이 두보의 시에 세속의 기운이 있다 논하였는데, 그 뜻을 알 수 없습니다.

　'노부가 이른 새벽에 흰머리를 빗질한다.'라는 구절을 들어 "유중원劉仲原의 말에 굽힌 것이 보인다." 하였는데, 이는 구양수가 한유韓愈의 시에 탄복하여 우연히 한 말에 불과합니다.

　배우는 자는 이 때문에 두보를 헐뜯고 깎아내릴 수 없습니다. 시를 짓는 데 덕행에 바탕을 두지 않는다면 반드시 부박浮薄한 폐단이 있을 것이니, 이는 고금의 공통된 우환憂患이며, 세상 사람들이 욕하는 병통이라 하겠습니다.

　시 삼백 편에서 성인의 성정을 보고 그 큰 근본을 뚜렷이 세우지 못한다면, 아무리 빼어나고 어여쁜 문장이라도 모두 그 찌꺼기를 표현한 것에 불과합니다. 그런즉, 세상에 시를 공부하는 자가 충애로써 어찌 근본을 삼지 않을 수 있겠습니까.

　문제의 말미에서 "여러 유생이 옛날로 거슬러 올라가 벗 삼을 만한 참시인은 누구인가?"라고 물은 데 대하여, 저는 어리석음에 감격을 일으킵니다. 저는 경학을 연구하는 여가에 시의 문호를 엿보았을 뿐이어서, 아직 그 깊은 뜻을 헤아려 보지 못하였습니다. 그러니 어찌 감히 선현先賢의 고하高下를 논하여 이를 취하고 버리고 하겠습니까.

　그러나 일찍이 회암(晦菴 주자)은 말하기를, "시를 배움에는 모름지기 도연명과 유종원의 문중을 거쳐 와야 한다."했으니, 도연명의 시를 배우지 않을 수 없음은 분명합니다.

　시를 배우는 법은 학문하는 도리와 같습니다. 맹자가 학문을 논하면서 백이伯夷와 이윤伊尹으로 자처하지 않고 말하기를, "원하는 바는 곧 공자를 배우는 것이다." 하였습니다.

　그런즉, 여러 유생들이 마땅히 법으로 삼고 스승으로 우러러 본받아야 할 것은 시단詩壇의 성인을 제쳐두고 누구라 하겠습니까. 만일, 인품과 절의를 공경하고 그리워하는 것으로 시의 근본을 삼는 자라면, 세 번 목욕하고 세 번 말릴 겨를이 없겠습니다. 도연명과 두자미 두 분에 대하여 어찌 선후를 매기겠습니까. 삼가 대답합니다.

　문봉 정유일은 《언행통록言行通錄》에서, "선생은 시 짓기를 좋아하였다. 처음에는 도연명과 두보의 시를 즐겨 보았으나 만년에 와서는 주자의 시를 더욱 좋아하였다."라고 하였다. 실제로 퇴계의 시에는 진나라의 도연명, 당나라의 한유와 두보, 송나라의 주희와 소식의 작품을 차운한 것이 다수 있음을 알 수 있다.

　그의 詩는 그 추구하는 의경意境이 순진한 미와 순수한 선 이외에는 없다. 그러나 순진한 미와 순수한 선을 추구하되, 사물의 이치를 체득하여 그 참됨을 나타내기도 하고, 영靈을 생동케 하여 그 아름다움을 드러나게 하기도 하며, 느끼고 깨달음으로써 그 지혜로움을 열기도 하고, 대상을 친구로 삼음으로써 그 어짊을 돕기도 한다.

　참됨과 아름다움은 예술에 속하고, 어짊과 지혜로움은 도덕에 속한다. 도덕의 가치는 실용적인 것이고, 예술의 가치는 도덕성을 초월한 것으로 구분하여 판단할 수 있으나, 도덕 또한 일종의 미인데, 미는 바깥으로 나타나는 형상形相에만 있는 것이 아니라, 바르고 아름다운 마음속에도 있다.

　시인의 시는 처음에는 청려淸麗하였으나, 노년기에 들면서 화려한 것은 깎아 버리고 오로지 전실典實하고 장중莊重하며 간담簡淡한 데로 돌아가 스스로 일가를 이루었다.
　이처럼 시인의 예술행위는 그것만 따로 놓고 볼 수 없는 인격실현의 여사餘事였다. 처음에는 시와 인간이 만났고, 다음에는 시와 인격이 만났다.
　예문일치의 예술 의식은 도문일치의 인간 의식으로까지 승화되어 갔다. 그의 도문일치의 인간 의식은 그의 성리학이 사변철학으로 제한되지 않고 '존천리알인욕存天理遏人慾'의 정신을 바탕으로 앎과 삶이 함께 이루어지는 존양 성찰에서 비롯된 것이기 때문이다.

　시인은 병오년(1546년)에 온계 하류의 동암東巖 곁에 봉진奉眞이란 암자를 짓고, 토계兎溪의 토兎를 퇴退로 고쳐서 벼슬에서 물러난다 해서 자호를 퇴거계상退居溪上의 뜻으로 '퇴계退溪'라고 하였다.
　50세 이전에는 관직에 있어 학문에만 전념할 수 없었으나, 50세

4. 詩人의 길　277

에 한서암寒栖庵을 짓고 정습靜習이라 이름한 독서당에 파묻혀 연찬에 몰두하기 시작하여, 《주자서절요朱子書節要》, 《계몽전의啓蒙傳疑》, 《송계원명이학통록宋季元明理學通錄》, 《사서석의四書釋義》, 《삼경석의三經釋義》, 《심경후론心經後論》의 저술과 《성학십도聖學十圖》 편술 등 많은 저술을 남겼다.

시인은 무진년(1568년) 7월에 상경하여 국가에 대한 마지막 봉사로 《성학십도》와 《육조소六條疏》를 국왕에게 바치고, 이듬해 3월에 간신히 벼슬길에서 물러날 수 있었다. 서울을 떠나던 날, 당시 명사들이 조정을 비우다시피 나와서 배를 타고 봉은사까지 전송하며 '留' 자 운韻의 전별시를 각각 지어 만류의 뜻을 표하였으며, 특히 고봉 기대승奇大升과 사제 간의 별리의 정을 시로 화운하였다.

江漢滔滔萬古流　　한강물은 넘실넘실 만고에 흘러
先生此去若爲留　　스승님 이제 떠나심을 머물게 하는 뜻
沙邊抴纜遲徊處　　모랫가 뱃머리 돌아 멈추이는 곳에
不盡離腸萬斛愁　　이별하는 마음 끝없는 시름 다할 길 없네

列坐方舟盡勝流　　방주에 벌여 앉은 분네 모두 뛰어난 분들일세
歸心終日爲牽留　　돌아가고픈 마음 온 종일 끌리어 머뭇거렸네
願將漢水添行硯　　원컨대 한강물 가져다 벼룻물에 부어서
寫出臨分無限愁　　헤어질 때 이 끝없는 시름을 그려내고져

5. 도산십이곡

陶山十二曲

도산십이곡 박대우 2015

관포 어득강魚得江은 詩에 대한 생각이 남달랐다.

"대체로 시는 계산溪山·강호江湖에서 많이 나옵니다. 근세 사람 김시습이 출가出家하여 방방곡곡을 다니며 지은 시문詩文이 그 당시 제일이었습니다.

젊고 시문에 뛰어난 사람을 가려 사절使節처럼 금년에는 관동지방을, 이듬해에는 영남지방·호남지방·호서지방·서해지방·관서지방·삭방朔方을 차례로 드나들면서 모두 탐방하게 하되, 마음대로 실컷 유람하면서 그 기氣를 배양하게 해야 합니다."

관포의 계산溪山·강호江湖를 들으면서, 시인은 숙부 송재공의 가르침을 떠올렸다.

송재공은 학문의 길에 각고도 중요하나 심신의 휴양 또한 중요하기 때문에, 자연을 소요하며 물아일체의 호연지기浩然之氣를 길러 자유의지와 정의로운 품성을 갖춰야 한다고 했다. 그런 관점에서 자질들을 청량산에 보내 대자연을 접하고 인격도야에 힘쓰게 하였으며, 여름철이면 용수사에 보내 하과夏課 독서를 시켰다.

"알기만 하는 사람은 좋아하는 사람만 못하고, 좋아하는 사람은 즐기는 사람만 못하다. (知之者不如好之者 好之者不如樂之者)"

관포는 지방 선비들의 독서원을 설치해야 한다고 주장하였다.

"선비들이 시서(詩書, 《시경》과 《서경》)를 숭상하니, 충청도·강원도·전라도의 중앙, 경상 좌우도에 각기 한 사찰寺刹을 얻어, 생원生員이나 진사를 막론하고 도내의 명유名儒들을 불러 모아, 1년의 사중월四中月에 상하의 재齋로 나누어 앉아 독서하게 하는 것을 연례로 해야 한다고 생각합니다."

관포는 청도 청덕루에서 시원試員들에게 하과夏課를 하였고, 흥해 관아官衙에 동주도원을 설치하여 군민을 교화하기도 했다. 관포는 자신이 흥해 군수로 재직할 때, 그곳 군재郡齋를 '동주도원'이라 이름하고 지은 詩, 〈동주도원십육절〉을 보여주며, 시인에게 차운하라고 하였다.

벼슬 그만두고 오래도록 산속의 정승 되었다가,
조칙 받들어 들어와 도관의 신선 되었다네.
이 고을 백성의 일 간단함 일찍부터 알았는데,
글 품고서 십 년도 안 되었음 한한다네.

사방을 둘러보니 온통 늙은 군수의 머리털 같은데,
학봉만은 푸른빛 띠어 유독 초목 많다네.
세상 사람들 청산이 좋은 줄 거의 알지 못하니,
청산靑山은 높다고 하는 것 아님 어찌 알리오?

생각해 보니 산 남쪽에 있을 때 서원書院 한가로워,

읊조리는 머리 날마다 느릅나무 산 마주했다네.
학봉은 어인 일로 또한 맑고 야위었는가?
가는 곳마다 아름다운 산 내 얼굴 비슷하다네.

동헌에 시흥 일으킬 매화 없어서,
관직살이 오히려 집에 거처함 미치지 못한다네.
집의 동산 오래도록 천 그루 매화와 헤어져,
타향의 붉은 살구꽃마저 분간 못한다네.

매화 심고 대나무 옮김 곧 나의 버릇인데,
관리의 일 습관 그치게 할 수 있네.
새로 여러 그루 심어 애오라지 흥興 기탁하노니,
아마 먼 훗날 양주楊州 생각나리라.

서북쪽의 구름 덮인 산은 옛 그림 펼쳐놓고,
동남쪽의 바다 저자(市)에는 새로운 누대 솟았다네.
주인 다만 마음과 눈 즐거움만 기뻐하여,
읊을수록 흰 머리 다해 감을 모른다네.

험난함 설치한 옛 사람 정해진 법 없었으나,
조 군수님의 성城 한 탄환彈丸 같네.
후대 사람들 경영한 뜻 알지 못하고,
이 지역에 비한다면 성의 크기 이미 너무 넓다 하네.

열흘 동안 봄바람 아홉 번은 함부로 날뛰더니,
맑은 우레 항상 동쪽에서 은은히 울리네.
어부들 파도 사나움 아랑곳 않고,
날마다 와서는 신선한 물고기와 게 펼쳐놓네.

남북으로 오가는 벼슬아치 성주城主 앞에 와서,
춤추는 소매 듦 오히려 어려움 어찌하겠는가?
내 지금 시의 경계 크게 넓히어,
이 비단 잘라 가지니 산의 절반은 되네.

서계의 물에 얼음 같은 옥 생겨나,
열흘 염천에 9일은 대나무 가마 타네.
제일 한스럽긴 곡강의 물결 사뭇 혼탁해져서
나그네 오나 이따금 다시 묵은 물고기 가지러 감일세.

궁벽한 바닷가 2천 가구인데,
관리와 백성 적어도 파도 아래 숨은 신하 많다네.
온 바다가 모두 농경지 된다 하여도,
요역徭役 다스리는 법 다시 사람들에게 누累 끼치겠는가?

새 동헌 짓고자 하여 새로 채마밭 만드는데,
6년 동안 오이 익은 때 세 번 보았다네.
평생토록 채마밭에 물주고 손수 심고 모종하여,

  도처에서 마땅히 습관되어 그만두기 어렵네.

  주인 잔꾀 쓰는 일 그만두었음 알고자,
  갈매기 이따금 성城 곁으로 날아다님 보이네.
  한탄스럽기는 어리석은 백성들 미물 날아온다 부끄러워함인데,
  아마도 그 새 잘 지켜줄 사람 틀림없이 드묾 알겠네.

  태초의 모습 지닌 흥해는 시내와 산들 옥 같은 얼음 땅인데,
  좋은 숲이며 샘 오래도록 도사들이 숨겨 모르고 있었네.
  쌀과 소금을 아무리 회초리로 치며 내놓으라 해도 동주고을엔 아무도 내놓을 수 없으니
  응당 영험 있는 산신령이 있어 격문 지어 옮겨오리.

  토착민들 연어와 방어 살지고 맛있음 중히 여기고,
  붉은 게며 은어 고기 이미 실컷 맛보았네.
  굴과 조기 맛 모두 싱거움 기뻐하여,
  두 가지 맛 길이 생각하니 내 고향 생각나네.

  이따금씩 누런 명주 관복 관아에 벗어놓고 놀러 다니니,
  임금님의 은혜 유독 두터워 병든 몸 요양하네.
  꿈에도 넋 스스로 일찍이 노닌 것 습관 됨 알아,
  밤마다 다시 임금님 곁에서 가까이 모시는 신하 되었다네.

休官久作山中相	詔還爲道觀仙	早識此邦民事簡	懷章恨不十年前
四望渾爲老守髮	鶴峯蒼翠獨多毛	世人少識靑山好	那識靑山不語高
憶在山陰書院閑	吟頭日日對楡山	鶴峯何事亦淸瘦	到處佳山似我顔
東閣無梅動詩興	居官還不及居家	家園久別梅千樹	不分他鄕紅杏花
種梅移竹乃吾癖	吏事能令習氣休	新植數株聊寄興	可能他日憶楊州
西北雲山展古畵	東南海市起新樓	主人但喜娛心目	不覺吟來白盡頭
設險古人無定制	趙侯城似一彈丸	後人不識經營意	若比封疆城已寬
十日東風九放顚	晴雷常自殷東邊	漁人不管波濤惡	日日來陳魚蟹鮮

이하 생략

시인은 관포의 동주도원 시를 차운하여, 〈곤양차어관포동주도원 16절〉이라는 詩를 지었다.

어 선생은 일찍이 흥해 군수를 지내시면서 동주도원 시 열여섯 절구를 지은 적이 있는데, 여기에 화답한 시인의 시들은 모두 명승지를 읊은 것이었다.

나는 곤양에서 선생을 뵈었는데, 선생이 이 시들을 보여주시면서 나더러 화답하게 하시기에, 내 감히 사양을 할 수가 없었다. 그러나 이른바 동주도원에 대해서는 어 선생과 여러 어르신들이 이미 상세하게 지어버렸고, 또 지금 선생은 곤양으로 부임해 오셨는데, 이 곤양 땅이 한적하고 편벽되기로는 흥해보다도 못하지 않으니, 도원의 명칭을 곤양 땅에 옮겨놓는다 해서 어찌 불가하겠는가? 그러나 선생께서 어떻게 생각하실 지는 자세히 알 수

가 없다.

魚先生嘗守興海 作東州道院十六絶 和者皆名勝 滉見先生於昆陽 先生示以此令和之 滉不敢辭 然所謂東州道院 公與諸公之作已悉矣 今先生來莅于昆 昆之開僻 不減於興則道院之稱 移之於昆 豈不可也 未審先生以爲何如

이미 동해에서 남해에 이르시니,
천선天仙 되기를 원치 않고 지선地仙이 된 셈이네.
바로 공의 마음속에 간교한 생각 거의 없어,
갈매기도 가는 곳마다 사람 앞으로 다가오네.

한 차례 군수의 인장 꿰어차고 흥해군 다스리다가,
우연히 붓 들어 놀이삼아 시 지으셨다네.
지금 화답하려 하니 재주 다했음이 부끄러워,
비로소 깨닫겠네, 양춘백설의 고상함을.

已從東海臨南海 不願天仙作地仙 最是公心機事少 海鷗隨處近人前
一綰銅章彌秩郡 偶將遊戲管城毛 如今屬和慙才盡 始覺陽春白雪高
*미질彌秩은 즉 흥해興海

야인野人의 고질병은 맑고 한적함에 있어,
믿지 않았었네, 관직에 있어도 산을 사랑할 수 있음을.
누가 알리 곤양의 관리는 관리 같지 않다.

해마다 홀을 턱에 괴고서 높은 산 대함을.
야한 일에 마음 바쁘면 세속의 일 되지만,
간교한 일 없어지니 관가가 바로 도가道家라네.
눈으로 볼 수 있는 묘미 있는 곳 없어,
관사에 명하여 매화 심게 했다네.

野人結習在淸閒　不信居官能愛山　誰識昆陽吏非吏　年年拄笏對屛顔
心煩野事爲塵事　機靜官家卽道家　目擊可能無妙處　爲令官閣種梅花

곤산이란 한 고을 자못 한적하고 편벽되어,
관리 되어서도 오히려 나무 아래서 쉬는 것 같았네.
관사와 저잣거리까지 매화나무 널리 퍼져 있으니,
나리께서 어찌 다시 동주 생각하시리.

신선 사는 삼신산이 경내 높이 두르고,
그 가운데 옥실이 경루와 어우러져 있네.
단사 만들던 구루 땅은 찾을 수 없지만,
후텁지근한 바닷가에선 시 짓는 신선 찾을 수 있네.

昆山一郡頗開僻　作吏還如林下休　官閣市橋梅樹遍　使君那復憶東州
方丈仙山高壓境　中間玉室與瓊樓　不緣勾漏丹砂地　能得詩仙瘴海頭

지극한 말은 더 이상 다듬을 수 없고,
선약은 본디 환약으로 만들 수 있는 일이 아니라네.
사문의 오묘한 법도는 전수할 수 있지만,
천지 속의 별천지는 들여다보기 어렵네.

군의 성 서쪽 바라보며 산꼭대기에 의지하고 있고,
집들은 화목하게 관청의 길가에 늘어서 있네.
삼신산의 여러 신선들은 알았을까 몰랐을까?
이 지방 풍속 더욱 아름답고 고움을.

월영대 앞에서 바다 보니 소라 껍데기로 측량하듯 얕았고,
법륜사 밖에서 보니 대롱 구멍으로 보듯 보기 어려웠네.
공을 따라가 비로소 바다의 넓음 알아,
바닷가 산 높이 오르고자 다짐한다네.

至言眞不加雕琢　大藥元非事劑丸　肯授風騷三昧法　難窺天地一壺寬
郡城西望倚山巓　屋舍熙熙官道邊　方丈羣仙知得未　此邦風采信華鮮
月影臺前螺測淺　法輪寺外官窺難　從公始識滄溟闊　作意高攀海上山

일찍이 월영대와 법륜사 등지에서 바다를 구경한 적이 있는데, 모두가 다 우물 안에서 하늘을 본 것 같았다. 공이 다음날 군의 남산에 올라 바다를 구경하자고 기약했기 때문에 이렇게 말하였다.

嘗於月影 法輪等處 觀海皆井觀也 公期明日 登郡南山 望海故云

완사계는 서계의 물과 같이 맑고,
노래 읊조리며 하늘 바라보고 작은 가마에 앉아 있네.
날리는 구름 밟고 지나 푸른 봉우리로 오르니,
남쪽 바다에서 북쪽 바닷물고기 볼 수 있었으면.

浣沙溪似西溪水　吟望靑天坐小輿　更躡飛雲昇翠巘　天池要看北溟魚

완사계는 곤양군 성의 동쪽에 있으며, 서계는 흥해에 있다. (浣沙溪在西溪城東　在興海)

정세가 아니 좋아 밝으신 임금님 외로운데,
큰 은택 홀로 받아 늙은 신하 편안하네.
만사에 무심하기 남곽자기南郭子綦 같고,
일생 동안 힘쓴 것은 한음漢陰 노인의 일이라네.

삼신산의 아름다운 경치를 노래함이 몇 날이며,
곡강의 청풍명월을 꿈속에 그린 자는 그 얼마였던가?
흉년에 백성 기르고 어루만짐에 마음 응당 근심스러우리니,
묻지 마시라, 고과 성적 독촉함 마땅한지 아닌지를.

風雲不是孤明主　雨露偏承佚老臣　萬事無心南郭子　一生用力漢陰人
智異烟霞吟幾日　曲江風月夢多時　荒年撫字心應悴　莫問催料宜未宜
(곡강은 흥해에 있다. 曲江 在興海)

5. 도산십이곡　289

고을 아전들조차 오지 않으니 마을의 삽살개도 조용하고,
아이들도 어질어 들꿩도 즐겁게 날아다니네.
서울엔 친구들이 얼마나 남아 있을까?
그들로부터 오는 편지 거의 없구나.
쌍계사의 뛰어난 경치 신선이 놀던 곳인데,
편지로 찾아가 보자고 부름 거짓 아니네.
다시 속세의 인연에 부림이 있음 부끄러워,
마음속의 일 바꾸게 할 수 있었으면.

里胥不到村厖靜　童子能仁野雉飛　京輦故人多少在　任地書信到來稀
雙溪形勝仙遊地　尺素招尋不我欺　還愧塵緣驅使在　能令心事有還移

작년 겨울에 공이 편지로 나를 불러내어 쌍계사에서 놀자고 권했다. 지금 온 것은 바로 이 때문이었지만, 어떤 일 때문에 결국 이룰 수 없었다. (去年冬 公以書招滉 勸遊雙溪寺 今來本爲是 而因事竟不果)

노량과 삼포에는 농어와 방어 값이 싸,
북쪽 손님 남쪽 요리 매일같이 먹는다네.
태수 나가 노는 곳 즐거운 일 많아,
자신이 옛 남쪽 오랑캐 땅에 있는 줄도 모른다네.

露梁三浦賤鱸魴　北客南烹逐日嘗　太守遨遊多樂事　不知身在古蠻鄕
노량과 삼포는 모두 곤양군의 바닷가에 있다. (露梁 三浦皆郡地濱海)

후텁지근한 바다 궁벽한 고을에도 은택 넉넉하지만,
옥당과 금궐에서는 훌륭한 신하 구한다네.
옛 산의 원숭이와 학들은 괴이쩍게 여기지 말라,
조정에서건 강호에서건 오직 한결같은 몸이니.

瘴海窮邊雖足澤   玉堂金闕要名臣   舊山猿鶴休相怪   廊廟江湖只一身

시인은 계사년(1533)의 남행에서, 관포 어득강이 지방관으로서 관아에 동주도원을 설치하여 백성들을 교화하였으며, 젊고 시문에 뛰어난 사람을 가려 사절使節처럼 남부에서 북쪽 지방까지 차례로 드나들면서 모두 탐방하게 하되 자유롭게 유람하면서 그 기氣를 배양하게 해야 한다고 주장한 것을 의미 있게 새겼다.

훗날, 시인이 풍기 군수가 되면서 〈상심방백上沈方伯〉을 올려, 백운동서원에 서적과 편액을 써서 내려주시며, 노비와 전토田土를 하사하여 재력을 넉넉하게 하되, 감사와 군수로 하여금 다만 서원의 가르치는 것만 보살필 뿐, 번거로운 조목으로 구속하지 말도록 청하여 학문의 자유를 지켰다.

서원의 편액을 '소수서원紹修書院'으로 받았는데, 이는 '이미 무너진 유학을 다시 이어 닦게 한다.旣廢之學 紹而修之'라는 뜻을 담고 있다.

시인은 정사년(1557)에 도산서당 건축공사를 착수하면서, 〈도산

잡영 陶山雜詠〉이라는 詩을 지어 노래하였다.

〈도산잡영〉은 앞으로 도산서당을 중심으로 펼쳐나갈 자신의 인생에 대한 정신적 설계도이기도 하지만, 장차 세워질 도산서원의 기본 설계도가 되었다.

〈도산잡영 陶山雜詠〉은 본래 지어서는 안 될 글로서, 하릴없이 붓을 놀리며 웃고 즐긴 것이기에 타인에게 공개하지 않았다. 제자들이 찾아와 돌아갈 때 정표를 주기 위해 보여주었는데, 제자들 중에는 베껴 가기까지 하자 소문이 났다.

시인은 〈도산잡영 병기 陶山雜詠幷記〉에 〈도산잡영 陶山雜詠〉을 쓰게 된 자신의 뜻을 설명하였다.

"영지산靈芝山 한 줄기가 동쪽으로 나와 도산陶山이 되었다. 어떤 이는 '이 산이 두 번 이루어졌기 때문에 도산이라 이름하였다.' 하고, 또 어떤 이는 옛날에 이 산중에 질그릇을 굽던 곳이 있었으므로 그 사실을 따라 도산이라 하였다고 한다.

이 산은 그리 높거나 크지 않으며 그 골짜기가 넓고 형세가 뛰어나며 치우침이 없이 높이 솟아, 사방의 산봉우리와 계곡들이 모두 손잡고 절하면서 이 산을 빙 둘러싼 것 같다.

왼쪽에 있는 산을 동취병東翠屛이라 하고, 오른쪽에 있는 것을 서

취병西翠屛이라 하는데, 동취병은 청량산淸凉山에서 나와 이 산 동쪽에 이르러 벌려 선 품이 아련히 트였고, 서취병은 영지산에서 나와 이 산 서쪽에 이르러 봉우리들이 우뚝우뚝 높이 솟았다.

동취병과 서취병이 마주 바라보면서 남쪽으로 구불구불 휘감아 8, 9리쯤 내려가다가, 동쪽에서 온 것은 서쪽으로 들고 서쪽에서 온 것은 동쪽으로 들어, 남쪽의 넓고 넓은 들판 아득한 밖에서 합세하였다. 산 뒤에 있는 물을 퇴계라 하고, 산 남쪽에 있는 것을 낙천(洛川 낙동강)이라 한다.

산 북쪽을 돌아 산 동쪽에서 낙천으로 들고, 낙천은 동취병에서 나와 서쪽으로 산기슭 아래 이르러 넓어지고 깊어진다. 여기서 몇 리를 거슬러 올라가면 물이 깊어 배가 다닐 만한데, 금 같은 모래와 옥 같은 조약돌이 맑게 빛나며 검푸르고 차디차다. 여기가 이른바 탁영담濯纓潭이다.

서쪽으로 서취병의 벼랑을 지나서 그 아래의 물까지 합하고, 남쪽으로 큰 들을 지나 부용봉芙蓉峰 밑으로 들어가는데, 그 봉이 바로 서취병이 동취병으로 와서 합세한 곳이다.

처음에는 시내 위 퇴계에 자리를 잡고 시내를 굽어 두어 칸 집을 얽어서 책을 간직하고 옹졸한 성품을 기르는 처소로 삼으려 하였는데, 벌써 세 번이나 그 자리를 옮겼으나 번번이 비바람에 허물어졌다. 그리고 그 시내 위는 너무 한적하여 가슴을 넓히기에 적당하지 않기 때문에 다시 옮기기로 작정하고 산 남쪽에 땅을 얻었던 것이다.

5. 도산십이곡

　거기에는 조그마한 골이 있는데, 앞으로는 강과 들이 내려다보이고 깊숙하고 아늑하면서도 멀리 트였으며, 산기슭과 바위들은 선명하며, 돌우물은 물맛이 달고 차서 참으로 수양할 곳으로 적당하였다. 어떤 농부가 그 안에 밭을 일구고 사는 것을 내가 값을 치르고 샀다.

　거기에 집 짓는 일을 법련法蓮이란 중이 맡았다가 얼마 안 되어 갑자기 죽었으므로, 정일淨一이란 중이 그 일을 계승하였다. 정사년(1557)에서 신유년(1561)까지 5년 만에 당堂과 사舍 두 채가 그런 대로 이루어져 거처할 만하였다.

　당堂은 모두 세 칸인데, 중간 한 칸은 완락재玩樂齋라 하였으니, 그것은 주 선생朱先生의 〈명당실기名堂室記〉에 '완상하여 즐기니, 족히 여기서 평생토록 지내도 싫지 않겠다.'라고 한 말에서 따온 것이다.

　동쪽 한 칸은 암서헌巖棲軒이라 하였으니, 그것은 운곡의 시에 '자신을 오래도록 가지지 못했으니, 바위에 깃들여 작은 효험 바라노라.'라는 말을 따온 것이다.

　그리고 합해서 도산서당陶山書堂이라고 현판을 달았다.

　사舍는 모두 여덟 칸이니, 시습재時習齋·지숙료止宿寮·관란헌觀瀾軒이라고 하였는데, 모두 합해서 농운정사隴雲精舍라고 현판을 달았다.

　서당 동쪽 구석에 조그만 못을 파고 거기에 연蓮을 심어 정우당淨

友塘이라 하고, 또 그 동쪽에 몽천蒙泉이란 샘을 만들었으며, 샘 위의 산기슭을 파서 암서헌과 마주보도록 평평하게 단을 쌓고 그 위에 매화·대나무·소나무·국화를 심어 절우사節友社라 불렀다.

당堂 앞 출입하는 곳을 막아 사립문을 만들고 이름을 유정문幽貞門이라 하였는데, 문밖의 오솔길은 시내를 따라 내려가 동구에 이르면 양쪽 산기슭이 마주하고 있다.

그 동쪽 기슭 옆에 바위를 부수고 터를 닦으니 조그만 정자를 지을 만한데, 힘이 모자라 만들지 못하고 다만 그 자리만 남겨두었다. 마치 산문山門과 같아 이름을 곡구암谷口巖이라 하였다.

여기서 동으로 몇 걸음 나가면 산기슭이 끊어지고 바로 탁영담에 이르는데, 그 위에 커다란 바위가 마치 깎아 세운 듯 서서 여러 층으로 포개진 것이 10여 길은 될 것이다. 그 위를 쌓아 대臺를 만들었더니, 우거진 소나무는 해를 가리며, 위에는 하늘, 아래에는 물이어서, 새는 날고 고기는 뛰며 물에 비친 좌우 취병산의 그림자가 흔들거려 강산의 훌륭한 경치를 한눈에 다 볼 수 있으니, 이름을 천연대天淵臺라 하였다.

그 서쪽 기슭 역시 이것을 본떠서 대를 쌓고 이름을 천광운영天光雲影이라 하였으니, 그 훌륭한 경치는 천연대에 못지않다.

5. 도산십이곡 295

반타석盤陀石은 탁영담 가운데 있다. 그 모양이 넓적하여 배를 매어두고 술잔을 돌릴 만하며, 큰 홍수를 만날 때면 물속에 들어갔다가 물이 빠지고 물결이 맑아진 뒤에야 비로소 드러난다.

나는 늘 고질병을 달고 다녀 괴로웠기 때문에, 비록 산에서 살더라도 마음껏 책을 읽지 못한다. 남몰래 걱정하다가 조식調息한 뒤 때로 몸이 가뿐하고 마음이 상쾌하여, 우주를 굽어보고 우러러보다 감개感慨가 생기면 책을 덮고 지팡이를 짚고 나가 관란헌에 임해 정우당을 구경하기도 하고, 단에 올라 절우사를 찾기도 하며, 밭을 돌면서 약초를 심기도 하고, 숲을 헤치며 꽃을 따기도 한다.

혹은 바위에 앉아 샘물 구경도 하고 대에 올라 구름을 바라보거나 낚시터에서 고기를 구경하고, 배에서 갈매기와 가까이하면서 마음대로 이리저리 노닐다가, 좋은 경치 만나면 흥취가 절로 일어 한껏 즐기다가 집으로 돌아오면, 고요한 방 안에 쌓인 책이 가득하다.

책상을 마주하여 잠자코 앉아 삼가 마음을 잡고 이치를 궁구할 때, 간간이 마음에 얻는 것이 있으면 흐뭇하여 밥 먹는 것도 잊어버린다.

생각하다가 통하지 못한 것이 있을 때는 좋은 벗을 찾아 물어보며, 그래도 알지 못할 때는 혼자서 분발해 보지만, 억지로 통하려고는 하지 않는다. 우선 한쪽에 밀쳐 두었다가, 가끔 다시 그 문제를 끄집어내어 마음에 어떤 사념도 없애고 곰곰이 생각하면서 스스로

깨달아지기를 기다리며, 오늘도 그렇게 하고 내일도 그렇게 할 것이다. 또 산새가 울고 초목이 무성하며 바람과 서리가 차갑고 눈과 달빛이 어리는 등 사철의 경치가 다 다르니, 흥취 또한 끝이 없다.

  그래서 너무 춥거나 덥거나 큰바람이 불거나 큰비가 올 때가 아니면, 어느 날이나 어느 때나 나가지 않는 날이 없고, 나갈 때나 돌아올 때나 이와 같이 하였다.

  이것은 곧 한가히 지내면서 병을 조섭하기 위한 쓸모없는 일이라서, 비록 옛사람의 문정門庭을 엿보지는 못했지만, 스스로 마음속에 즐거움을 얻음이 얕지 않으니, 아무리 말이 없고자 하나 말하지 않고는 배길 수가 없었다. 이에 이르는 곳마다 칠언시 한 수로 그 일을 적어 보았더니, 모두 18절이 되었다.

  또, 몽천蒙泉·열정洌井·정초庭草·간류澗柳·채포菜圃·화체花砌·서록西麓·남반南沜·취미翠微·요랑廖朗·조기釣磯·월정月艇·학정鶴汀·구저鷗渚·어량魚梁·어촌漁村·연림烟林·설경雪徑·역천櫟遷·칠원漆園·강사江寺·관정官亭·장교長郊·원수遠岫·토성土城·교동校洞 등 오언五言으로 사물이나 계절 따라 잡다하게 읊은 시 26수가 있으니, 이것은 앞의 시에서 다하지 못한 뜻을 말한 것이다.

  아, 나는 불행히도 뒤늦게 구석진 나라에서 태어나 투박하고 고루하여 들은 것이 없으면서도, 산림山林에 즐거움이 있다는 것은 일찍이 알았었다.

 그러나 중년中年에 들어 망령되이 세상길에 나아가, 바람과 티끌이 뒤옾는 속에서 여러 해를 보내면서 돌아오지도 못하고 거의 죽을 뻔하였다.

 그 뒤에 나이는 더욱 들고 병은 더욱 깊어지며 처세는 더욱 곤란하여지고 보니, 세상이 나를 버리지 않더라도 내 스스로가 세상에서 버려지지 않을 수 없게 되었다. 이에 비로소 굴레에서 벗어나 전원田園에 몸을 던지니, 앞에서 말한 산림의 즐거움이 뜻밖에 내 앞으로 닥쳤던 것이다.

 그렇다면, 내가 지금 오랜 병을 고치고 깊은 시름을 풀면서 늘그막을 편히 보낼 곳을 여기 말고 또 어디를 가서 구할 것인가. 옛날에 산림을 즐기는 사람들을 보면 거기에는 두 종류가 있다. 첫째는 현허玄虛를 사모하여 고상高尙을 일삼아 즐기는 사람이요, 둘째는 도의道義를 즐겨 심성心性 기르기를 즐기는 사람이다.

 전자의 주장에 의하면, 몸을 더럽힐까 두려워하여 세상과 인연을 끊고, 심한 경우 새나 짐승과 같이 살면서 그것을 그르다고 생각하지 않는다. 후자의 주장에 의하면, 즐기는 것이 조박糟粕뿐이어서, 전할 수 없는 묘한 이치에 이르러서는 구할수록 더욱 얻지 못하게 되니, 즐거움이 어디에 있겠는가.

 차라리 후자를 위하여 힘쓸지언정 전자를 위하여 스스로 속이지는 말아야 할 것이니, 어느 여가에 이른바 세속의 명리名利를 좇는 것이 내 마음에 들어오는지 알겠는가.

어떤 이가 묻기를, '옛날에 산을 사랑하는 사람들은 반드시 명산名山을 얻어 의탁하였거늘, 그대는 왜 청량산에 살지 않고 여기 사는가?'

'청량산은 만 길이나 높이 솟아서 까마득하게 깊은 골짜기를 내려다보고 있어서, 늙고 병든 사람이 편안히 살 곳이 못 된다. 또 산을 즐기고 물을 즐기려면 어느 하나가 없어도 안 되는데, 지금 낙천洛川이 청량산을 지나기는 하지만, 산에서는 그 물이 보이지 않는다. 나도 청량산에서 살기를 진실로 원한다. 그런데도 그 산을 뒤로하고 이곳을 우선으로 하는 것은, 여기는 산과 물을 겸하고 또 늙고 병든 이에게 편하기 때문이다.' 라고 하였다.

또 그가 말하기를, '옛사람들은 즐거움을 마음에서 얻고 바깥물건에서 빌리지 않는다. 대개, 안연顔淵의 누항(陋巷 누추한 집)과 원헌原憲의 옹유(甕牖 창)에 무슨 산과 물이 있었던가. 그러므로 바깥 물건에 기대가 있으면 그것은 다 참다운 즐거움이 아니리라.' 했다.

'그렇지 않다. 안연이나 원헌이 처신한 것은 다만 그 형편이 그런 상황에서도 이를 편안히 여겨 한 것인데, 우리가 그것을 귀히 여기는 것이다. 그분들이 이런 경지를 만났더라면, 그 즐거워함이 어찌 우리들보다 깊지 않았겠는가.

그러므로 공자나 맹자도 일찍이 산수를 자주 일컬으면서 깊이 인식하였던 것이다. 만일 그대 말대로 한다면, '점點을 허여한다'는 탄식이 왜 하필 기수沂水 가에서 나왔으며, '해를 마치겠다'는 바

5. 도산십이곡 299

람을 왜 하필 노봉蘆峰 꼭대기에서 읊조렸겠는가. 거기엔 반드시 이유가 있을 것이다.'하자, 그 사람은 그렇겠다 하고 물러갔다.

신유년(1561, 명종16) 동지冬至에 노병기인老病畸人은 적는다."

신유년(61세) 가을에 도산서당陶山書堂이 완공되었는데, 정사년(1557)에 터를 잡아서 공사를 시작한 지 5년이 되어서야 완공을 하게 된 것이다. 도산서당은 서당과 그 부속 건물인 농운정사로 구성되어 있다.

도산서당은 시인이 거처하며 강학講學 수도修道하기 위해 만든 집이다. 모두 3칸으로 되어 있는데, 마루를 암서헌이라 하고, 방을 완락재라 하였다.
'암서巖棲'란 주희朱熹의 〈운곡 20영〉 가운데 〈회암晦菴〉詩의 '자신구미능 암서기미효自信久未能 巖棲冀微效'에서 취한 것이고, '완락玩樂'이란 주희의 〈명당실기名堂室記〉에서, '낙이완지 족이종오신이불염樂而玩之 足以終吾身而不厭'이라 한 말에서 취한 것이다.
농운정사는 도산서당의 부속 건물로, 제자들의 숙소로 쓰기 위해 지은 집이다. '농운隴雲'이란 양梁나라 때의 은사 도홍경陶弘景의 詩에서 '농상다백운隴上多白雲'이라고 한 말에서 취한 것으로, 은사의 거처를 지칭하는 말이다.
농운정사는 모두 여덟 칸으로 되어 있는데, 동쪽 마루를 시습재時

習齋라고 하였고, 서쪽 마루를 관란헌觀瀾軒이라고 하였으며, 방을 지숙료止宿寮라 하였다.

'시습時習'은 《논어》〈학이편〉의 '학이시습지 불역열호學而時習之, 不亦說乎'에서 취한 말이고, '관란觀瀾'은 《논어》〈미자편〉 자로子路와 하조장인의 고사에 기원을 둔 말인데, 주희의 무이정사武夷精舍의 인지당仁智堂 오른쪽 방 이름이 지숙요止宿寮였으므로 이를 따서 붙인 이름이다.

시인은 도산서당 각 건물의 당재堂齋 명호名號를 손수 예서隸書로 써서 현판에 새겨 걸었다. 또한 제자들이 힘을 합쳐 농운정사 아래쪽에 서재를 지어, 그 이름을 《논어》〈학이편〉 '유붕자원방래, 불역열호有朋自遠方來 不亦說乎?'에서 취하여 역락서재亦樂書齋라 하고, 이 글씨도 손수 써서 현판에 새겨 걸었다.

도산서당 서쪽 옆으로 화단을 만들어 梅·竹·菊·松을 심고 절우사節友社라 하고, 도산서당 앞에는 작은 연못을 파서 연蓮을 심고 정우당淨友塘이라 이름 하였으며, 도산서당의 입구에 사립문을 만들어 달고 유정문幽貞門이라고 이름하였다.

이 밖에 도산서당 앞쪽 낙동강에 임한 좌우 두 곳에 각각 대臺를 쌓아, 좌측의 것을 천연대라 하고 우측의 것을 천광운영대라 하였는데, 시인은 천연대天淵臺라는 강안江岸의 대臺에서 자연의 완상에 그

치지 않고 심안心眼을 열었다.

"정성으로 말미암아 밝아짐을 본성이라 하고, 밝음으로 말미암아 정성됨을 가르침이라 하니, 정성은 밝음이요 밝음은 정성이다.
自誠明謂之性 自明誠謂之敎 誠則明矣 明則誠矣"

시인은 마음을 정성되이 함으로써 천도의 묘함을 터득하겠다는 생각으로 이 부분을 세 번 거듭 외우겠다고 시흥을 북돋우고 있다.

이 〈천연대〉 시에서 그는 '하늘에 솔개 날고, 못에서 물고기가 뛰는(鳶飛於天 魚躍于淵)' 자연의 본성을 노래하였다.

솔개 날고 고기 뜀을 뉘라서 시켰던고,
활발한 그 움직임 못과 하늘 묘하도다.
강대에 해 지도록 맘과 눈이 열렸으니,
중용 명성장을 세 번 거듭 외우련다.

縱翼揚鱗孰使然 流行活潑妙天淵
江臺盡日開心眼 三復明誠一巨編

그리고 낙동강에서 도산서당으로 올라오는 입구를 곡구암이라 이름 하였다.

시인은 도산서당을 축조하고 조경공사를 마무리한 다음, 자신의

뜻을 밝힌 詩 〈도산언지 陶山言志〉를 지었다.

  시인은 도산서당에서 1월에서 5월 중순까지와 9~10월만 거처하고, 나머지는 계상에서 거처하였다. 그래서 산승山僧을 농운정사에 기거하게 하면서 항상 도산서당을 지키게 하였다.
  도산서원은 시인이 타계한 후 그의 제자들에 의해 갑술년(1574)에 도산서당 뒤편에 창건되었고, 그 이듬해인 1575년에 서원 건물이 낙성되면서 '도산陶山'이라는 사액을 받았다.

  도산서당은 도산서원 안에 있는 3칸 기와집이다. 도산서당이 도산서원이 되기까지는 지산와사芝山蝸舍를 시작으로 양진암, 한서암, 계상서당, 도산서당으로 발전한 것이다.

  "신묘년(1531)에 나는 지산의 산기슭에 조그만 집을 다시 짓고, '곁 방'자 운을 사용하여 〈지산와사芝山蝸舍〉라는 詩를 지었다. 그 집을 이국량에게 주고 나는 퇴계로 옮겨 은거하였으나, 이국량은 지산와사芝山蝸舍가 좁다고 생각지 않고 거기서 살았다. 그때부터 지금까지 이미 26년이나 지났으며, 생존하고 사망하고 슬프고 기쁜 일이 그 사이에 무수히 많았다."

  지산와사를 지을 때부터 도산서원을 염두에 두고 설계한 것은 아

니지만, 몇 채의 집을 지어 가면서 머릿속에 설계도가 만들어진 것은 분명하다.

지산와사芝山蝸舍는 영지산 북쪽 기슭의 온혜에 지어졌으나, 그 후의 계당서당까지는 점차 상계에서 하계로 옮겨가다가, 도산서당은 토계를 벗어나서 낙동강을 내려다볼 수 있는 영지산靈芝山 남쪽 기슭으로 터를 정하였다.

영지산은 그리 높거나 크지 않으나, 그 골짜기의 형세가 넓고 뛰어나며 치우침 없이 높이 솟아 있어, 사방의 산봉우리와 계곡들이 모두 손잡고 절하면서 그 산을 사방에서 둘러안은 것 같은 형세를 하고 있다.

도산서원의 구조설계뿐 아니라 위치의 선정은 건축학적인 측면에서 탁월한 선택이었다. 시인은 성리학을 도통한 철학자로서, 건축을 통해 자신의 사상을 현실에 실현함으로써, 이미 5백여 년 전에 동양사상을 건축에 적용해 자연과 인간의 조화를 구현한 것이다.

도산서당은 시인의 정서가 자연과 정겹게 어우러졌던 만큼 그에게는 도산서당이 하나의 완결된 우주였다. 동시에, 그 자신의 인격과 사상적 산실이었다.

샘물을 움켜다가 벼루에 붓고,
한가히 앉아 새 시를 써 본다.

깊숙이 사는 취미 스스로 즐거우니,
남이야 알건 말건 무엇이 아랑곳가.

이 시 〈계당에서 우연히 흥이 일어 절구 열 수를 짓다 溪堂偶興, 十絶 中〉에서는 "다른 사람이 몰라주어도 아랑곳하지 않는다. (人不知而不慍)"라는 한거閑居 유취幽趣의 즐거움을 노래하고 있다.

"도산서당이 자리한 터전은 그리 높지 않은 산이 이룬 골짜기의 형세가 뛰어나며, 왼쪽에 있는 산을 동취병東翠屏이라 하고, 오른쪽에 있는 것을 서취병西翠屏이라 하며, 산 남쪽에 있는 것을 낙천(洛川 낙동강)이라 한다."

도산서당이 자리한 터전은 좌우측의 산에 둘러싸인 산협과 전면에 강이 흐르는 지세인데, 다른 곳도 이와 비슷한 곳이 있을 수 있으나, 이와 아주 유사한 지형이 바로 영주 이산 신암리에 있는 초배 허씨 부인의 묏(墓)자리이다. 부인의 묏자리가 동향인 데 비해 도산서당은 남향이란 점만 다를 뿐, 나머지는 너무나 유사하다.

시인은 한 해에 몇 번씩은 허씨 부인의 묘소를 찾아갔으며, 그곳의 빼어난 지형을 완상하였을 것인데, 이는 〈명당실기 名堂室記〉의 '완상하여 즐기니, 족히 여기서 평생토록 지내도 싫지 않겠다.'라는 구절로 미루어 짐작해 볼 수 있다.

이런 점을 감안하면, 시인은 자신이 만년에 안식을 취할 곳을 정하면서, 영주 이산 신암리 아내의 묘소를 염두에 두었을 것이다.

　시인은 세상길에 나아가 바람과 티끌이 뒤엎는 속에서 여러 해를 보내면서, 돌아오지도 못하고 거의 죽을 뻔하였다. 그는 을사년 난리에 거의 불측한 화에 빠질 뻔하였으며, 권간權奸들이 조정을 어지럽히는 꼴을 보고는 되도록 외직에 보임되어 나가고자 하였고, 얼마 후 형 해瀣가 권간을 거슬러 억울한 죽음을 당하자, 그때부터는 물러갈 뜻을 굳히고 벼슬에 임명되어도 대부분 나아가지 않았다. 나이가 들어서 산수山水가 좋은 도산陶山에 집을 짓고 호를 도수(陶叟 도산에 은거하는 노인)로 고치기도 하면서, 비로소 세상의 굴레에서 벗어나 늘그막을 편히 보낼 곳을 구하였다.

　은퇴하여 만년을 즐기는 것은 두 종류가 있다고 하였다. 첫째는 현허玄虛를 사모하여 고상高尙을 일삼아 즐기는 사람이요, 둘째는 도의道義를 즐겨 심성心性 기르기를 즐기는 사람이다.
　길재와 같이 세상과 인연을 끊고 은거하는 것은 은거하는 자체가 세속의 명리名利를 좇는 것으로서, 자신을 속이는 일이라고 보았다. 시인은 도의道義를 즐겨 심성心性 기름을 즐기기를 택했다. 도산 남쪽에 터를 잡고, 자신이 직접 설계하여 서당을 짓기 시작하였다.

　1558년 6월에 소명을 받아 상경하여, 10월에 대사성 명을 받고 11월에 사직하려 했으나, 12월에 어필御筆로 직접 쓴 공조참판 임명

장을 받아서 하는 수 없이 서울에 머물렀으나, 도산서당 건축에 신경이 쓰였다.

시인은 《심경부주》와 《성리대전》을 읽은 뒤 주자의 사상에 흥미를 가지고 주자의 글을 구해 읽어보려 했으나 기회를 얻지 못했는데, 그가 43세 되는 중종 38년에 왕명에 의해 《주자대전》이 인쇄되자, 비로소 이런 책이 있는 줄을 알게 되었다. 그것을 구하자마자 관직에서 물러나 고향 계상서당으로 돌아가 폐문정거閉門靜居한 채 그것을 열독하였다.

《주자대전》을 늦게 접한 것을 안타깝게 여긴 시인은 만년을 전적으로 《주자서》 연구에 바쳤다. 만년에 관직에서의 사퇴를 그렇게 간절히 청원한 이유도 단순히 병이나 시국관계 때문만이 아니라, 《주자서》에 대한 학문적 열의와 도산서당 건립 때문이라고 보아야 할 것이다.

오로지 성리性理의 학문에 전념하다가, 《주자전서朱子全書》를 읽고는 그것을 좋아하여 한결같이 그 교훈대로 따랐다.

진지眞知와 실천實踐을 위주로 하여 제가諸家 학설의 동이득실同異得失에 대해 널리 통달하고 주자의 학설에 의거하여 절충하였으므로, 의리義理에서는 소견이 정미精微하고 道의 대원大源에 대하여 환히 통

찰하고 있었다.

　도가 이루어지고 덕이 확립되자 더욱 더 겸허하였으므로 그에게 배우려는 학자들이 사방에서 모여들었고, 달관達官·귀인貴人들도 마음을 다해 향모向慕하였는데, 학문 강론과 몸단속을 위주로 하여 사풍士風이 크게 변화되었다.

　빈약貧約을 편안하게 여기고 담박淡泊을 좋아했으며, 이끗이나 형세, 분분한 영화 따위는 뜬구름 보듯 하였다.

　보통 때는 별다르게 내세우는 바가 없어 일반 사람과 크게 다른 점이 없어 보였지만, 진퇴進退·사수辭受 문제에서는 털끝만큼도 잘못이 없었다.

　그가 서울에서 세 들어 있을 때 이웃집의 밤나무 가지가 담장을 넘어 뻗쳐 있었으므로 밤이 익으면 알밤이 뜰에 떨어졌는데, 가동家僮이 그걸 주워 먹을까봐 언제나 손수 주워 담 너머로 던졌을 정도로 개결介潔한 성품이었다.

　〈도산십이곡〉은 시인이 학문과 사유가 완숙기인 65세에 지은 한글 시조 형식으로서, 질적으로는 시조 문학사에 수준 높은 작품이다. 시인은 자신의 작품인 〈도산십이곡〉에서 '正·素·和'의 조화를 설명하였다.

　"이 詩는 도산 노인이 지은 것이다. 내가 이것을 지은 것은 무엇을 위함인가, 우리나라 노래 곡조는 대부분 음란하여 족히 말할 것

이 없다. 〈한림별곡〉 같은 것은 선비의 입에서 나왔으나, 교만하고 방탕하며 아울러 비루하게 희롱하고 상스러워 군자가 마땅히 숭상할 바가 아니다.

오직 근세에 이구(李鼇)의 〈육가(六歌)〉가 세상에 성하게 전하니, 오히려 이것이 〈한림별곡〉에 비하여 좋기는 하나, 역시 세상을 희롱하고 불공한 뜻만 있고 온유돈후(溫柔敦厚)한 내용이 적음을 애석하게 여긴다.

나는 원래 음률을 알지 못하나, 오히려 세속의 음악 듣기를 싫어하였다. 한가롭게 살면서 병을 수양하는 여가에 무릇 성정에 감동이 있는 것을 언제나 서로 나타내었다.

지금의 詩는 옛날의 시와 달라서, 가히 읊조리기는 하되 노래하지는 못한다. 만약 노래하려면 반드시 이속(俚俗)의 말로 엮어야 했으니, 대체로 나라 풍속의 음절이 그렇지 않을 수 없다. 그러므로 내가 일찍이 이씨의 노래를 모방하여 〈도산육곡〉이란 것을 지은 것이 둘이니, 그 하나는 뜻을 말함(言志)이요, 하나는 학문을 말한(言學) 것이다.

아이들로 하여금 조석으로 익혀서 스스로 노래하고 춤추고 뛰게도 하니 거의 비루한 마음을 씻어버리고 감발하며, 화창하여 노래하는 자와 듣는 자가 서로 유익됨이 있을 것이다."

한문 시가가 시가의 원래적 기능이라고 할 수 있는 가창과는 거리가 멀기 때문에, 노래하려고 하면 반드시 우리말로 엮어야 하나,

〈한림별곡〉이나 〈육가〉는 선비의 입장에서 볼 때 비루할 뿐 온유한 맛이 없으며, 노래하는 풍속이 속되고 상스럽다는 것이다. 노래하는 자나 듣는 사람이 유익해야 하므로 〈도산십이곡〉을 지었다고 했다.

〈도산십이곡〉은 명종 20년(1565)에 작자의 친필로 된 목판본이 도산서원에 전한다.

이런들 엇더ᄒ며 뎌런들 엇다ᄒ료.
초야 우생草野愚生이 이러타 엇더ᄒ료.
ᄒ믈며 천석고황泉石膏肓을 고텨 므슴ᄒ료.

연하煙霞로 지블 삼고 풍월風月로 버들 사마,
태평성대太平聖代예 병病으로 늘거 가뇌.
이 듕에 ᄇ라는 이른 허므리나 업고쟈.

순풍淳風이 죽다 ᄒ니, 진실眞實로 거즈마리,
인성人性이 어디다 ᄒ니, 진실로 올ᄒ 마리,
천하에 허다영재許多英才를 소겨 말솜ᄒ가

유란幽蘭이 재곡在谷ᄒ니, 자연이 듣디 됴해.
백운白雲이 재산在山ᄒ니, 자연이 보디 됴해.
이 듕에 피미일인彼美一人을 더욱 닛디 몯ᄒ얘.

산전山前에 유대有臺ᄒ고, 대하臺下에 유수有水ㅣ로다.
ᄠᅦ 만흔 ᄀᆞᆯ며기ᄂᆞᆫ 오명 가명 ᄒ거든,
엇디다 교교백구皎皎白鷗ᄂᆞᆫ 머리 ᄆᆞᅀᆞᆷ ᄒᄂᆞᆫ고.

춘풍春風에 화만산花滿山ᄒ고, 추야秋夜에 월만대月滿臺라.
사시가흥四時佳興ㅣ 사ᄅᆞᆷ과 ᄒᆞᆫ가지라.
ᄒᆞ믈며 어약연비漁躍鳶飛 운영천광雲影天光이ᅀᅡ 어ᄂᆡ 그지 이슬고.

천운대天雲臺 도라드러 완락재玩樂齋 소쇄蕭洒 ᄒᄃᆡ,
만권생애萬卷生涯로 낙사樂事ㅣ 무궁無窮ᄒ애라.
이 듕에 왕래풍류往來風流ᄅᆞᆯ 닐어 무슴홀고.

뇌정雷霆이 파산破山ᄒ야도 농자聾者ᄂᆞᆫ 몯 듣ᄂᆞ니,
백일白日이 중천中天ᄒ야도 고자瞽者ᄂᆞᆫ 몯 보ᄂᆞ니,
우리는 이목총명남자耳目聰明男子로 농고聾瞽 ᄀᆞᆮ디 마로리.

고인古人도 날 몯 보고, 나도 고인古人 몯 뵈,
고인古人을 몯 뵈도, 녀던 길 알ᄑᆡ 잇ᄂᆡ.
녀던 길 알ᄑᆡ 잇거든, 아니 녀고 엇뎔고.

당시當時예 녀던 길흘 몃 ᄒᆡ를 ᄇᆞ려두고,
어듸 가 ᄃᆞ니다가 이제ᅀᅡ 도라온고.

이제나 도라오나니, 년듸 무슴 마로리.
청산靑山는 엇뎨ᄒᆞ야 만고萬古에 프르르며,
유수流水는 엇뎨ᄒᆞ야 주야晝夜에 긋디 아니는고.
우리도 그치디 마라 만고상청萬古常靑호리라.

우부愚夫도 알며 ᄒᆞ거니, 긔 아니 쉬운가.
성인聖人도 몯다 ᄒᆞ시니, 긔 아니 어려운가.
쉽거나 어렵거낫 듕에 늙는 주를 몰래라.

〈도산십이곡〉 가운데 후 6곡 제1수는 자연과 풍류를 즐기면서 호연지기를 기른다는 내용을 담고 있다. 시인은 자연과 교감하면서 풍류를 즐기는 데 노래가 불가결한 것임을 인식하고 있다. 그는 노래가 더러움과 인색함을 씻어버리고 느낌이 일어 녹아 통하기 때문에, 노래가 부르는 이와 듣는 이에게 유익하다는 것이다.

천운대天雲臺 도라드러 완락재玩樂齋 소쇄蕭洒 흔듸,
만권생애萬卷生涯로 낙사樂事ㅣ 무궁無窮ᄒᆞ애라.
이 듕에 왕래풍류往來風流롤 닐어 무슴홀고.

〈도산십이곡〉 가운데 전 6곡 제4수에서 미인美人을 잊지 못한다는 것은 고인古人 중에 주자(朱熹)를 지칭한다.

유란幽蘭이 재곡在谷ᄒ니, 자연이 듣디 됴해.
백운白雲이 재산在山ᄒ니, 자연이 보디 됴해.
이 듕에 피미일인彼美一人을 더욱 닛디 몯ᄒ애.

〈도산십이곡〉 가운데 후 6곡 제3수는 '당시에 녀던 길'이란 진정한 학문의 길을 내버려두고 과거시험을 치르고 관료생활에 빠졌는데, 이제 본령인 학문으로 돌아왔으니, 벼슬길에 마음을 두지 않고 학문에 정진하겠다는 다짐을 담고 있다.

당시當時예 녀던 길흘 몃 ᄒ를 ᄇ려두고,
어듸 가 ᄃ니다가 이제사 도라온고.
이제나 도라오나니, 년듸 ᄆᅀᆷ 마로리.

〈도산십이곡〉 가운데 후 6곡 제5수는 시인의 시조 가운데 대표작이라 할 정도로 많이 알려진 작품이다. "우리도 그치디 마라 만고상청호리라."는 늙음을 한탄하는 것이 아니라, 學과 결부하여 쉼 없는 학문에의 정진을 의미한다.

청산靑山는 엇뎨ᄒ야 만고萬古에 프르르며,
유수流水는 엇뎨ᄒ야 주야晝夜에 긋디 아니는고.
우리도 그치디 마라 만고상청萬古常靑ᄒ오리라.

청량산가

청량산 육륙봉을 아ᄂ니 나와 백구,
백구ㅣ야 헌ᄉᄒ랴. 못 미들 슨 도화ㅣ로다.
도화ㅣ야, ᄯ나지 마라. 어주자漁舟子ㅣ 알가 ᄒ노라.

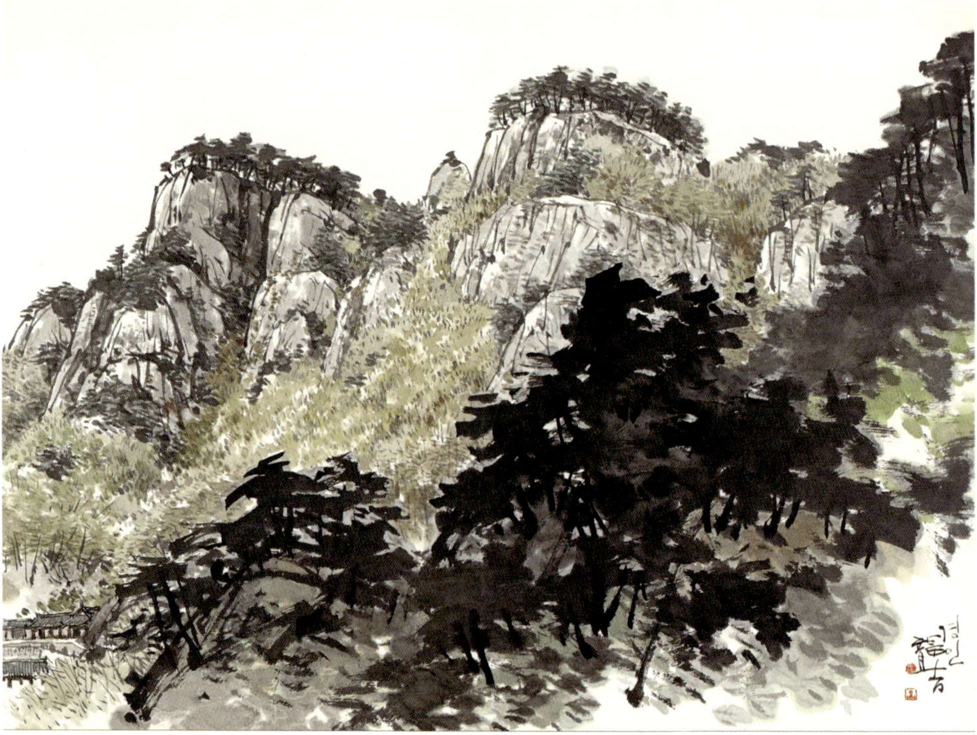

시인은 어린 시절 숙부 송재공에게 각별한 사랑을 받았다. 송재공은 그에게 《논어》를 가르치는 한편, 자질을 청량산에 보내 청량산의 대자연을 접하고 인격도야에 힘쓰게 하였다.

청량산은 지리산에 비해서 산세가 비록 작고 아담하지만 기암괴석이 낙동강과 어우러져 산자수명山紫水明하면서도 엄숙하여 일찍이 신라의 명필 김생을 비롯하여 선비들의 학문의 도량(道場)으로 청량사 · 백운암 · 원효암 · 보현암 · 문수암 등 19개의 암자가 있었다.

시인의 나이 13세 때 송재공이 그의 사위 조효연曺孝淵과 오언의吳彦毅를 비롯하여 조카들을 청량산에 공부하러 보낼 때 형님들을 따라간 것이 시인이 청량산과 인연을 맺는 계기가 되었다.

청량산은 시인 가문의 산으로, 5대조인 현조부가 송안군으로 책봉되면서 나라로부터 봉산封山으로 받은 것이며, 청량산은 오가산吾家山이라 하여 그에게 청량산은 학문과 사상의 산실이었는데, 그는 여기에서 정진한 끝에 독자적인 학문을 완성했다.

시인은 55세 되는 해 11월, 청량산에 입산하여 한 달 남짓 체류하면서 많은 詩를 지었고, 64세 되는 해 4월에 벗들과 더불어 다시 청량산을 유경하면서 詩를 지었다.

흰 갈매기는 청량산 육륙봉을 소문내지 않겠지만, 물에 떠 흘러가는 도화는 세상 사람에게 비경을 알려줄지 모르니 미덥지 않다는

5. 도산십이곡 315

것이다. 청량산이 마치 무릉도원같이 탈속적인 자연이라는 예찬과, 신선 세계같이 아름다운 자연에 묻혀 세상과는 거리를 두고 조용하고 한가롭게 살아가고자 하는 시인의 소망이 담겨 있다.

시인은 스스로 시벽詩癖이라고 표현할 만큼 시를 좋아했다.
"내가 평생에 시를 잘 짓지는 못하지만, 다만 일찍이 시 짓기를 좋아하였다."

그는 계사년 남행 때부터 시 쓰기를 시작하면서, 일생을 통해 시 쓰기를 여사餘事로 여기는 시벽詩癖이 생겼다. 계사년의 여행에서 닦은 극기와 호연지기는 물아일체의 심미 의식을 터득하게 함으로써, 시인은 경물에서 느끼는 감흥을 시적 언어로 아름답게 조형할 수 있었다.

6. 매화
梅花

〈매화〉 박대우 2017

　죽음의 순간은 생애 마지막 순간으로서 한 인생의 집약이다. 아무리 장난기가 넘치고 유머가 풍부한 사람이라 하더라도, 죽음의 순간만은 엄숙하고 진실해질 수밖에 없다. 따라서 어떤 모습으로 죽음을 맞는가 하는 것은 그 사람의 사람됨을 평가하는 가장 중요한 척도이기도 하다.

　경오년(1570) 12월 3일, 시인은 이질로 설사를 하였다. 마침 매화 화분이 곁에 있었는데, 그것을 다른 곳으로 옮겨놓으라고 하였다.
　"매화에 불결하면 내 마음이 편치 않아서 그렇다."

　12월 4일, 병환이 악화되자, 아들 준(寯)을 가까이 불러서,
　"내가 죽으면 해조(該曹 관아)에서 틀림없이 예장(禮葬, 국장國葬)을 하도록 청할 것인데, 너는 모름지기 나의 유언(遺令)이라 칭하고 사양하라. 묘(墓道)에도 비석(碑碣)을 세우지 말고 작은 돌의 앞면에 '퇴도만은진성이공지묘退陶晩隱眞城李公之墓'라고 쓰고, 그 뒷면에 내가 지어둔 명문銘文을 새겨라." 하고 당부하였다.

　시인은 자신의 생각을 정리하여, 이미 오래전에 명문銘文을 스스로 지어 놓았었다.

　生而大癡　나면서부터 크게 어리석었고,
　壯而多疾　자라면서는 병도 많았네.

中何嗜學	중년엔 어찌 학문을 좋아했으며,
晚何叨爵	만년엔 어찌 외람되이 벼슬이 높았던가!
學求猶邈	학문은 구할수록 더욱 멀어지고,
爵辭愈嬰	벼슬은 사양할수록 더욱더 주어졌네.
進行之跲	벼슬길에 나감에 걸려 넘어지기도 했지만,
退藏之貞	물러나 몸 감춤에 곧게 했었네.
深慙國恩	나라 은혜에 매우 부끄럽고,
亶畏聖言	다만 성현의 말씀을 두렵게 여겼네.
有山嶷嶷	산은 우뚝이 높고 또 높고,
有水源源	물은 끊임없이 흐르고 또 흐르네.
婆娑初服	가냘프고 약한 본래의 모습,
脫略衆訕	모든 비방은 면했다네.
我懷伊阻	나의 품은 뜻 누가 믿으리,
我佩誰玩	가슴속 패복은 누가 믿으며.
我思古人	내가 옛 성현 생각하고
實獲我心	진실로 내 마음을 얻었네.
寧知來世	미래를 어찌 알겠는가,
不獲今兮	지금 세상도 알지 못하거늘.
憂中有樂	근심 속에 즐거움이 있고,
樂中有憂	즐거움 속에서도 근심은 있었네.
乘化歸盡	순리대로 살다가 돌아가노니,
復何求兮	여기 다시 무엇을 구할쏘냐.

"학문은 구할수록 더욱 멀어지고, 벼슬은 사양할수록 더욱더 주어졌네, 벼슬길에 나아감에 걸려 넘어지기도 했지만, 물러나 몸 감춤에 곧게 했었네."

이는 그의 몸에 밴 겸양에 불과하며, 그가 남긴 대표적인 저술로는 《이학통록理學通錄》, 《주서절요朱書節要》를 들 수 있고, 그의 문집이 세상에 전해지는데, 세상에서는 그를 퇴계선생이라 한다.

유가儒家에서 '선생'이란 무상無上의 칭호이다. 따라서 유가라면 모두들 '선생'으로 일컬어지기를 소망한다. 하지만 아무나 '선생'이라 칭하지는 않는다.

논자들에 의하면, 그를 이 세상의 유종(儒宗 유학의 종주)으로서 조광조 이후 그와 겨룰 자가 없으니, 재주나 기국(器局 도량)에서는 조광조에 미치지 못하지만, 의리(義理 도리)를 깊이 파고들어 정미精微한 경지에까지 이른 것은 조광조가 미치지 못한다고 한다.

그의 저술이 워낙 방대하고 詩도 여러 문헌에 실려 있기에, 그간 그의 작품 수도 정확하게 알려지지 않았으면서도 이에 대한 연구는 일찍부터 이루어졌다. 그는 작품 수만 가지고도 조선시대 전체에서 다작가의 반열에 오를 수 있다.

시는 제목을 아는 것이 3,560수(《도산전서》에 2천여 편), 편지는 3천 수백 편이 문집에 전하고, 그 밖의 문집에 298편이 실려 있다. 최근에 새로운 작품을 찾아내어, 현재 2,343수에 〈도산십이

곡〉을 더하여 시가 2,355수라 밝혀져 있다.

이 밖에도 《유집》〈외편〉에 보면, '목록 외 집일集逸'이라 하여 詩 원문은 없어지고 제목만 전하는 시만도 940편에 이르니, 문헌상 그가 지었다고 전하는 시는 모두 3,150수에 달하는 것으로 보인다. 가장 정확한 것은 각 이본異本별 대조와 교감이 이루어진 후 시전서의 정본이 나와야 분명하게 알 수 있다.

我懷伊阻   나의 품은 뜻 누가 믿으리,
我佩誰玩   가슴속 패복(佩服 몸에 지님)은 누가 믿으며.

시인의 가슴속에 깊이 새겨 잊지 못함은 정확히 알 수 없지만, 아내와 사별한 후 고독과 상실감이 컸으나, 계사년 남행 때 의령 처가에서 본 매화를 아내로 연상하면서부터, 그는 매화를 심고 매화 시를 짓고 분매와 화답하는 시를 지으면서 매처학자梅妻鶴子로 살았다.

乘化歸盡   순리대로 살다가 돌아가노니,
復何求兮   여기 다시 무엇을 구할쏘냐.

시인은 젊은 시절〈지산와사〉라는 시에서 '달 보고 산 바라보는 꿈 다 이뤘으니, 이 밖에 또 무엇을 이에 비할까.'를 신념으로 정하고,

'하늘을 우러러 한 점 부끄럼 없는 존천리알인욕存天理遏人慾'의 삶을 살았다.

병이 조금 덜해진 틈에 좌우를 물리치고 조카 영甯에게 〈유계遺戒〉를 받아 적게 했다.

기침소리가 심하였는데, 좌우를 물리치고 말씀할 때에는 문득 질병이 몸에서 떠난 듯 아무런 소리도 나지 않았다. 시인은 조카 영이 받아 적은 것을 직접 읽어 보고는 영에게 봉하고 서명하라고 지시하였다.

시인은 맏아들 준寯을 눈짓으로 불러 앞혀 말했다.

"동쪽 작은 집은 본래 너에게 주려 했고, 적寂을 위하여 따로 작은 집 한 채를 짓고 있었는데, 반도 못 짓고 이렇게 되었다. 적寂 모자母子는 가난해서 반드시 완성하지 못할 것이니, 네가 맡아서 집을 완성해 주면 정말 좋겠다."

권씨 부인이 서울에서 타계(1546)하자 고향으로 운구하여, 두 아들은 시묘살이를 하고 자신은 산소 건너편에 양진암을 짓고 안동 부사 임명될(1547) 때까지 1년간 휴직하고 복상服喪했으나, '항아姮娥'는 마지막까지 시인의 곁(側)에서 노후를 함께했다.

시인은 숨이 찬 듯 말을 끊었다가 다시 이어갔다.

"만약 형편이 어려우면, 차라리 네가 그 재목과 기와 등의 물자

를 가져다가 재실齋室에 사용하고, 적寂 모자에게는 이 집을 그대로 주는 것이 좋겠다."

말을 마친 뒤에야 기침소리가 다시 들리기 시작하였다.

이날 낮에 시인의 병이 위중하다는 소식을 듣고 찾아와서 계상서당 주위에 머물고 있던 제자들을 만났다. 자제들이 스승의 형편을 생각하여 만나지 말기를 청하자,

"죽고 사는 것이 갈리는 이때에 만나보지 않을 수 없다." 하고 윗옷을 걸치게 한 다음 제자들과 영결하기를,

"평소 그릇된 견해를 가지고 제군諸君들과 종일토록 강론講論한 것 또한 쉬운 일은 아니었다." 하였다.

12월 8일, 그날은 유난히 화창한 날씨였다. 시인은 부축을 받아 자리에서 일어났다.

"매화 화분에 물을 주어라."

오시午時에 조카 교喬를 불러서 물었다.

"머리 위로 비바람 소리가 나는데, 너도 들리느냐?"

조카가 무슨 소리를 들으려고 했으나 들리지 않았다. 시인은 대숲에서 이는 바람소리를 들었을 것이다.

시인은 잠시 후, 서가에 꽂혀 있는 책 한 권을 뽑아오게 했는데, 그것은 그의 손때가 묻은 《근사록近思錄》이었다.

《근사록》은 주자朱子가 그의 친구 여조겸呂祖謙과 함께 송나라

6. 매화 323

성리학자들의 말 가운데서 요긴한 것만 뽑아서 만든 책이다. 시인의 장인 묵재가 준 것은 1370년 고려 말기에 간행된 것이다.

《근사록》 뒷장에 '가정십이년계사중춘기망허수옹증이계호(嘉靖十二年癸巳仲春旣望許壽翁贈李季浩)'라는 열여덟 글자가 적혀 있는데, 그 뜻인즉 '가정 12(1533)년 음력 2월 16일에, 허수옹(허찬의 자)은 이계호(계호는 시인의 자)에게 준다.'이니, '가정 12년 계사嘉靖十二年癸巳'는 시인이 남행했던 계사년(1533년)이다.

그 당시 허찬許瓚은 딸이 죽은 후 고향 의령 가례嘉禮에 살고 있었다. 그는 진사에 급제한 뒤 더 이상 벼슬을 하려고 하지 않고 시골에서 조용히 독서하며 지내는 선비였다. 《근사록近思錄》을 사위에게 선물하면서, 그가 장차 벼슬길에 오를 것을 예견하고 신하의 도리를 깨우쳐 주었다.

"임금에게 사랑받기보다 임금에게 존경받는 신하가 되어야 하고, 임금이 좋아하는 신하가 되기보다 임금에게 신임받는 사람이 되시게."

임금의 비위를 잘 맞추는 신하는 임금이 사랑할지언정 존경하지 않으며, 임금의 사랑을 받는다는 것은 다른 사람이 시기하게 되므로, 군신관계는 오직 존경과 신뢰로 맺어져야 한다는 것을 강조했다.

허찬은 계사년(1533) 남행 때 시인이 다녀간 2년 후 을미년에 병으

로 세상을 떴다. 그는 영주 초곡의 문전文田을 아들 허사렴에게 맡긴 후 고향에서 여생을 마친 것이다.

그 당시 영주 초곡에는 허사렴의 사위 박록이 살고 있었는데, 박록朴漉은 시인의 제자 반남인 소고嘯皐 박승임朴承任의 맏아들이다.

시인은 자신의 손때가 묻은 《근사록》을 얼굴 가까이 대고 장인의 그윽한 사랑을 흠향한 후, 궤짝 안의 상자를 가져오게 했다. 그 상자 안에는 《남행록》이 들어 있었다. 《남행록》은 시인이 서른세 살이던 계사년에 관포 어득강의 초청을 받고 곤양까지 여행하면서 지은 시를 묶은 시첩이다.

그런데 그 시첩과는 별도로 따로 봉투에 넣어서 보관하는 시 한 편이 상자 안에 들어 있었다. 시인은 시를 천천히 음미하면서 읽어 내려갔다.

風吹齊發玉齒粲   바람 불어 고운 이 가지런히 빛나고,
雨洗渾添銀海渙   흐렸던 눈은 비에 씻겨 빛나네.

시인은 아내 허씨의 젊은 날의 단아한 모습을 떠올렸다. 그리고는 아내를 대하듯 그 시지詩紙를 고이 접어 봉투에 넣었는데, 겉봉에는 〈梅花〉라고 적혀 있었다.

宜城別占好乾坤 白岩村裏多林園 一春花事未暇論 品題先識梅花尊

高情豈獨臘天開	孤韻不待陽和催	一枝斜倚翠竹場	天樹照映黃金罍
臨池脉脉貯芳意	近簷盈盈增絶致	節士不作風塵容	靜女那須脂粉媚
風吹齊發玉齒粲	雨洗渾添銀海渙	烟濃有時取簾幕	月落偏宜牛斜漢
翠羽刺嘈感師雄	綠衣倒掛來仙翁	點成粧額壽陽嬌	折寄相思驛史逢
氷魂雪骨擅造化	暗香疎影絶蕭灑	笛中吹落意不盡	畫裏傳神眞苟且
荒橋水淺不自病	古院苔深還得性	鸎兒自分斷消息	蟻使不敢窺衰盛
己付廣平說素心	更與西湖作知音	風流千古尙如昨	客裏相逢意不任
一般眞趣杳無辨	旅思依依鄕思淺	歌珠不用鬧檀板	且置淸樽供婉孌
永托深盟同皎潔	嘯咏徘徊共淸絶	調羹金鼎是餘事	莫使一片吹香雪

유시(酉時 오후 5~7시) 초에 갑자기 흰 구름이 지붕 위로 모여들고, 눈이 한 치쯤 내렸다.

잠시 뒤에 시인은 와석(臥席)을 정돈하라 말씀하셨는데, 부축하여 몸을 일으켜 드리자, 앉아서 돌아가셨다. 그러자 구름은 흩어지고 눈이 개었다.

그리하여 그 〈梅花〉 詩는 그의 죽음과 함께 잊혔고, 시인의 사후 4백여 년 동안 아무도 이를 발견하지 못하였으니, 그것은 언제나 시인이 남몰래 혼자서 와유(臥遊)하고, 아무도 모르는 곳에 간직하였기 때문이다.

계사년(1533)에 어관포의 초청으로 남행을 시작한 시인은 2월 5일경, 의령 가례 백암촌 처가에 도착하였다.

그 날은 마침 시인의 장인 묵재 허찬의 생일이었다. 남들은 헌수獻壽도 하고 풍악도 울리고 잔치를 즐기지만, 시인은 죽은 아내 허씨 생각에 몇 잔 술을 사양하지 않았다

그는 자리에서 일어나 혼자 대청에 나와 앉았다. 오랜만에 처가에 와 있으니, 문득 아내와 함께했던 젊은 날의 생각이 하나하나 스쳐 지나간다.

시인은 20세 때, 창계 문경동文敬仝의 서재를 방문하였는데, 그 무렵에 시인은 숙부의 서가에서 《성리대전性理大典》을 만난 후, 성리性理의 바다에서 원두처源頭處를 찾아 헤매고 있던 중이었다.

영주 푸실 문전文田마을은 문경동의 전장田莊이다. 창계의 사위 허찬이 나와서 사랑방으로 안내하였다. 서가에는 서적과 문방文房이 가득하고 그윽한 묵향은 사부詞賦에 능하여 후생들이 다투어 익혔다는 소문이 허명이 아님을 짐작케 하였다. 문경동의 집안은 증고조 3대가 정과正科를 거친 명문이다.

문경동은 을묘년(연산 2년)에 급제하여 성균관의 보임을 시작으로 예천 군수 임기를 마치고 귀전하여 한가하게 지내고 있었다.

"왕대부인께서 평강하시고?"

송재공이 47세의 나이로 갑자기 타계한 것을 안타까워했다. 정자

6. 매화

관에 장죽長竹을 물고 앉은 자태가 근엄하면서 친근감이 갔다. 그는 재산을 많이 소유하고 있으나, 슬하에 딸만 둘이다. 헌함軒檻 밖에는 가을 햇빛에 정원의 꽃과 나무가 윤택하면서도, 안정된 집안 분위기를 느낄 수 있었다.

창계의 딸 둘 중에 맏이는 진사 허찬許瓚에게, 둘째 딸은 생원 장응신張應臣에게 각각 출가하였다. 맏사위 허찬의 두 아들은 허사렴許士廉과 허사언許士彦이며, 장응신의 세 아들은 장윤희, 장순희, 장수희이다.

문경동은 시인의 숙부 송재공과는 조정에서부터 친분이 두터웠고, 그의 맏사위 허찬 또한 송재공이 진주 목사 때부터 교분이 있었다. 묵재 허찬은 의령에서 영주 초곡 문전으로 옮겨와 처부모를 봉양하고 있었다.

허찬은 시인을 자신의 사랑으로 안내하였다. 그는 이자李耔, 권벌權橃과는 의義로 맺은 관형제(瓘兄弟, 瓘=笏 높은 관직에 있는 형제)로서, 을해년(1515) 4월에 용궁 대죽리에서 그 두 사람과 만났었다.

그 때 이자가 송재의 조카 황滉을 허찬의 사위로 추천했으며, 송재공이 계유년(1513)에 대죽리에서 이자를 만났을 때, 그 자리에 예천 군수 문경동이 함께 있었다.

그 날, 시인은 숙부 송재공이 생전에 자신의 혼사를 정해 놓은 것을 알게 되었다.

"내 여식을 그다지 잘 가르치진 못했으나, 남의 눈에 벗어나는 일은 없을 걸세."

허찬의 부인 문씨는 사랑에서 당주와 환담하는 젊은 선비의 거동을 은밀히 살피고 있었다. 시인은 겸손함이 몸에 배여 교만하거나 인색함이 없었다. 시인이 돌아간 후, 허찬은 문씨 부인의 뜻을 물었다.

선비가 가난한 점이 썩 내키지 않았지만, 속내를 드러내지 않는 성품이다. 허찬은 그의 딸 허 소저와 아들 허사렴을 불러 앉혔다.

"송재공도 덕망이 높지만, 젊은 선비도 허명이 아니더군."

선비의 식견과 도량이 맑고 높아 범상하지 않음을 간파했던 것이다. 혼인 당사자인 허 소저는 말없이 고개를 숙이고 듣고 있었다.

"송재공의 탈상脫喪이 지났으니, 초례를 서두르자."

그 순간, 허 소저는 단전丹田에 따끔한 통증을 느꼈으나, 곧 진정되었다. 허 소저의 통증이 악령의 저주詛呪임을 당시에는 미처 깨닫지 못했다.

그 날 이후 사주단자四柱單子가 오가고 혼례 절차가 순조롭게 진행되었다.

혼인 잔치

신부는 다홍치마가 풍선처럼 부풀리고
곤지가 선명한 하얀 얼굴이 드러나자
입술이 파르라니 떨린다.
스물한 살 수줍은 신부는 속눈썹을 아래로 살포시 내렸다.
 "부우재배婦又再拜"
신부가 다시 두 번 절하고, 신랑이 답으로 일 배 하였다.
꽹과리 소리가 차일 틈을 빠져나와 소백산 비로봉으로 울려 퍼졌다.

　신사년(1521) 봄, 영주 초곡(文田마을)에 혼인잔치가 있었다. 하얀 차일이 출렁이는 초례청에는 십장생 병풍이 쳐지고, 사모관대하고 자색 단령을 입은 신랑이 이미 초례청에 서 있었다. 이목구비가 귀골인 데다가 몸가짐이 의젓하였다.

　다홍 비단 바탕에 온갖 꽃들로 수놓은 활옷에 한삼으로 얼굴을 가린 신부가 수모의 부축을 받으며 초례청에 나와 신랑과 마주섰다. 두 사람이 무릎을 꿇고 대례상 앞에 마주 앉았다. 신랑 상床에는 밤이 괴어져 있고, 신부 상에는 대추가 소복하였다.

　홀기(笏記 혼례·제례 때 의식순서)에 따라서 초례가 순조롭게 진행되었다.

　"예필철상禮畢撤床"

　홀기 소리가 낭랑하게 울리면서 보자기에 싸여 대례상 위에 있던 암탉과 장닭(수탉)을 날렸다.

　"각종기소各從其所"

　마지막 순서의 홀기에 웃음소리와 꽹과리 소리가 섞여 차일 틈을 빠져나와 문전文田에서 소백산 비로봉으로 울려 퍼졌다.

　그날 밤, 화촉을 밝힌 신방新房에서 간단히 차려진 주안상 앞에 신랑과 신부는 처음으로 마주앉았다. 신부는 현란한 각종 장식의 화

6. 매화　331

관을 머리에 이고 큰비녀와 비녀를 감아 내린 댕기, 그리고 부풀어 보이는 활옷이 무척이나 거북해 보였다.

"첫날밤에 마주앉으면, 신부의 화관을 벗기고 머리를 풀어주어야 한다." 하시던 어머니의 당부가 생각이 났다.

신랑은 신부의 머리에 얹힌 화관을 조심스럽게 벗기고 검자주색 머리댕기를 푼 후, 거북해 보이는 활옷의 대대를 끌러주고 저고리 옷고름을 풀어주었다. 신랑의 손길이 닿을 때마다 신부는 움츠려지고 떨렸다.

부자연스런 차림이 한 겹 한 겹 벗겨지자, 신부는 조심스럽게 숨을 내쉬면서 점차 편안해지기 시작했다. 신랑은 마지막으로 신부의 버선발을 조금 잡아당겨 주었다. 새하얀 발이 촛불에 빛났다. 신부는 부끄러워 발을 치마 속으로 당겨 감추었다.

신부가 술잔을 신랑에게 조심스럽게 건넸다. 신랑이 술잔을 비우고 신부에게 권하자, 얼굴을 돌려서 술잔을 입술에 대었다 내려놓았다.

"촛불에 비친 신부 얼굴의 아취가 한 송이 향설香雪을 연상케 했다. 내 그대를 꽃으로 대하리라."

사주단자를 받던 날, 문씨 부인은 딸에게 가르쳤다.

"아내는 남편을 일생 동안 손님처럼 공경해야 하느니라."

신행하던 날, 시어머니 춘천 박씨를 뵈올 때, 며느리의 복스럽고

수려한 미모와 행동거지가 예禮에 맞았고, 위로 시조모로부터 제부(諸父 백숙부), 제모(諸母 백숙모)를 비롯해 일가친척은 물론 이웃들에 이르기까지 칭찬하기를,

"역시, 보고 배운 데가 있구나." 하였다.

부잣집에서 자라나서 거만하고 천박할 것이라는 짐작과 달랐다. 남편 공경하기를 물건을 건넬 때는 소반에 담아 공손히 올리고, 거처도 달리하여 가인家人들은 친애하는 모습을 보지 못하여, 부부간의 금슬이 좋지 않은 것으로 의심하기도 했으나, 나중에서야 부부간의 정이 깊고 온유한 것을 알았다고 한다.

시인의 집은 가난하고 부인의 친정은 부유하였지만, 처가살이를 하지 않고 출산 때만 처가에 맡긴 채 왕래하였다.

어느 봄날, 신혼부부는 꽃을 찾는 나비가 되어 답청踏靑을 나갔다. 시인은 부인의 가마를 앞세우고 말 위에 앉아 뒤따랐다.

배점마을에서 국망봉國望峰 아래 죽계로 꺾어 올랐다. 죽계를 따라 10여 리를 올라가자, 골짜기가 아늑하고 깊숙하며, 일행을 반기듯 새소리와 꽃과 방초들로 어우러진 낙원이었다.

바위에 부딪치는 물소리를 뒤로 흘려보내며 위로 올라갔다. 안간교安干橋를 건너 초암에 이르렀다. 초암은 원적봉 동쪽, 월명봉 서쪽에 있었고, 양쪽 봉우리에서 뻗은 두 산줄기가 암자 앞에서 서로 포옹하듯이 마주쳐 산의 어귀를 이루었다.

6. 매화 333

영송 詠松

푸른 비늘 겹겹이 날아오르는 용의 기세로다.	蒼鱗䕺䕺勢騰龍
외진 골짜기 절벽 위에 우뚝 자라난 소나무,	生當絶壑臨無底
기상은 높은 하늘로 떨쳐 험준한 산봉을 찍어누를 듯,	氣拂層霄壓峻峯
본래 울긋불긋 사치를 좋아하지 않으니,	不願靑紅狀本性
복사꽃 오얏꽃 따라 예쁜 얼굴에 아첨하는 것이니,	肯隨桃李媚芳容
깊은 뿌리는 거북이나 뱀같이 복령을 길러서,	深根養得龜蛇骨
한겨울 눈서리에도 까딱없이 지내노라.	霜雪終敎貫大冬

　초암에서 요기를 하고 두 사람만 비로사 가는 달밭골로 들어갔다. 봄이 벌써 반을 지나서 만물이 때를 얻어 꽃과 새가 흥이 한창인데, 한 시간 정도 오솔길을 걸어서 달밭골에 이르니, 철쭉과 산죽山竹이 군락을 이루고, 산새 소리에 산 벚꽃이 하얗게 눈이 부셨다.

　시인은 깎아지른 절벽 위 바위틈 사이에 뿌리를 내리고 어렵게 버티고 서 있는 소나무의 기상에 감흥을 받아 〈영송詠松〉을 지었다. 이렇게, 시인이 소나무에 집중하는 동안 신부는 지천으로 핀 야생화와 새소리에 취해서 나비처럼 산속을 헤매고 다녔다.

　시인은 시 짓기를 마치고 신부를 찾아 숲속 나무들 사이를 두리번거렸다. 신부의 모습은 보이지 않고, 산죽 숲 뒤로 산 벚꽃이 바람에 하늘거렸다.

　시인은 바람에 서걱거리는 대숲으로 다가갔다. 하얀 저고리에 남색 치마를 입은 신부가 하얀 도라지꽃을 머리에 꽂고 산죽 잎 사이로 미소 짓고 서 있었다. 시인의 눈에 비친 신부는 한 송이 향설香雪이었다.

　風吹齊發玉齒粲　바람 불어 고운 이 가지런히 빛나고,
　雨洗渾添銀海渙　흐렸던 눈은 비에 씻겨 빛나네.

　신부의 고운 이가 가지런히 빛나고 진주알같이 반짝이는 눈동자가 자신의 눈으로 들어오자, 시인은 눈이 부셨다.

돌아오는 길에 가마꾼을 먼저 보내고, 저녁 강물이 흐르는 서천강 강둑을 둘이서 걸었다. 황혼 속의 소백산 연봉이 병풍처럼 길게 둘러쳐 있었다.

의령 처가에도 함께 가서 처가 권속들과 자굴산 보리사를 다녀오면서, 연꽃이 가득 핀 서암지書岩池 못둑을 걸었다. 이때, 이원李源과 처음으로 만났다. 이원의 처가가 시인의 처가와 같은 마을이었다.

창계 문경동은 시인의 혼인식이 있던 신사년(1521) 봄에 청풍 군수가 되었는데, 그 해 6월 그믐날, 병으로 청풍군 관아에서 졸卒하였다.
사자嗣子가 없어, 아우 몇 명이 관(柩 널)을 운반하여 왔다. 공의 사위 의춘宜春 허찬許瓚이 부음을 듣고 달려와 상여를 맞이하여, 고을 동쪽 이산면 신암리 석봉에 장사지냈다.
그의 문집으로는 《창계시고滄溪詩稾》두 권을 남겼다. 시인은 처외조부 문경동의 묘갈명에 이렇게 적었다.

"등유(鄧攸, 진나라 등백도鄧伯道)처럼 아들은 없으나, 채옹蔡邕의 집안처럼 훌륭한 딸(채염, 東漢의 여류문인)을 두었도다. 많은 외손들 전해지는 경사를 받아들이기에 적당하니, 세속의 명절이 닥칠 때면 감히 수묘修墓치 않을 수 있겠는가? 석봉의 동쪽 기슭에는 소나무 숲이 울창하도다. 비석에 사실을 새겨서 무궁토록 알리노라."

    계미년(1523) 여름 어느 날, 시인 부부는 용수사에 갔다. 운곡을 지나자, 인적은 사라지고 소나무 숲이 하늘을 가렸다. 새소리에 발을 옮기다가 눈이 마주치면 서로 미소 지었다.

    산문 안으로 들어서니, 지난날 하과夏課 때 낯이 익은 중 서넛이 나와서 반갑게 맞아주었다. 빈 뜰에 선 늙은 탑은 낮고, 부처는 낡아 파리하였다.

    허씨 부인의 치마는 동산같이 불러 있었다. 조심스럽게 두 손 모아 부처님 앞에 엎드렸다. 첫 출산의 기대와 두려움을 불심으로 진정시켰다.

    그 해 10월 18일, 시인의 맏아들 준寯이 출생하였다. 아들을 얻은 시인 내외는 더없이 행복한 나날을 보냈다.

    그 해 겨울, 23세의 시인은 성균관에 유학하였다. 23세의 시인은 자유분방한 젊음을 보내고 있었다. 현숙한 아내와 귀여운 아들, 그리고 부족함이 없는 전장田莊을 갖게 되자, 사서오경의 경서 공부보다는 〈국풍〉에 심취해 있었다. 그러나 현실에 안주하여 인생을 즐기는 자식을 걱정하여 어머니가 성균관에 입교하라고 권유하고 형들이 질책하여 시인은 집을 나서지 않을 수 없었다.

    젊고 속 깊은 아내가 세심하게 챙겨주는 괴나리봇짐을 받아들고, 동행하는 이 없이 여윈 종이 끄는 지친 말을 타고 시인은 서울로

갔다.

　문과에 급제하려면 성균관에 유학하는 것이 빠른 길이었다. 성균관은 성成과 균均, 그리고 관館의 뜻이 합쳐진 것으로, 동량지재棟梁之材를 다듬는 반궁泮宮이기도 하다.

　성균관의 교육은 유학이념에 입각한 인재양성이 목적이었다. 교육 내용은 유교 경전인 사서(논어·맹자·중용·대학)와 오경(시경·서경·예기·주역·춘추)이었다.

　제술製述은 사서의四書疑·오경의五經義, 시詩·부賦·송頌·책策 등인데, 사서의와 오경의는 경서의 본문을 보고 논설을 전개하는 것이며, 부·송·시는 문장을 아름답게 짓는 문학에 속하고, 책策은 국가의 정책이나 시폐時弊의 시정을 주장하는 논문 형식이다.

　이러한 성균관의 교육 내용은 과거의 과목과 대체로 비슷하여, 성균관의 교육은 과거시험 과목의 영향을 많이 받았다.

　시인은 문음승보門蔭陞補의 하재생(下齋生, 옛 성균관의 특례 입학생)으로, 서재西齋에 있었다.

　그런데 기묘사화의 충격으로 당시 선비들의 마음이 경박하였다.

　성균관은 노장老莊·불경·잡류·백가자집百家子集은 이단의 금서로 하여, 조정을 비방하는 말이나 주색·재물에 관한 고담준론高談峻論을 금하고 풍화風化의 근원으로 동량을 기르는 데 엄격하였지만,

이미 훈신의 자식들을 위한 입신출세의 요람으로 전락했으니, 후광이 면학보다 앞서고 고담준론의 입방아는 들풀처럼 무성했다.

성균관이 피폐해진 것은 단지 그때만이 아니었다. 자신의 생각을 한 마디 말하면 남들이 비방하기를 그치지 않았으니, 학문을 통해 자유의지와 통찰력을 도야하려던 꿈이 좌절되자 시인은 두 달을 머물다가 고향으로 돌아왔다.

성균관에서 단양 사람 황상사黃上舍의 《심경부주心經附註》를 보고 너무 마음에 들어서 종이를 주고 한 부를 구득하였다. 다른 사람들은 문리文理를 잘 해득하지 못하였는데, 시인은 문을 닫고 들어앉아 연구하여 깨닫지 못한 곳이 없었다. 이 책을 통하여 심학의 연원과 심법의 정미함을 알게 되었다.

갑신년(1524), 24세의 시인은 과거에 낙방하였다. 이번까지 과거에 세 번 낙방하기는 했으나, 상심하지 않았다. 서둘지 않아도 되는 젊은 날이 남아 있고, 성리性理의 오름길에 과거科擧는 오히려 걸림돌이었기 때문이었다.

'선비로서 과거科擧의 얽매임에서 벗어나지 못하고 도를 강명하는 방법을 아직 깨닫지 못하였다 하더라도, 도의를 소중히 여기고 예의를 숭상할 줄은 알아서 학행을 겸비하여 사군자士君子의 풍도를 익히는 것이다.'

6. 매화

라고 생각하며 시인은 자신의 마음을 다잡았다.

하루는 고향집에 있는데 누군가 와서,

"이 서방, 이 서방……." 하기에,

시인은 자신을 부르는 줄 알고 열린 방문 틈으로 살펴보니, 이웃에 사는 젊은 총각이 늙은 종을 찾는 것이었다.

자신의 가문을 지칭하는 성 뒤에 붙는 '이 생원', '이 진사', '이 대감' 등의 호칭은 독립된 나(我)가 아니라, 관습의 굴레에 예속된 나(我)라는 존재이다.

'사군자 上君子의 풍도는 단지 이상일 뿐인가?'

이상과 현실의 괴리 乖離 딜레마에서 고민하지 않을 수 없었다.

찌는 듯한 더위를 참고 앉아서 책장을 넘기니, 글자가 눈에 어른거리고 잡념이 그치지 않는다. 점차 자신이 왜소해지고 매미소리 짜증나는 여름이었다. 마음이 혼란스러워 책을 덮으니, 장마가 걷힌 하늘가에 수수알이 영글어 고개를 숙인 수숫대가 바람에 일렁였다. 그걸 보고 시인은,

'넉넉한 가을을 넓은 가슴으로 받아들여야지…….' 하고 생각하였다.

그 해 7월 보름날, 시인은 용수사에서 달구경을 하였다. 넷째형 해 瀣, 질서 민시원 閔蓍元, 종제 수영, 맏형의 사위 민구서, 정효종, 손

류, 김사문, 이렇게 여덟이 휘파람을 불면서 걸었다.

저녁연기 피어오르는 매정마을을 지나 용수사 경내로 접어들자, 우묵한 숲속에 반딧불이 날고 풀벌레 소리에 어둠이 내려앉았다.

이윽고, 둥근 보름달이 용두산에 두둥실 떠올라 어둠살을 걷어내자, 달빛에 탑이 솟아오르고 대웅전 추녀 끝에 풍경소리 청량하였다.

고적한 용수사 가람이 현란한 빛으로 '색즉시공色卽是空'의 경지에 이르는 순간, 낭랑한 반야심경般若心經이 적요寂寥를 깨고 흘렀다.

"아제아제 바라아제 바라승아제 보리 사바하"
揭諦揭諦 波羅揭諦 波羅僧揭諦 菩提 娑婆訶

달빛 속에 염불 흐르니 목탁소리 더욱 신령스러워, 목마른 젊은 이들 저절로 두 손 모아 깨우침을 구하였다.

시인은 눈을 감았다. 달빛보다 마음이 밝아 온다.

'빌어 구하지 않고, 마음의 눈으로 길을 찾아 나서리라.'

이듬해(1525) 1월, 시인은 청량산 자하문 아래 보문암에 있었는데, 경서經書 공부보다는 《주역》과 《시경》에 심취해 있었다. 《시경詩經》은 고대 중국 주나라 시절의 시가집이자 유가儒家의 경전이다.

《시경》에는 그 시대를 살았던 사람과 사회의 생각과 생활, 꿈을 노래한 더할 나위 없이 귀중하고 빛나는 시가 작품이 실려 있다.

6. 매화 341

각 제후국에서 불리던 노래를 한데 모은 것이 《시경》이다.

시인이 즐겨 읊었던 《시경》은 소남召南의 〈까치집 鵲巢〉으로, 이는 혼인을 축하하는 시이다.

까치가 둥지 지었는데, 비둘기가 거기 사네.
이 처자 시집가니, 수레 백량으로 맞이하네.
까치가 둥지 지었는데, 비둘기가 차지하네.
이 처자 시집가니, 수레 백량으로 전송하네.
까치가 집을 지었는데, 비둘기가 가득 찼네.
이 처자 시집가니, 수레 백량으로 성혼하네.

시인은 산을 오르내리면서 늘 〈국풍〉을 흥얼거렸다. 첫아들 준의 재롱이 즐겁고, 아내의 부덕이 미뻤다. 걱정 근심이 없으니, 경서經書보다 〈국풍〉이 절로 나왔다. 청량산의 살을 에는 추위에도 〈국풍〉을 흥얼거렸다.

그 해 겨울, 청량산에 눈바람이 열흘간 계속 몰아쳤다. 북풍이 노도처럼 휘몰아치니, 만 가지 나무가 울부짖었다. 건너편 마주보는 축융봉 산성山城에서 용이 내닫고, 만리산 호장골에서 백호가 포효하였다.

시련 試鍊

검푸른 구름이 사방에서 몰려와
순식간에 산을 에워싸고 파도를 일으키니,
암자는 구름 속에 갇히고
뇌성벽력이 산을 뒤흔들었다.
새벽이 되자, 거위털이 날리듯이 함박눈이 날렸다.
축륭봉 위로 햇살이 비치면서 온 세상이 눈부시게 빛났다.

　축융봉 오마대도五馬大道를 구름처럼 달리던 군마들이 밀성대 산성 아래로 우르르 무너져 내리듯 떨어지며 울부짖었다. 산 아래 골짜기 천길만길 지옥에서 흉년과 수탈, 전쟁과 전염병에 백성들이 울부짖으며 손을 뻗쳐 시인을 끌어내리려 아우성쳤다. 산사에서 게으름만 피우는 그에게 하늘이 노한 것이다.
　세찬 바람은 문풍지를 울리고, 뇌성벽력은 창문에 번쩍였지만, 시인은 면벽하고 무념무상의 경지에 들어갔다. 새벽이 되자, 용호상박의 기세가 꺾이더니, 등륙(騰六 눈을 내리게 하는 신)의 조화인지 싸락눈이 소금을 뿌리는 듯, 거위털이 날리듯이 함박눈이 날렸다.

　굳게 닫혔던 방문을 조심스럽게 열자, 축륭봉 위로 햇살이 비치면서 나뭇가지에 솜처럼 쌓인 눈으로 온 세상이 눈부시게 빛났다.
　'근본을 바로잡고 중화中和와 낙직樂職(한쪽으로 치우치지 않고 부드럽게)으로 백성들을 온전하게 하리라.'
　상서로운 기운을 받아들여 글공부에 매진할 것을 다짐하였다.

　또 봄이 왔다. 시인은 봄길을 걸어 청량산에서 하산했다.
　병술년(1526) 봄, 아들 준을 안고 허씨 부인과 의령 가례의 처가에 갔다. 처가 권속들을 만나기도 하고, 단성현 배양리 이원李源의 집도 방문하였다.

정해년(1527) 10월, 허씨 부인은 둘째아들 채를 출산하였다. 아내 허씨 부인은 출산을 위해 영주 초곡 친정에 있었는데, 그녀는 둘째 아들 출산 후 산후병에 시달렸다.

경상도 향시가 있었지만, 시인은 향시에 나갈 수 없었다. 아내는 병통에 시달리면서도 남편에게 향시에 나갈 것을 권했다. 시인은 아내의 권유를 뿌리치지 못하고 집을 나섰지만 불안했다. 시인은 안동부安東府로 가서 향시에 응했다. 안동부에는 학처럼 하얗게 차려 입은 선비들로 붐볐다. 이윽고 시관이 시제試題를 내걸었다.

진사시는 부賦와 시詩를 과목으로 하여 문장에 밝아야 하고, 생원 시는 사서의四書疑와 오경의五經義의 경전에 밝아야 한다. 문장의 형식 과 내용이 시폐時弊의 대안 제술에 적합해야 하고 경전에 능하면 목 민관으로서 덕성과 통찰력이 넓고 깊어진다.

과거의 목적은 앎에 그치지 않고 통찰력과 실천력을 검증하는 데 있는데, 과유科儒들은 시부詩賦의 대우對偶와 압운押韻의 요령만 익히 고, 경전의 뜻보다는 장님이 경 읽듯 외어서 합격하고자 하였다.

향시는 진사시와 생원시 중 1개 과를 선택해서 응시하지만, 시인 은 진사시와 생원시 양 과에 응시했다.

과장에는 기침 소리하나 없이 침묵이 흘렀다. 시인은 집을 떠나 올 때 꼭 입방入榜하라고 당부하던 아내의 퀭한 눈과 메마른 입술이 눈앞에 어른거렸다. 향시 결과, 시인은 진사시에 1등, 생원시에 2등 을 하였다.

'아들 출생, 향시 합격이 호사다마好事多魔인가?'

그는 양손에 행운을 거머쥔 것이 도리어 불안했다. 해가 소백산 너머로 자취를 감추고 심술부리듯 먹구름 잔뜩 낀 밤하늘은 별 하나 없었다.

어둠 속에서 하얀 길을 더듬어 불안한 생각으로 초곡마을 입구에 들어섰을 때, 서천강 건너 처가 대문에 사람들이 우왕좌왕하며 들락거렸다.

'아, 이럴 수가……'

희미한 조등弔燈이 바람에 흔들리고 있었다. 악령이 조등 위에서 저주詛呪의 굿판을 벌이고 있었다. 시인은 그 자리에 쓰러져 땅에 눈물을 뿌렸다.

'태어나 일곱 달 만에 아버지를 여의고, 학문의 길을 몰라 헤맬 때 길을 터주시던 숙부님도 떠나고, 이제 아들 둘과 네 식구 어머님 평안히 모시려고 했는데……'

하늘이 자신에게 고통을 주는 뜻을 헤아릴 수 없었다.

"해 아래서 미처 몰랐더니, 어둠 속에 달이 더 밝구나.
그대 보름달처럼 맑은 얼굴로 내 가슴으로 잠겨드는구려.
원추리 꽃처럼 웃던 봄, 벽오동 잎보다 싱그런 여름,
대추 영그는 가을보다 향설香雪 날리는 겨울 먼저 왔구려.
산도라지꽃 꺾어 머리에 꽂으니 나비 앞서 날고,

오호 통제痛哉! 일곱 해 답청놀이 호접몽이었구나.
절개 있는 선비는 속된 얼굴 꾸미지 않고,
정절 곧고 고요한 여인 교태부리지 않나니,
내 정녕 임포처럼 매처학자梅妻鶴子 삼으리라."

남편의 진사·생원 양과 합격 소식 듣지 못한 채, 출산 한 달 후인 11월 7일, 허씨 부인이 세상을 떴다. 이산현 신암리 석봉 동쪽 기슭, 외조부의 품에 안기듯, 창계 문경동의 산소 뒤 언덕에 장사 지냈다.

속사俗祀하기 편하도록 한 창계 문경동의 배려가 있었지만, 시인이 도산에서 서울로 오가는 길에 묘소가 있어서, 부인의 산소에 들러서 마치 산 사람 대하듯 화답하였다.

계사년(1533) 2월 5일, 시인은 장인의 생일잔치에서 몇 잔 술을 마시고, 아내와 함께했던 젊은 날의 추억에 잠겨 있었다. 정해년(1527)에 아내를 사별死別하고 꿈에라도 한 번 그 모습을 보고 싶었는데, 처가에 와 있으니 아내 생각이 더욱 간절하였다.

시인은 대청마루 헌함軒檻 너머로 대나무·매화·난 등이 어우러진 정원과 연못이 눈에 들어왔다. 대숲에 이는 바람에 서걱거리는 소리를 들으며 무심코 시선이 정원으로 향하던 중, 정원에 소복素服

한 여인의 모습이 흐릿하게 눈에 들어왔다. 곧추앉아서 정신을 집중하였다.

여인의 자태가 점차 또렷해지면서, 대숲 뒤로 하얀 저고리에 남색 치마를 차려입은 아내가 하얀 도라지꽃을 머리에 꽂고 산죽 잎 사이로 미소 짓고 서 있었다.

'아, 그대가……'

風吹齊發玉齒粲   바람 불어 고운 이 가지런히 빛나고,
雨洗渾添銀海渙   흐렸던 눈은 비에 씻겨 빛나네.

시인의 눈에 비친 아내는 한 송이 향설香雪이었다. 혼인하던 그 해 봄, 소백산 죽계 초암사 달밭골에서 본 그대로의 모습이었다.

시인은 아내와 서로 화답하며 정원을 거닐었다.

의령에 좋은 세상이 따로 있나니,
백암촌 안의 처가 정원 숲에 여러 가지 나무가 있구나.
한 해 봄꽃을 보고 꽃에 관해 가벼이 논하지 말라,
꽃의 품격을 논할 땐 매화가 존귀하다 먼저 적나니.

고상한 정취를 가진 매화가 어찌 섣달에만 피리,
고고한 운치를 지닌 매화는 화창한 봄날 오기를 기다리지 않나니,
매화 한 가지 푸른 대나무밭에 비스듬히 기대 있구나.
풍란風蘭은 황금색 술잔에 비치고.

못에 드리운 식물의 줄기마다 화창한 봄날의 정취를 머금어,
가까운 처가의 처마엔 절경이 철철 넘치는구나.
절개 있는 선비는 속된 얼굴로 꾸미지 않으니,
정절 곧고 고요한 여인이 어찌 화장한 얼굴로 교태를 부리리.

바람 불어 고운 이 가지런히 빛나고,
흐렸던 눈은 비에 씻겨 빛나네.
연기가 짙어져 발과 장막으로 가려야 할 때 있었지,
달이 지면 은하수도 반쯤 기울어지리라.

잘 나는 수물총새에 어울려 암물총새 날갯짓하며 시끄럽게 울고,
연두색 저고리 거꾸로 걸치고 신선 같은 노인이 나오는구나.
알뜰히 화장한 여인이 노인에게 헌수獻壽 모습 맑고 아름답네.
그리운 역리驛吏 만나려 매화 한 가지 꺾어 보냈으나,

고결한 매화 멋대로 조화를 부렸구나.
매화나무 성긴 가지 맑고 깨끗한 기운이 빼어나고,
흥을 돋우는 피리소리 그쳤으나 더 놀고 싶어라.
그림처럼 아름다운 잔치마당에 속마음 드러냄 참으로 구차해.

낡은 다리 얕은 물을 아내와의 추억을 되새기며 거니노라.
오래된 정원이 마음을 아프게 해 도리어 정신을 차리게 되고

꾀꼬리 새끼 울음소리 시끄러워 아내 소식 들을 수 없으니,
개미 반걸음만큼도 못 움직이겠네.

매화에게 나의 편안한 말과 본디의 마음을 충분히 전했으니,
매화와 더불어 더 이상 회포를 풀어 무엇하랴.
천 년 전 임포의 매처학자梅妻鶴子 풍류가 오히려 어제 일 같으나,
객지 같은 처가에서 아내를 만나보려 해도 뜻대로 되지 않고.

매화를 아내로 여기려는 이 조촐한 풍류조차 누릴 수 없구나.
나그네 기억 어렴풋해 처가 동네 낯설고,
노래할 때 구슬은 젓가락 장단 맞추는 반에서는 소용없구나.
맑은 술동이 내버려두고 음식을 받드는 여자 젊고 예쁘도다.

내게 음식 받드는 일일랑 그녀 뜻에 아예 맡겨 홀가분하니,
시를 읊조리고 배회하며 매화의 맑고 깨끗함을 함께하나니,
쇠솥에 국 끓이는 것은 그리 중요하지 않다네.
고깃국 끓이는 불길 한 줄기가 흰 매화를 날리지 않게 하게.

정신을 차리고 다시 한 번 자세히 보았더니, 푸른 대숲에 비스듬히 서 있는 매화 한 가지가 바람에 일렁이고 있었다. 그 날 처가에서 잠깐 본 아내의 모습은 그 후 평생토록 뇌리에 박혀 사라지지 않았다.

매화 梅花

절개 있는 선비는 속된 얼굴로 꾸미지 않으니,
정절 곧고 고요한 여인이 어찌 화장한 얼굴로 교태를 부리리.
바람 불어 고운 이 가지런히 빛나고,
흐렸던 눈은 비에 씻겨 빛나네.

節士不作風塵容　靜女那須脂粉媚
風吹齊發玉齒粲　雨洗渾添銀海渙

시인은 토계의 계상서당溪上書堂 근처에 매화를 심었다. 매화가 피면 아내를 맞이하듯 반겼고, 분매盆梅를 인격화하여 분매와 대화하면서 아내를 대하듯 정신적인 교감을 이루었다.

1570년 12월 8일, 그 날은 유난히 화창한 날씨였다. 시인은 부축을 받아 자리에서 일어났다. 화분의 매화에 물을 주라고 하시고, 조카 교蹻를 불러서 물었다.

"머리 위로 바람소리가 나는데, 너도 들리느냐?"

조카는 무슨 소린가 하고 귀를 기울여 들으려고 했으나, 들리지 않았다.

시인은 바람에 서걱거리는 대숲을 걷고 있었다. 소백산 죽계 달밭골이었다. 산죽山竹 숲 뒤에 산 벚꽃이 바람에 하늘거렸다. 하얀 저고리에 남색 치마를 입은 신부가 하얀 도라지꽃을 머리에 꽂고 산죽 잎 사이로 미소 짓고 서 있었다. 깎은 듯 빼어난 얼굴에 사슴처럼 순한 눈, 수줍은 듯 가지런한 이빨을 드러내고 미소 짓는 모습은 한 송이 향설香雪이었다.

風吹齊發玉齒粲　바람 불어 고운 이 가지런히 빛나고,
雨洗渾添銀海渙　흐렸던 눈은 비에 씻겨 빛나네.

갑자기 흰 구름이 집 위로 모이더니, 눈이 내렸다.

― 끝 ―

〈梅花〉詩 풀이

국역 張光秀

宜城別占好乾坤	白岩村裏多林園	一春花事未暇論	品題先識梅花尊
高情豈獨臘天開	孤韻不待陽和催	一枝斜倚翠竹場	天樹照映黃金罍
臨池脉脉貯芳意	近簷盈盈增絕致	節士不作風塵容	靜女那須脂粉媚
風吹齊發玉齒粲	雨洗渾添銀海澳	烟濃有時取簾幕	月落偏宜牛斜漢
翠羽刺嘈感師雄	綠衣倒掛來仙翁	點成粧額壽陽嬌	折寄相思驛吏逢
氷魂雪骨擅造化	暗香疎影絶蕭灑	笛中吹落意不盡	畵裏傳神眞苟且
荒橋水淺不自病	古院答深還得性	鶯兒自分斷消息	蟻使不敢窺衰盛
己付廣平說素心	更與西湖作知音	風流千古尙如昨	客裏相逢意不任
一般眞趣杳無辨	旅思依依鄕思淺	歌珠不用鬧檀板	且置淸樽供婉孌
永托深盟同皎潔	嘯咏徘徊共淸絶	調羹金鼎是餘事	莫使一片吹香雪

品題先識梅花尊 '경전에선 매화가 존귀한 줄 먼저 아나니,'
　일반적으로 매화를 문예적으로 품제品題할 때는 사군자라 하여 숭상하나, 여기서는 죽은 아내 허씨를 상징하는 객관적 상관물이 된다.

高情豈獨臘天開 '고상한 정취를 가진 매화 어찌 섣달에만 피리'
　흔히 매화를 '설중매雪中梅'라고 부른다는 사실을 염두에 둔 표현이다.

孤韻不待陽和催 '고고한 운치를 지닌 매화는 화창한 봄날 오기를

　　　　　기다리지 않나니.'
　시인은 자신이 처가에 올 때에 맞추어 매화가 피었다고 여겼다.

一枝斜倚翠竹場　'매화 한 가지 푸른 대나무밭에 비스듬히 기대 있
　　　　　　　　　구나.'
　아내와 자신의 다정했던 관계를 상징적으로 표현하였다

天樹照映黃金罍　'풍란風蘭은 황금색 술잔에 비치고,'
　풍란이 황금색 술잔(놋잔)에 비치고,
　풍란의 황금색 꽃이 술잔에 비치고,

節士不作風塵容　'절개 있는 선비는 속된 얼굴로 꾸미지 않으니'
　처가 정원의 대나무처럼 절개 있는 선비는 속기를 띠지 않으니

靜女那須脂粉媚　'정절 곧고 고요한 여인이 어찌 화장한 얼굴로 교
　　　　　　　　　태를 부리리.'
　정절 곧고 고요한 여자(매화, 아내 허씨)가 어찌 화장한 얼굴로 교태를 부리리.

雨洗渾添銀海渙　'흐렸던 눈은 비에 씻겨 빛나네.'
　'은해銀海'는 도교에서 사람의 눈을 비유하는 말이며, 매화에서 연상한 생전의 아내의 아리땁던 모습을 이른다.

烟濃有時取簾幕 '(저녁 짓는) 연기가 짙어져 발과 장막으로 가려야 할 때 있었지.'

  아내가 저녁밥을 지어 올리던 일을 회상한다.

月落偏宜半斜漢 '달이 지면 은하수도 반쯤 기울어지리라.'

  은하수는 견우와 직녀를 만나게 하는 가교이면서, 둘 사이의 장애물이다. 시인은 자신과 아내 허씨를 견우와 직녀에 견주어, 달이 지고 어두워지는 것은 이제는 아내를 만날 수 없다는 화자의 허전하고 암울한 심정을 표현한 것이다.

翠羽刺嘈感師雄 '잘 나는 수물총새에 어울려 암물총새 날갯짓하며 시끄럽게 울어대고,'

  〈황조가 黃鳥歌〉의 '편편황조 자웅상의(翩翩黃鳥 雌雄相依)'라는 구절을 연상하여, 아내 허씨와 정답게 살던 때를 떠올려 보았다.

綠衣倒掛來仙翁 '연두색 저고리 거꾸로 걸치고 신선 같은 노인이 나오는구나.'

  이 날, 52세 생신잔치의 주인공인 시인의 장인 묵재黙齋 허찬許瓚이 술에 약간 취한 모습을 묘사하였다.

點成粧額壽陽嬌 '알뜰히 화장한 여인이 헌수獻壽하는 모습 맑고 아름답구나.'

　묵재의 며느리나 딸들의 헌수를 보고, 죽지 않았더라면 시인의 아내 허씨도 이 날 당연히 헌수하였을 것이니, 시인의 심정이 어떠했을지는 짐작할 수 있다.

折寄相思驛吏逢 '그리운 역리驛吏 만나려 매화 한 가지 꺾어 보냈으나,'

　역리는 역참驛站에 속한 구실아치(아전衙前)를 뜻하는 말이나, 여기서는 처가에 와 있어도 마음이 편치 않은 나그네 신세인 시인 자신을 지칭한다. 이때는 시인이 과거에 낙방하고 처가 이외에도 남도의 여러 지역을 여행 중인 나그네 신세였다. 죽은 아내가 남편인 시인을 만나려 매화를 꺾어 보냈다는 것은 시인이 아내를 만나고 싶다는 심정을 주객전도로 표현한 것이다.

氷魂雪骨擅造化 '고결한 매화 멋대로 조화를 부렸구나.'

　아내가 나를 만나러 왔으나(매화를 꺾어 보냈으나 제대로 전달되지 않아), 내가 아내를 만나러 오지 못했구나.

暗香疎影絶蕭灑 '매화나무 성긴 가지 맑고 깨끗한 기운이 빼어나고,'

　송나라 임포林逋의 시 〈산원소매 山園小梅〉의 '소영횡사수청천 암향부동월황혼(疏影橫斜水淸淺 暗香浮動月黃昏)'을 차용한 것으로, '암향暗香'은 '그윽이 풍기는 향기'란 뜻이며, 흔히 매화의 향기를

이르는데, 〈사미인곡〉의 '암향'도 그러하다.

荒橋水淺不自病 '(처가 정원 연못의) 낡은 다리 얕은 물을 아내와의 추억을 되새기며 거니노라.'

  처가 정원에 매화나무 가지가 드리웠으니, 시인은 임포林逋의 '매처학자梅妻鶴子' 고사(매화를 아내로, 학을 아들로 여기며 삶)를 떠올리고, 아내에 대한 그리움을 느낀다.

古院答深還得性 '오래된 정원이 내 마음을 몹시 아프게 해 도리어 정신을 차리게 되고,'

  처가의 정원을 거닐며 아내와의 상념에 잠겼으나, 지금은 아내가 없다는 사실을 새삼 깨닫고 현실로 돌아오기 시작하는 상황이다.

鶯兒自分斷消息 '꾀꼬리 새끼 울음소리 시끄러워 아내 소식을 들을 수 없으니,'

  꾀꼬리 새끼는 음력 2월 5일~2월 10일이라는 계절감과 관계있는 소재이며, 〈황조가〉의 꾀꼬리가 그러하듯, 그 울음소리는 지금은 없는 아내에 대한 애틋한 그리움을 부추기는 역할을 한다.

蟻使不敢窺衰盛 '개미 반걸음만큼도 못 움직이겠네.'

  남들은 흥청망청 놀고 있는 생신잔치인데, 자신은 아내가 죽고 없어 망연한 모습이며, 시인은 이렇게 멍하니 서서, 처가의 매화를

보고 아내와의 추억에 잠겼던 것을 서서히 마무리해 간다.

更與西湖作知音 '매화(죽은 아내)와 더불어 더 이상 회포를 풀어 무엇하랴.'

　서호西湖는 중국 항주 서쪽에 있는 절경의 호수로, 임포林逋의 '매처학자梅妻鶴子' 고사가 전해진 곳이다.

歌珠不用鬧檀板 '노래할 때 쓰는 구슬은 젓가락 두드리며 장단 맞추는 반에서는 소용없구나.'

　'가주歌珠'는 아내 생시에 부부가 함께 있는 자리에서, '판板'은 시를 읊조릴 때 썼던 도구로서, 현재 처가의 생신잔치에서 남들이 젓가락 장단으로 반을 두드리며 노래를 하는 상황이다.

且置清樽供婉變 '맑은 술동이 내버려두고 (나에게) 음식을 받드는 여자 젊고 예쁘도다.'

　허전한 마음에 술 한잔 마시고 싶은데, 술은 주지 않고 나에게 음식을 올리는 여인이 젊고 아름답도다. 시인은 여기에서 생전의 아내 허씨를 떠올린다.

嘯詠徘徊共清絕 '시를 읊조리고 배회하며 매화의 맑고 깨끗함을 함께하나니,'

　(장인의 생신잔치에 왔으나 아내가 죽고 없어 나그네 같은 심정

이어서 술이나 한잔하려는데, 음식을 받드는 여인은 '나'의 그런 속도 모르고 다른 음식을 주니 거기에는 별로 관심이 없고) 죽은 아내 허씨의 영혼을 상징하는 매화를 보고 그녀와의 추억을 떠올리며 시를 읊는 한편, 국 끓이는 여인에게 매화를 다치지 않게 하라고 당부하는 것이다.

莫使一片吹香雪 '국 끓이는 불길 한 줄기가 흰 매화를 날리지(태우지) 않게 하게.'

'향설香雪'은 '향기 있는 눈'이란 뜻으로 흰 꽃을 말하며, 여기서는 매화를 지칭한다. 빙자옥질冰姿玉質, 빙기옥골冰肌玉骨, 아치고절雅致高節 들은 매화의 이칭들이다.

시인은 아내 허씨 부인을 장사 지낸 며칠 후 찾은 묘소에서, 생명은 유한하고 쉼 없이 흐르니 죽음은 결코 두렵지 않으나, 혼자 살아야 하는 고독과 상실감이 죽음보다 참기 어려웠다.
사람은 누구나 살아가면서 얼마쯤은 외로움을 겪는다. 그것은 인간이 모체로부터 분리되어 세상에 내던져지는 순간 독립된 한 개체로 생명을 유지해야 하기 때문이다.
이런 모자 분리의 원초적 외로움은 다시 무언가와 결합하고자 하는 본능을 유발하게 되는데, 시인은 자신의 존재 속에 실존적 외로움을 매화를 통해 해소하려 했다고 할 수 있을 것이다.

　　매화를 미인의 화신化身으로 쓴 것은 어떤 경험을 유비類比하거나 어떤 의상의 융합에 바탕을 둔 것이다.

　　'靜女那須脂粉媚 정절 곧고 고요한 여인이 어찌 화장한 얼굴로 교태를 부리리.'

　　매화의 모습으로부터 미인의 자태를 연상하게 됨으로써 문학적인 아름다움을 증가시킨 것이다.
　　시인에게는 허씨 부인과 사별한 후의 상실감과 외로움이 자신의 절제된 도덕성 속에 잠재되어 있었다.
　　계사년 남행 때 처가의 뜰에서 잠깐 보았던 허씨 부인의 영상映像은 그 후 평생토록 뇌리에서 사라지지 않게 되었다. 시인의 도덕성에 깊숙이 잠재된 원초적 본능이 매화로 체환替換됨으로써 상실감이 채워지고 외로움이 해소된 것이다.

　　시인이 본 아내의 영상映像은 현실이 아닌 상상의 세계가 표상화되어 머릿속에 남아 있는 현상이다. 이는 기억이라는 경험이 신경세포 다발 속에 축적된 이미지로 마음자리에 생생하게 들어박힌 것이다.

【부록】 소설에 인용된 퇴계 詩

순	제 목	쪽	비고
1	춘부 春賦	35	조광조
2	산속에서 책 읽기 獨愛林廬萬卷書	39	
3	심우유감 甚雨有感	40	
4	달팽이집 芝山蝸舍	43	
5	눈길 雪徑	51	
6	소나무 松	53	
7	제비원에서 소현으로 향하다 自燕子院向所峴	56	
8	봉정사 서루 鳳停寺西樓	58	
9	넓은 평야에서 平蕪散牧	60	
10	유응현에게 답하다 答柳應見	68	
11	애도 挽	72	
12	예천 가는 길에서 二十九日襄陽道中	74	
13	낙동강을 지나며	83	이규보
14	그믐날 관수루에 올라 晦日登觀水樓	84	
15	관수루(金宗直 시 차운)	84	
16	상산 낙동강 商山洛東江	85	안축
17	상주관수루에 올라(안축 시 차운)	85	
18	오백년 도읍지	86	길재
19	냇가에 띳집을 짓고 살다 臨溪茅屋獨閑居	87	길재
20	길재 선생의 마을을 지나며 過吉先生閭	89	
21	성산 영웅의 덤불	93	
22	삼일 가천을 건너다 三日渡伽川	92	

23	가야산을 바라보며 望伽倻山	94	
24	홍류동 계곡	96	최치원
25	협천 남정陜川南亭 허사렴 시를 차운	98	
26	협천 남정에 걸려 있는 시를 차운하다	99	
27	삼가로 가는 길에 向三嘉途中	100	
28	의령우택동헌운 宜寧寓宅東軒韻	101	
29	상춘곡 賞春曲	102	정극인
30	붉은 바위 나루 十一日渡丹巖津	104	
31	전의령오공죽재 前宜寧吳公竹齋	108	
32	삼우대 三友臺	110	오석복
33	계당에서 溪堂偶興, 十絶	113	
34	모곡오의령죽재 茅谷吳宜寧竹齋	113	
35	범해 泛海	115	최치원
36	월영대 月影臺	116	
37	십육일오의령죽재대월소작 待月小酌	117	
38	의령 박천에서 허진사 원보와 함께 놀며 宜寧駁川與許上舍同遊	119	김일손
39	북정가 北征歌	120	남이
40	백암동헌탁영김공운 白巖東軒濯纓金公	122	
41	삼월 삼짇날 유람을 나서다 三月三日出遊	126	
42	여국진께 贈余國珍幷序	134	
43	십팔일모곡차오의령운 十八日茅谷次吳宜寧韻	135	
44	오공의 '의령○○'라는 시 차운하다	136	
45	비암 鼻巖	137	
46	21일에 오언의의 시 차운 二十一日次仁遠	139	
47	탄식하다 自嘆	141	송재

48	외영당 畏影堂	141	송재
49	용수사 龍壽寺	145	송재
50	자질들을 청량산에 보내며 送㬉吳兩郎與瀅輩讀書淸凉山	146	송재
51	차야의 편지에 답하다 次野問	147	송재
52	차야와 중허에게 寄次野仲虛	149	송재
53	삭훈유감	150	송재
54	환수정기 還水亭記	151	송재
55	애련정 愛蓮亭	152	송재
56	어부사	139	
57	청곡사를 지나며 過靑谷寺	155	
58	법륜사에서 三月二十六日訪姜晦叔姜奎之(名·應奎)同寓法輪寺路上作	159	
59	이별의 시	164	
60	까치섬 昆陽陪魚灌圃遊鵲島是日論潮汐	167	
61	안 주서注書의 글 차운	168	
62	완사계 전별 浣紗溪餞渡	171	
63	유산후증동유 遊山後贈同遊	172	정사인
64	쌍계사 유감 雙溪寺遺憾	173	
65	어관포님께 寄魚灌圃	180	
66	촉석루 矗石樓	186	
67	안언 역에서 일어나 宿安彦驛曉起	192	
68	새벽에 말 위에서 星州馬上偶吟	194	
69	고향집에서 감회 七月十日朝	195	
70	허흥창 강가에서 虛興倉江上	197	
71	어부 漁人	198	
72	이포를 지나며 過梨浦	198	

73	창랑가 滄浪歌	199	
74	배 안에서 舟中偶吟	199	
75	해바라기 葵花	201	
76	찬미 夫子嶺之秀	202	김인후
77	변성온 이별 河西蓬館舊同遊	203	
78	반궁 泮宮	205	
79	단월역에서 丹月驛樓	213	
80	단월역에서 점필재의 운으로 짓다 丹月驛樓 佔畢齋韻	215	
81	용추 龍湫	217	
82	새재를 지나던 도중 鳥嶺途中	220	
83	하명동 霞明洞	223	
84	베틀노래	229	민요
85	산중문답 山中問答	235	이백
86	가재 石蟹	233	
87	제비실에서 燕谷	235	
88	국풍國風 주남周南 관저편	238	詩經
89	이평숙에게 與李平叔	239	
90	유언우하외화병 병서 柳彦遇河隈畫屛	242	
91	하외 河隈	243	
92	봄 感春	247	
93	율곡의 시	253	이숙헌
94	전별의 시	253	
95	분매에게 盆梅贈	254	
96	분매가 답하다 盆梅答	255	
97	답여백공서 答呂伯恭書	257	
98	고반 考槃	259	조식

99	적벽부 赤壁賦	260	소식
100	전의현 남쪽을 가다가 全義縣南行 山谷人居遇飢民	262	
101	염계의 연꽃을 사랑하다 廉溪愛蓮	264	
102	장난삼아 파자 짓다 戲作破字詩 중	264	
103	시를 읊조림 吟詩	265	
104	임대수와 시를 논함 喜林大樹見訪論詩	268	
105	동주도원십육절 東州道院十六絶	281	어관포
106	곤양차어관포동주도원 16절 昆陽次魚灌圃東州道院十六絶	286	
107	천연대 天淵臺	302	
108	계당에서 흥이 일어 열 수 溪堂偶興, 十絶	305	
109	도산십이곡	310	
110	청량산가	312	
111	퇴도의 명문銘文	318	
112	영송 詠松	334	
113	매화 梅花	347	

소설 박대우朴大雨

산자수명山紫水明 봉화에서 유년을,
추로지향鄒魯之鄕 안동에서 학업을,
교육도시 부산에서 교학상장敎學相長하며,
소파小波 인권연구소 / 국가인권위원회 강사
퇴계의 민본사상 연찬研鑽 및 논저論著,
〈백성이 근본이다〉
〈세월호, 퇴계선생이 아시면 어찌할꼬〉
단편소설집 《배필配匹》 / 한국화 개인전

그림 오용길吳龍吉

서울대학교 미술대학 동대학원
이화여자대학교 조형예술대학장 역임
현 후소회 회장.
개인전 23회
선미술·월전·의재·이당 미술상
국전특선·한국일보·동아일보 미술상
현 예술의 전당 아카데미 수묵풍경 강좌

국역 장광수張光秀

안동고등학교 수석 졸업
경북대학교 사범대학 동대학원
고교 국어·한문 교사 및 대구교대 강사 역임
학원 강의 및 대입 수험서 다수 저술·감수
〈梅花〉 등 《퇴계 남행록》 詩 24首 국역

박대우 장편소설

쌍계사 가는 길

★

초판 발행일 / 2017년 04월 05일
재판 발행일 / 2018년 03월 15일

★

지은이 / 박대우
펴낸이 / 김동구
펴낸데 / 明文堂
창립 1923. 10. 1
서울특별시 종로구 윤보선길 61(안국동)
우체국 010579-01-000682
☎ (영업) 733-3039, 734-4798
   (편집) 733-4748   Fax. 734-9209
H.P. : www.myungmundang.net
e-mail : mmdbook1@hanmail.net
등록 1977. 11. 19. 제 1-148호

★

ISBN 979-11-88020-11-9   03810

★

낙장이나 파본은 구입하신 서점에서 교환해 드립니다.

★

값 18,000원